Ungestörter
Betrieb

Sind wir Diener unserer Infrastruktur? Otto und Charlotte sowie Richard und Petra sind zwei befreundete Paare aus der Mitte der Gesellschaft. Sie führen wütende, aber überraschungsarme Angestelltenleben, häufig auf Wiener U-Bahn-Schienen. Wer liebt hier wen? Bald geraten die Beziehungen des Quartetts in Bewegung, doch Skepsis ist angebracht. Auf der Linie U6 geht es schnurgerade Richtung Endstation.

Eines soll dieser Roman nicht: Eine banale Geschichte parfümiert erzählen. Er zeichnet lieber ein böses, aber tiefenscharfes Porträt der angestellten Stadtexistenz - hier und jetzt.

David Ostra lebt als Angestellter in Wien. Das ist nicht sein richtiger Name. Er ist ungefähr zur gleichen Zeit geboren wie die vier Hauptfiguren in dieser Geschichte. Unter ungestört.com betreibt er eine interaktive Webplattform zum Weiterlesen und Weiterschreiben.

DAVID OSTRA
Ungestörter Betrieb
U-Bahn-Roman

*Bibliografische Information der Deutschen Nationalbibliothek:
Die Deutsche Nationalbibliothek verzeichnet diese Publikation
in der Deutschen Nationalbibliografie; detaillierte
bibliografische Daten sind im Internet über http://dnb.dnb.de
abrufbar.*

*Herstellung und Verlag:
BoD – Books on Demand, Norderstedt*

ISBN: 978-3-7386-0108-4

Inhalt

Eröffnung 7

WEGE

Siebenhirten 17
Perfektastraße 25
Erlaaer Straße 38
Am Schöpfwerk 55
Tscherttegasse 67

REIGEN

Philadelphiabrücke 75
Niederhofstraße 84
Längenfeldgasse 91
Gumpendorfer Straße 101

NATUR

Westbahnhof 111
Burggasse – Stadthalle 127
Thaliastraße 143
Josefstädter Straße 158
Alser Straße 170
Michelbeuern AKH 185
Währinger Straße 199
Nußdorfer Straße 210
Spittelau 222

ARBEIT

Jägerstraße 239
Dresdner Straße 253
Handelskai 270
Neue Donau 286
Floridsdorf 301

Eröffnung

Er senkte den Blick und sah eine breite gelbe Linie, die von seinen Füßen wegführte, vorbei an der drängenden, wogenden Menschenmenge, bis weit nach hinten ans Ende des unterirdischen Bahnsteigs. Die Erwachsenen in der vordersten Reihe achteten darauf, nicht über diese Linie zu treten, denn nur einen halben Schritt dahinter erstreckte sich der Zugskanal mit dem Gleiskörper, viel tiefer unterhalb der Plattform als in jedem Bahnhof, der ihnen vertraut war. Dort unten waren rätselhafte Nischen neben und unter dem Schienenstrang zu erkennen, vor allem aber überstrahlte den ganzen Gleisbereich die gelb leuchtende Schutzverkleidung der Starkstromschiene. Alle paar Meter wiesen Aufkleber mit einem dicken Blitzsymbol auf die Lebensgefahr hin, die drohte, wenn man den Elektrokabeln zu nahe käme.

Der Vater, ein praktischer Arzt, den Otto nur selten zu Gesicht bekam, war eine gütige, mächtige Gestalt. Am Sonntag pflegte er sich Zeit für die Familie zu nehmen und verbreitete als fernes Zentralgestirn sein nährendes Licht über diese kleine Welt. Sonst waren die Belange der Kleinfamilie ganz nach dem Geschmack der Mutter eingerichtet, die drei Jahre nach Ottos Geburt ihre Tätigkeit als halbtagsbeschäftigte Kartographin im Bundesamt für Eich- und Vermessungswesen wieder aufgenommen hatte.

Dass der Vater nur mit ihm, Otto, einen Ausflug zur Eröffnung des ersten eigens für die neue Wiener U-Bahn gebauten Tunnelabschnitts unternehmen würde, das war ein atemberaubendes Ereignis und ein weiterer Beweis für das Einsehen der Erwachsenen in Ottos grenzenlose Fähigkeiten und seine zukünftige hervorragende Rolle in der Welt. So fuhren sie also eines Februarsonntags im Jahr 1978 mit der Straßenbahn, die Otto schon gut kannte, Richtung Innere Stadt. Im hinteren Teil des Wagens saß auf einer erhöhten seitlichen Kanzel der Schaffner und entwertete mit der Stanzzange die beiden Einzelfahrscheine, die ihm Otto routiniert entgegenstreckte. Zwei solche Stanzzangen, wenn auch leider in einer viel älteren, einfachen Ausführung, bewahrte Otto im Kinderzimmer in einer kleinen schwarzen Ledertasche auf, zusammen mit einigen wertlosen alten Fahrscheinen, die ihm die Großeltern zu der Zange dazugeschenkt hatten.

Sie fuhren mit der Ring-Straßenbahn bis zur Oper und gelangten über einen kurzen Stiegenabgang gleich bei der Haltestelle hinunter in die Opernpassage, eine niedrige, scheibenförmige Höhle mit vielen Ein- und Ausgängen zu den Gehsteigen auf allen Seiten der Opernkreuzung. Jetzt am späten Vormittag fiel durch die Aufgänge ein kraftloses graues Winterlicht in die Passage, das freilich gegen die künstliche Deckenbeleuchtung nicht ankam. In der Mitte dieser Rundhöhle verbarg ein Bretterzaun die Baustelle des nicht rechtzeitig fertig gewordenen künftigen Passagencafés. Aus allen Richtungen kamen Menschen und strömten kreuz und quer an Otto und dem Vater vorbei. Der Vater nahm ihn an der Hand und Otto war froh darüber. Die Menschen kamen in Paaren oder in Gruppen, er sah auch junge Männer, die allein hier waren, die Hände in den Manteltaschen vergraben, doch es gab auch andere Kinder mit ihren Eltern. Ottos jüngere Schwester musste zuhause bleiben, wo die Mutter auf sie aufpasste. Otto hatte die Mutter gefragt, ob sie traurig wäre, weil sie nicht mitgehen durfte, und die Mutter hatte ihm aufgetragen ihr nachher alles ganz genau zu berichten. Er musste also die Augen offen halten.

Der Vater zog ihn in die Richtung des größten Gedränges am anderen Ende der Höhle. Überall schwirrten die Erwachsenen. Ihr Reden klang wie der aufgescheuchte Bienenschwarm, den Otto letzten Sommer in der Steiermark gesehen hatte. Der Vater kam nicht mehr voran und sie mussten stehenbleiben, dicht an den Hintern der Leute vor ihnen. Jetzt konnten sie endlich ein paar Schritte gehen, doch wieder kam die Vorwärtsbewegung ins Stocken. Dann waren sie an der Rolltreppe angelangt. Mit einem großen Schritt trat Otto auf die längsgerillte Metallstufe, und zügig ging es durch eine runde Tunnelröhre mit rot gestrichenen Wänden in die Tiefe.

„Papa, die ist gewaltig, oder? Man sieht das Ende gar nicht. Kein Wunder, dass das die längste Rolltreppe auf der Welt ist, oder?"

„Es ist die längste Rolltreppe von Europa, Otto, in den Vereinigten Staaten und in Japan gibt es noch längere. Komm, stell dich da auf die rechte Seite vor mich und halt dich gut fest. Die linke Seite muss frei bleiben für die Leute, die es besonders eilig haben."

Sofort stellte sich Otto ganz nach rechts und legte seine Hand auf das schwarze Gummi-Laufband, so wie es der Vater machte. Gespannt wartete er auf die Erwachsenen, die es besonders eilig hatten und links an ihnen vorbeischießen würden, aber niemand kam. Das war gut, denn Otto mochte es nie gern, wenn er überholt wurde. Der Tunnel war wirklich sehr steil, es war eindeutig die beste Rolltreppe, auf der Otto je gefahren war. Er stellte sich vor, wie schnell ein Matchbox-Auto auf dem Laufband nach unten rasen würde. Dann sah er das Ende der Rolltreppe auf sie zukommen, da war auch wieder ein großer Menschenstau, eine dunkle Traube von Menschen in Wintermänteln – hier unten war es gar nicht kalt – versuchte vom Ausstieg wegzutreten, doch irgendetwas schien sie zurückzuhalten, denn sie kamen kaum vom Fleck. Was, wenn die Leute nicht weggingen, wenn Otto versuchte auszusteigen? Würde die Rolltreppe dann anhalten? Den elektrischen Aufzug in Ottos Matchbox-Parkgarage konnte man mit der Hand aufhalten, wenn man nur fest genug dagegen andrückte, der kleine Motor jaulte dann und die Plastikzahnräder knackten. Funktionierte das bei der längsten Rolltreppe Europas genauso? Er wollte gerade seinen Vater danach fragen, da begann sich die Menschentraube am unteren Ende auf einmal schneller zu bewegen und verschwand seitlich aus dem Stiegenbereich.

Als sie vom Ausstieg weggetreten waren, erkannten sie, dass sich gleich rechts davon der Bahnsteig befand. Zu sehen waren die oberen Seitenwände und Fensteroberkanten eines der Züge. Befriedigt stellte Otto sofort fest, dass die berühmten *Silberpfeile* tatsächlich silbern waren, also modern und sehr, sehr wertvoll.

„Wir fahren mit der Nächsten", sagte der Vater und hielt Otto an der Hand zurück. Sie waren zwar nur wenige Meter von dem silbernen Waggon entfernt, doch vor ihnen pulsierte eine dicht aneinandergedrängte Menschenmenge, von der Otto die Hosenbeine, Rocksäume und Stiefel vor Augen hatte. „Heh, geht's a bissl schnöla ah?", rief ein breiter, beigefarbener Mantel vor Otto und erntete von seinen Vorderleuten wütendes Keifen, von den hinteren Reihen aber zustimmendes Gegrunze. Es kam Otto so vor, als wären alle Erwachsenen auf der Welt in diesem U-Bahn-Tunnel versammelt, denn wie sonst konnten es so viele sein? Es sah aus wie ein riesiger Auffahrunfall. Einzelne der aufgetürmten Fahrzeuge wurden über schmale Laderampen in den bereitstehenden Güterzug verfrachtet, aber andere steckten mit durchdrehenden Reifen und heulenden Motoren in dem Schrotthaufen fest, während der Treibstoff langsam aus den geplatzten Tanks lief. Otto schaute auf den

Boden, um zu sehen, ob sich bereits Öllachen bildeten, doch da war nur Beton und darunter das Gestein, aus dem das Erdinnere bestand, mit dem glühenden Feuerball in der Mitte. Deshalb war es hier so warm. Auf der längsten Rolltreppe Europas waren sie schon tief in die Erde eingefahren, bis in die Nähe des Feuers. Johann in der Vorschulgruppe hatte gesagt, dass in der Mitte der Erde die Hölle ist, wo der Teufel die bösen Menschen foltert, wenn sie gestorben sind. Die Menschen trampelten auf dem Bahnsteig herum, dass man Angst haben musste, sie würden durch den Beton brechen und in die lodernden Flammen hinunterstürzen. Noch schlimmer wäre es, wenn alle gleichzeitig mit dem Fuß aufstampfen würden. Der Großvater hatte von China erzählt. Dort lebten so viele Chinesen, dass sie die ganze Erde aus ihrer Umlaufbahn um die Sonne werfen könnten: Sie müssten nur einmal alle gleichzeitig einen Schritt in die gleiche Richtung machen. Soweit Otto erkennen konnte, hatten die Menschen auf dem Bahnsteig aber nicht vor, gleichzeitig mit dem Fuß aufzustampfen, sondern jeder drängte nur für sich allein auf einen der Einstiege zu, drückte gegen die Leute, die neben ihm standen, und die drückten zurück. Es sah so aus, als ob nichts passierte, doch dann meldete sich ein Mann über Lautsprecher und forderte alle auf zurückzutreten, damit der Zug abfahren konnte. Von der U-Bahn kam ein Hupton und die Türen schlossen sich mit einem lauten Rumps. Der Zug begann sich vorwärts zu schieben und beschleunigte langsam. Am letzten Wagen konnte Otto oben in der Mitte die Rückleuchte erkennen. Das Fahrgeräusch begann niedrig und stieg immer höher, bis die Rückleuchte im finsteren Tunnel verschwand. Weil es nun keinen einstiegsbereiten Zug mehr gab, kam auch die wartende Menge zur Ruhe, man versenkte achselzuckend die Hände in den Jackentaschen, mancher unterhielt sich leise mit seinen Familienangehörigen oder mit dem unbekannten Bahnsteignachbarn.

Als kurze Zeit später der nächste Zug zum Stehen kam und seine Schiebetüren zur Seite glitten, gehörten auch Otto und sein Vater zur bereits etwas vorgerückten Gruppe, die hoffen durfte, durch eine der Türen ins Wageninnere zu gelangen. Der Vater langte energisch zu und brachte sie gut voran, und Otto an seiner Hand drängte nach Leibeskräften, drückte seinen freien Ellbogen rudernd in die Oberschenkel der Erwachsenen vor ihm und biss die Zähne zusammen. Niemand sollte glauben, dass er als Kind ein schwacher Gegner war. Sie hätten es fast geschafft, doch als sie vor die offene Schiebetür gelangten, standen die Menschen im Inneren schon dicht an dicht gepresst, so dass am Bahnsteig die Vorwärtsbewegung erlahmte und ein allgemeines Jammern und Fluchen anhob, als ginge es um das Verlassen eines sinkenden Schiffes: „A Wohnsinn is des, heast, na gibt's 'n so wos." Die Hai-graue Haut der U-Bahn glitt beim Wegfahren zum Greifen nahe an ihnen vorüber und hinterließ das gähnende Loch über dem tiefliegenden Geleise mit der Stromschiene.

Sie standen nun ganz vorne, die Menschenmenge im Rücken. Otto sah fragend zum Vater auf: „Was ist, wenn sie uns hinunterstoßen?"

„Ach was, mach dir keine Sorgen, das traut sich keiner. Wir haben uns jetzt Respekt verschafft, du und ich. Wir waren höflich und haben uns an alle Regeln gehalten, und jetzt ist es gleich so weit und wir kommen an die Reihe."

Das waren wohl ungefähr die Worte, die der Vater gesagt hatte, doch der grenzenlos stolze Otto erinnerte sich später oft an eine ganze Lobrede des Vaters auf seine Durchschlagskraft, seinen Mut und seine Kaltblütigkeit. Otto sei als Kind zwischen die Beine der Erwachsenen geraten, aber wo andere geweint und den Vater gebeten hätten, sie auf die Schultern zu nehmen, da habe sich Otto wie ein kleiner Erwachsener verhalten und seinen wohlverdienten Platz in der ersten Reihe erkämpft. Otto blickte erwartungsvoll nach vorne, während er sich mit dem feinen Ohr eines Indianers nach hinten absicherte, damit von dort keine unliebsamen Überraschungen kamen. Vor ihm war nur der Abgrund mit der todbringenden Stromschiene, von der ihm der Vater schon zuhause erzählt hatte, und bei Ottos Schuhspitzen war die gelbe Sperrlinie, hinter der sich den ganzen Bahnsteig lang die Füße der Wartenden auffädelten.

„Dieser Linie werden wir folgen", dachte Otto, „und die U-Bahn auch, die ist ja auf ihrem Gleis im Tunnel gefangen."

Sobald sie dann in den nächsten Zug tatsächlich eingestiegen waren, konnte sich Otto gut an einer Haltestange festhalten, den Vater neben sich. Zwischen den Erwachsenen fühlte er sich bereit für die Fahrt. Mit einem kleinen Ruck rollten sie an.

WEGE

Siebenhirten

Auf der Rolltreppe nach oben gleitend wippte Petra in ihren italienischen Stiefeln auf den Fußballen, um so den vergangenen Arbeitstag aus den Beinvenen zu verscheuchen. Sie versuchte sich ein Gefühl von Schwerelosigkeit vorzustellen, aber die Feuchtigkeit in den Schuhen störte sie dabei. Wer im Winter schwitzt, ist nicht schwerelos, dachte sie. Also nicht schwerelos, dann vielleicht immerhin zufrieden? Na ja. Die Aussicht auf ein nettes Abendessen im Fiorentino war jedenfalls eindeutig erfreulich, und wenn Richard in erträglicher Laune eintraf, sollte es an ihr nicht scheitern.

Petra brachte nur selten Dinge zum Scheitern. Petra, auf einer Rolltreppe nach oben gleitend, bot wenig Anlass, sich Sorgen zu machen, dass etwa die Rolltreppe im nächsten Augenblick ausfallen würde. Eine ungefähr zwanzig Meter lange Rolltreppe voller Mittwochabend-Menschen, darunter Petra, das war ein stabiles Stück Wirklichkeit. Nach wenigen Metern Bergauffahrt trat die Deckenverkleidung der U-Bahn-Passage zurück und die Passagiere spürten über sich den freien Nachthimmel. Winterluft fiel auf Petra herab, ein kühler Luftzug berührte sie durch ihren Kaschmirschal hindurch am Nacken. Gerade hatte sie von Richard eine Textnachricht bekommen, er wartete bereits vor dem Eingang des Restaurants auf sie. Da es auf der Straßenuhr über dem Aufgang genau eine Minute nach sieben war, würde Petra so gut wie pünktlich eintreffen, denn der Fußweg durch die Singerstraße zum Fiorentino war kurz. In der Auslage des Schuhgeschäfts an der Ecke sah Petra in der langen Reihe der Damenstiefel ein Paar, das ihren eigenen italienischen ähnelte. Diese hier liefen allerdings an der Schuhspitze etwas übertrieben schmal zusammen und auch der Stiefelschaft war in Petras Paar schöner geschwungen. Dabei war ihr heute Früh aufgefallen, dass die Stiefel trotz der Spanner etwas an Steifigkeit verloren hatten, obwohl sie die doch erst seit Oktober hatte. Vielleicht sollte sie versuchen sie etwas seltener zu tragen, damit das Oberleder noch länger in gutem Zustand blieb, denn die Zeiten waren hart, und zumindest diese Saison würden die Stiefel durchhalten müssen. Das gemeinsame Bankkonto mit Richard war eine gute Sache. Ihre Mutter hatte darüber gestaunt, Petras Eltern hatten damals bis zum Tod des Vaters getrennte Konten gehabt, wie die Mutter oft berichtete. Daran Zweifel zu äußern war tabu. Alle Transfers hatten ihre Eltern zwar nicht schriftlich, aber dafür erst recht gründlich gegenverrechnet, bei der einen oder anderen niederträchtigen Gelegenheit, wie in einem Wirtschaftsbetrieb. Petra hatte Richard schon an ihrem zweiten Jahrestag vorgeschlagen, gemeinsame Kassa zu machen, am gleichen Abend, an dem sie beschlossen hatten, nicht zu heiraten. Eine der guten Eigenschaften von Richard war, dass er einen in so einem Moment ansah wie das Mondkalb, ein paar Sekunden lang gar nichts sagte und dann mit einer Sache einverstanden war, über die er bis zu diesem Augenblick nie im Leben nachgedacht hatte. Das und sein gutes Aussehen, die interessierten Blicke, wenn man mit ihm wo hinkam.

Petra hatte auf die SMS zwar nicht geantwortet, aber Richard erwartete gerade deswegen, dass sie gleich aus der Singerstraße um die Ecke biegen würde. Er hatte die Hände in den Manteltaschen zu Fäusten geballt und versuchte mit sanft kreisenden Bewegungen seine Schultern zu entspannen. Er sah sich in der Gasse um. Vereinzelte Touristen, geparkte Autos in Gänsereihe auf beiden Seiten der Fahrbahn, geschlossene Geschäfte mit dezent beleuchteten Schaufenstern, eine ältere Dame, die wohl tatsächlich hier im ersten Bezirk zwischen all den Büros in einer schlecht ausgestatteten Altbauwohnung lebte. Sie schlurfte unter der Last ihrer Einkaufstaschen langsam an Richard vorbei. Ein Lebensstil der kurzen, belanglosen Fußwege, dachte er. Für sie waren alle Autos, an deren Entwurf und Produktion er in seinem eminent bedeutsamen Berufsleben jemals beteiligt sein würde, nicht mehr als Barrikaden und Hindernisse, zwischen denen sie sich hindurchzwängen musste. Als Endkundin war die Frau verloren. Ihre Funktion in seinem Leben bezog sich dann wohl mehr aufs Private? Immerhin half sie mit, die Innenstadt mit Resten von städtischem Leben auszustatten, die dazu führten, dass der Maschinenbauer mit seiner Freundin hier angenehme Abende verbringen konnte. Immer schön egoistisch sein, dachte Richard.

Er erkannte Petra wie meistens zuerst an ihrem blonden Haarschopf, der im Licht eines Schaufensters schwungvoll um die Ecke kam. Richard nahm die Hände aus den Manteltaschen und ging Petra mit leicht ausgebreiteten Armen ein paar Schritte entgegen. Sie strahlte ihn an und er strahlte zurück.

„Hallo", sagte er, „geht's dir gut?" Sie küssten sich.

„Bestens, der Herr", sagte sie, „selbst?"

Drinnen war die Speisekarte, soweit man erkennen konnte, seit ihrem letzten Besuch unverändert. Das Fiorentino war unspektakulär aber verlässlich, Enttäuschungen kamen selten vor und nach ein paar Gläsern des roten Hausweins erhielten die kurdischen Kellner von den Gästen maßvoll gefütterte Trinkgelder. Nach dem Antipasti-Teller bestellte Richard das Fileto di Manzo und Petra ihr Lieblingsrisotto mit Pilzen und Rucola.

„Der Meier hat gekündigt", sagte Richard, während sie auf die Hauptspeisen warteten.

„Im Ernst? Hat gekündigt oder ist gekündigt worden?"

„Er hat wohl selbst gekündigt. Das Verrückte ist, dass er angeblich noch nichts anderes hat. Dabei ist er über 40."

„Und, was sagt er? Im Lotto gewonnen oder Schafzucht im Waldviertel?", sagte Petra.

„Wenn er im Lotto gewonnen hätte, würde er es uns kaum verraten. Aber als Schäfer im Waldviertel kann ich ihn mir nicht vorstellen. Er sagt, er weiß noch nicht, was er machen wird, will sich einmal eine Auszeit nehmen."

„War der nicht verheiratet?"

„Er ist schon seit einem Jahr geschieden. Wahrscheinlich hat er festgestellt, dass die Scheidung allein sein Leben auch nicht wirklich aufregend macht."

Petra lachte. „So ein unwiderstehlicher Mittvierziger. Komisch, dass er nicht gleich nach Hollywood engagiert wurde für eine Rolle als George Clooneys jüngerer Bruder."

„Gemein bist du. Er wird wohl in unsere offizielle Burn-Out-Statistik aufgenommen. Obwohl er dafür nicht der richtige Typ ist. Als depressiv würde ich ihn jedenfalls nicht bezeichnen. Erst letzte Woche waren einige Leute aus der Firma wieder Go-Kart fahren, hat er organisiert."

„Bin ich froh, dass du nicht Go-Kart fährst." Sie schob ihre Hand über den Tisch und drückte Richards Finger.

„Ich hab' Gott sei Dank Besseres zu tun", sagte Richard und drängte seinen Fuß zwischen Petras italienische Stiefel. Petra machte ihm die Freude und drückte ihre Knöchel sanft zusammen. Sie spürte den Schweiß in den Schuhen. Die Hand zog sie wieder zurück und griff nach ihrem Weinglas.

Auch Richard beschäftigte sich mit dem Wein. „Man darf einfach keine unrealistischen Erwartungen haben, es geht in der Firma nicht immer so schnell voran wie in den ersten drei, vier Jahren. Aber Qualität setzt sich durch."

Petra nickte solidarisch.

„Der Meier war nicht schlecht, aber nicht sehr kreativ", sagte Richard. „Ich finde zum Beispiel mein Designmethodik-Projekt vom Potenzial her wichtiger als alles, was der Meier in zwanzig Jahren in der Firma gemacht hat." Er lächelte. „Ohne falsche Bescheidenheit, wenn wir Erfolg haben, wird unser ganzer Systementwicklungsprozess einen großen Sprung vorwärts machen. So etwas fällt einem Meier in hundert Jahren nicht ein, dafür leidet er dann eben hundert Jahre lang an Langeweile und Einsamkeit mitten in einem Milliardenunternehmen."

„Oh ja", sagte Petra, „Designmethodik macht die Menschen glücklich. Wenn nur der eine oder andere Vorgesetzte so etwas überhaupt wahrnehmen könnte, und nicht nur seine Profitkennzahlen, dann hätte ich auch was davon." Der Vorwurf war natürlich nicht ernst gemeint, aber sie schauspielerte einen affektierten Schmollmund.

„Holzköpfe gibt es überall", sagte Richard. „Damit kann ich leben. Man muss Geduld haben, und die hab' ich. Für die Stellen, die mich jetzt überhaupt noch interessieren, geht es ohne fachliche Kompetenz auf keinen Fall. Letztlich ist ja der Spaß an der Arbeit das Entscheidende, und da sind die ganzen Holzkopfgeschichten völlig belanglos. Das lässt mich kalt. Und finanzielle Gerechtigkeit gibt es ohnehin nicht. Wenn ich gute Arbeit machen und dabei erwarten kann, dass das irgendwann irgendwie honoriert wird, dann sind meine Ansprüche an den Job schon erfüllt."

„Darum beneide ich dich manchmal, dass du das so vernünftig ordnen kannst. Job hier, Privatleben da. Außer wenn du beim Abendessen stundenlang über die Arbeit redest, du Nerd."

„Entschuldige, ich hör' schon auf."

„Ich find' es eh interessant," sagte Petra, „in meiner Arbeit kündigen zwar auch dauernd welche, aber die waren meistens so kurz dabei, dass alle nur den Vornamen von denen kennen und nur das Personalbüro vielleicht auch einen Familiennamen."

Draußen war es kalt genug, um Petra nach dem Wein und dem überheizten Fiorentino aus ihrer tönernen Müdigkeit gleich wieder herauszuholen. Arm in Arm mit Richard eilte sie zurück zur U-Bahn-Station. Auf der Rolltreppe, die aus der Stationspassage Stephansplatz zu den Bahnsteigen hinunterführte, wurde es von Meter zu Meter wärmer. Der typische Geruch nach Gummi, Maschinenöl und Reinigungsmittel quoll von den Bahnsteigen herauf. Kein Mensch konnte in der Stationsbeleuchtung schön erscheinen, Paare erinnerten sich an die Bedeutung der inneren Werte.

„Auf in den Tunnel of Love", sagte Petra. Zugslärm näherte sich, drei Scheinwerfer tauchten aus dem Tunnel auf, die Garnitur der Linie U3 fuhr polternd in die Station ein, kam zu stehen und die Schiebetüren öffneten sich.

„Lieber in den Tunnel of Love als auf die Road to Oblivion", sagte Richard und schob Petra vor sich in den Wagen.

Petra war noch im Bad. Richard hatte seinen Polster hochgedrückt und saß mit ausgestreckten Beinen an die Rückenlehne des Doppelbetts gelehnt. Er hatte das Pyjamaoberteil nicht angezogen. Das hieß: Sex? Nach gemessenen zehn Minuten, denn auf das Gefühl konnte sich Richard jetzt nicht verlassen, kam Petra aus dem Bad, in ihrem silbernen Seidenunterkleid mit Spaghettiträgern, und das war nun eine Mitteilung an ihn. Richard gefiel die anmutige Bewegung, mit der sie sich geübt auf das Bett schwang. Obwohl sie ja nicht besonders groß war, setzte sie ihre schlanke Rücken-Hüftpartie mühelos in die Mitte ihrer Matratze. Sie stützte sich auf den Unterarm und drehte sich zu ihm. Er packte ihren Kopf mit einer Hand in ihrem Nacken, beugte sich ihr entgegen und zog ihr Gesicht zu seinem. Sie küssten sich, nicht hart sondern liebevoll. Richard ließ Petras Nacken los und führte seine Hand langsam über ihre Schulter, an ihrer Seite entlang zu ihrem Hüftknochen und von dort auf ihr rundes Gesäß. Einer Petra-Arschbacke unter dem silbernen Negligé konnte Richards Penis auf keinen Fall widerstehen und richtete sich kräftig auf. Weil Richard diesen Umstand Petra nicht gerade verheimlichen wollte, zog er sie mit einem kräftigen Druck auf das Steißbein zu sich. Die beiden befreundeten Hüften von Mann und Frau begannen sich angeregt aneinander zu reiben, während seine Hand den gestickten Saum des Unterkleids gefunden und überschritten hatte und sich von hinten über die Innenseiten ihrer Oberschenkel in Petras Schritt und zu ihrer Klitoris vorarbeitete. Die Sache lief wie am Schnürchen. Sein großes Mädchen war gleich feucht und ihrem Küssen nach zu schließen nicht sehr geduldig. Also entledigte er sich seiner Hose und zog ihr den Seidenfetzen aus. Aus purer Faulheit machte er sich in schlichter Missionarsstellung über sie her, steckte ihr seinen Schwanz in die Fotze und hämmerte los.

Ein munterer nackter Richard war nicht zu verachten, auch nicht in Missionarsstellung, es war geil, wie seine Eier bei jedem Stoß an ihren Beckenboden klimperten. Petra versuchte sich zu entspannen und sich auf seine Brustmuskeln und seine Schultern zu konzentrieren, die schwer arbeiteten. Sie kratzte mit ihren Fingernägeln ein bisschen an ihm herum, aber nicht zu wild, sie war ja ein braves Mädchen. Als sie merkte, dass er bald soweit war, leckte sie die Spitzen ihres rechten Mittel- und

Zeigefingers ab, was ihm natürlich nicht entging. Sie umfasste mit beiden Händen seinen Arsch und kitzelte mit ihren feuchten Fingern den Schließmuskel, wie er es ihr einmal beigebracht hatte. Er kam dann gleich.

Richard zog seinen erschlaffenden Schwanz heraus und küsste Petra pflichtschuldig. Sie kletterte aus dem Bett und absolvierte im Bad die zeremonielle Waschung. Sie trank ein Glas Wasser und betrachtete sich im Spiegel. Dann löschte sie der Reihe nach das Licht im Bad, an der Schlafzimmerdecke und auf ihrem Nachtkästchen und zog sich die Decke bis unters Kinn. Richard war bereits beim Einschlafen.

Perfektastraße

In einer der letzten Zeitungen, die noch gedruckt wurden, und die jeden Morgen im Berufsverkehr gratis an den U-Bahn-Stationen in meterhohen Stapeln auflag, hatte Otto vor einigen Monaten einen Artikel über die Einstellung der Wiener Passagiere zu romantischen Abenteuern in öffentlichen Verkehrsmitteln gelesen. Jemand hatte dazu eine Meinungsumfrage durchgeführt. Demnach waren Frauen eher am Abend an Flirts interessiert, Männer eher am Morgen, also am Weg in die Arbeit. Oder war es umgekehrt gewesen. Otto konnte nicht verhindern, dass er seither immer wieder daran denken musste, wenn er den Blick durch einen U-Bahn-Wagen streifen ließ. Auch heute Abend schienen ihm die Leute eigentlich zu müde zum Flirten, erst recht die wenigen, die nach dem großen Umsteigebahnhof Wien Meidling-Philadelphiabrücke im Zug geblieben waren und so wie Otto weiter Richtung Süden zu den Wohnanlagen und Park & Ride-Garagen am Stadtrand unterwegs waren.

Der Zug wurde langsamer, das Fahrgeräusch klang niedertouriger, und Otto ging die paar Schritte zur Schiebetür. Draußen eilten er und eine Handvoll anderer Passagiere rasch zum Stiegenaufgang am hinteren Bahnsteigende. Da die Station oberirdisch lag, verwendeten hier nur ältere Menschen oder Eltern mit Kleinkindern den Lift. Für den Fußweg von der Station zu seiner Wohnung brauchte Otto nur vier Minuten. Er und Charlotte hatten aus einer Laune heraus vor zwei Jahren ein modernes Reihenhaus gekauft, das nur durch einen breiten Grünstreifen von der U-Bahn-Trasse getrennt war. Dafür hatten sie Südlage und die Fenster isolierten gut. Otto umrundete die Reihenhauszeile und gelangte so zum Hauseingang. Er schob mühevoll alle Einkaufstaschen in die linke Hand, suchte mit der Rechten in der Jackentasche den Schlüssel und ließ sich ins

Haus. Er betätigte den Lichtschalter. Charlotte war in einer halben Stunde zu erwarten, Zeit genug, um eine einfache Pasta und einen Salat fertig zu machen.

„Da wir denn ungestört hier allein sind", sagte Otto über seinem zweiten Teller Nudeln zu Charlotte, „und ganz ruhigen heiteren Sinnes, so muss ich dir gestehen, dass ich schon einige Zeit etwas auf dem Herzen habe, was ich dir vertrauen muss und möchte, und nicht dazu kommen kann."

Charlotte nickte. „Wenn du deine Energie kulinarisch verwerten könntest, statt dich beim Kochen zu langweilen und zum hundertsten Mal deine Wahlverwandtschaften zu lesen, dann hätte ich auch was davon. Aber bitte, lass dich nicht aus dem Konzept bringen."

„Nicht schlecht", sagte Otto, „meinen Lieblingsklassiker erkennst du einwandfrei. Ich kann dir aber leider keinen reschen Hauptmann anbieten sondern dich nur mit einer neuen hypochondrischen Episode belästigen. Im Ernst, ich mache mir wieder Sorgen um mein Herz. Wenn ich längere Zeit sitze, habe ich oft das Gefühl, dass es sehr unregelmäßig schlägt und zwischendurch plötzlich sehr stark, dann wieder schwach. Ich weiß, es klingt idiotisch. Wohl fühle ich mich aber nicht. Die andere Sache ist die mit dem Tumormarker. Ich sollte ihn wieder messen lassen."

„Das hast du doch erst vor Kurzem gemacht."

„Es ist schon über ein Jahr her, ungefähr eineinhalb. Alle zwei Jahre sollte ich eine Kontrolle machen, hat der Arzt empfohlen, aber bei meiner familiären Vorgeschichte ist es sicher nicht völlig verrückt, nach achtzehn Monaten schon unruhig zu werden. Es irritiert mich einfach."

Charlotte sagte eine Weile nichts. „Ich wollte es dir nicht sagen, aber jetzt, wo du es ansprichst. Du schaust auch nicht gesund aus. Und das schon seit dem Herbst."

„Wieso, blass bin ich wahrscheinlich, aber findest du wirklich, dass ich krank aussehe?"

Sie blickte ihm prüfend ins Gesicht und empfand einen starken Abscheu. „Ja, ich kann nicht genau sagen warum. Deine Augen wirken geschwollen, trotzdem hast du Ringe unter den Augen. Deine Haut ist schlecht, auch aufgedunsen. Es passt schon zu einer Herzschwäche. Die genetische Krebsneigung wabert als ein unbestimmter Schleier über dem Ganzen. Du solltest dich wirklich wieder testen lassen. Es könnte Herzkrebs sein, du Arsch."

„Danke, ganz allerliebst, das Fräulein", sagte Otto, „du siehst übrigens auch beschissen aus, wenn du deinen Ich-bin-so-cool-und-abgefuckt-Blick aufsetzt."

„Oh Gott, jetzt fühle ich mich schrecklich, mein Mann findet mich nicht mehr attraktiv", sagte Charlotte. „Nach außen lasse ich zwar immer die emanzipierte Frau raushängen, aber wenn mein Mann sich nicht mehr zu mir hingezogen fühlt wie früher, oder wenn ich mit ansehen muss, wie er jeder unter fünfundzwanzig nachgafft, dann gibt es mir einen Stich, der schrecklich weh tut. Dann weine ich heimlich in meinem Zimmer bis mir die Kleenex ausgehen."

„Und, wie war dein Tag?", sagte Otto.

„Am Vormittag tippte die Tippse eine Rezension, in der Redaktionssitzung erfuhr sie, dass der Platz nur für ein Drittel davon ausreichen würde, am frühen Nachmittag kürzte die Tippse den Artikel zu einer schülerhaften Inhaltsangabe, später besuchte das oberflächliche Partygirl eine Eröffnung, danach fuhr sie zu ihrem reifen und bewundernswerten Verlobten nach Hause und versuchte ihn durch aufmerksames Zuhören und interessierte Fragen zu entspannen und nach seiner anstrengenden Arbeit in gute Stimmung zu versetzen", sagte Charlotte.

Beide schwiegen. Herzkrebs. Otto fühlte sich müde. Charlotte fragte, ob sie auch ein Arsch sei.

„Wahrscheinlich, allerdings ist das nicht der schlechteste Teil von dir", sagte Otto geistesabwesend.

„Keine Lust", sagte Charlotte. Er war fast infantil heute, oder sie nur überreizt? „Ich will nicht immer alles kaputtmachen, aber ich bin eine erwachsene Frau mit hohen Ansprüchen. Ist es möglich mit dir einen Abend zu verbringen, an dem sich nicht alles um deine Hypochondrie oder deine Absicht, mich in den Arsch zu ficken, dreht? Wenn ja, würde mich das aufrichtig freuen. Wenn nein, dann esse ich jetzt meinen Salat und verdrücke mich hinter meinen Computer, ist das in Ordnung?"

„Deine Ansprüche sind wirklich hoch", sagte Otto. „Geradezu schnöselig, würde ich sagen. Und ich habe keine Lust auf eine dauernde Prüfungssituation, in der das Hohe Gericht jedes Wort, das ich sage, auf Schuldfähigkeit untersucht."

Sie starrten sich an. Charlotte schob ihr Besteck säuberlich am Teller zusammen. Otto kam ihr zuvor und sprang als Erster auf. „Bis später", warf er über die Schulter zurück, während er bereits auf dem Weg ins Vorzimmer war.

Der Winter war ein willkommener Feind. Otto hastete zurück zur U-Bahn, an dem sogenannten Park vor den Reihenhäusern vorbei, der nicht mehr war als ein von den Hunden zugeschissener Rasenstreifen. Die Zugtüren öffneten sich. Rohrpost bitte einsteigen, Türen schließen selbsttätig. Der Waggon war fast leer, Otto ließ sich in Fahrtrichtung auf einen Fenstersitz fallen. Er öffnete den Reißverschluss seiner Winterjacke, diese Fahrt würde länger dauern. Noch vor der Station Philadelphiabrücke fuhr der Zug in den Tunnel und das Fahrtgeräusch änderte sich. Das Rattern der Räder auf den eisigen Schienen hallte an den engen Tunnelwänden wider. Irgendein Wahnsinniger hatte das schmale Kippfenster über der Vierer-Sitzgruppe, in der Otto saß, geöffnet, so dass die kalte Tunnelluft in sein Gesicht und seinen Nacken fuhr. Er hob den Arm und drückte das Fenster mit Gewalt zu. Der Knall des zuschnappenden Fensters war stärker als Ottos Kraftaufwand, aber er passte gut zu seiner Stimmung. Über die Jahre hatte er eine gutbürgerliche Sucht nach der verbohrten Wut entwickelt, die er jetzt empfand. Die Wut kündigte sich einige Sekunden vor ihrem Ausbruch an, lähmte ihn in freudiger Erwartung, bis sie in seinem Kopf explodierte. Otto stellte sich vor, wie die Nervenenden in seinem Gehirn von einem heimtückischen Neurotransmitter überschwemmt wurden und wie wild feuerten. Der Zug ritt über die Geleise und schüttelte Ottos Schultern, bis zur nächsten Station, die von einem langgezogenen Bremsvorgang angekündigt wurde. Am Rand seines Bewusstseins nahm er spärlich beleuchtete Bahnsteige wahr, winterlich vermummte Passagiere stiegen ein und aus, Werbetafeln wiesen auf Sprachschulen und Second-Hand-Shops in der Nähe hin. Dann schlugen die Schiebetüren zusammen, der Zug beschleunigte und der Fahrtlärm steigerte sich krächzend, bis für wenige Sekunden wieder die Normalgeschwindigkeit erreicht wurde. So wie hunderttausende andere Wiener Angestellte besaß Otto die Jahreskarte der Wiener Verkehrsbetriebe. Wenn er wollte, könnte er seine gesamte Freizeit im U-Bahn-Netz verbringen, aber das wäre wohl übertrieben. Ein, zwei Stunden Fahrbetrieb in seiner Modelleisenbahn würden heute wahrscheinlich ausreichen, um die Wut zunächst durch mechanisches Rütteln zu ihrer reinsten Form gerinnen zu lassen wie die bunten Steinchen in einem Kaleidoskop, und dann abzuwarten, während sie erkaltete, bis er schließlich müde genug wäre, um sich aus diesem Schauspiel zu verabschieden. Es ist einfach traurig, dachte er, dass ihre Bindekraft immer weiter abnimmt, dass sie mir zwischen den Fingern zerrinnt mit der Zeit. Ich liebe sie wahrscheinlich noch, aber etwas zwischen uns löst sich ganz langsam auf. Oder man könnte sagen, es nützt sich ab, der gute Wille in dieser Beziehung wird allmählich aufgebraucht und am Ende bleiben nur nüchterne Vertrautheit und schlechte Gewohnheiten. Dabei ist sie doch der richtige Mensch für mich gewesen und wahrscheinlich stimmt es, dass wir uns damals in Kassel und dann zurück in Wien gegenseitig gerettet haben. Aber was heißt das, das ganze Wortgeklingel, wenn die leichtesten Übungen des Zusammenlebens nicht gelingen. Dafür fehlt aber wieder der gute Wille bei ihr. Ich habe jede Menge guten Willen aber nicht mehr jede Menge Geduld. Es ist ja nicht so, dass es so viel Neues zu bedenken gibt, wie in „er zog sich für zwei Monate in die Einsamkeit zurück und gelangte zu einer neuen Erkenntnis", nein, erkannt habe ich noch nie etwas in der Wut, dafür ist sie nicht geeignet, es ist mehr eine Kilometerfresserwut.

Die Stationen liefen an Otto vorüber, teilnahmslos blickte er nach dem Überqueren der Donau zum Floridotower hinüber. An der Endstation blieb er einfach sitzen und wartete, bis die Garnitur fünf Minuten später in der entgegengesetzten Richtung wieder losfuhr. Eine halbe Stunde war vergangen, seit er fast am anderen Ende der Strecke der Linie U6 eingestiegen war, und gelangweilt musste sich Otto eingestehen, dass die Wut den Punkt ihrer größten Ausdehnung überschritten hatte. Das Wutuniversum hatte den Umkehrpunkt passiert und musste nun unabwendbar kollabieren, auch wenn es noch Milliarden Jahre dauern würde, bis wieder annähernd die Materiedichte und Hitze für einen neuen Anfang zustande kommen konnten. Derzeit war das Universum kalt und leer. So kam es, dass Otto die abstoßende Unterschichtfrau betrachtete, die in der Dresdner Straße am Bahnsteig stand und sich zum Einsteigen bereitmachte. Sie musste fünfzig, fünfundfünfzig Jahr alt sein. Sie trug schwarze Lederkleidung – Herbst-Winterjacke und eine Lederhose – und absatzlose Stiefel. Die Haare hatte sie blond gefärbt und hinter dem Kopf zu einem Knoten hochgesteckt. Man konnte nicht sagen, dass ihre Körperhaltung gut war, aber es war etwas Auffälliges daran: Die Frau ruhte. Die Bewegungen, die sie machen würde, um den Wagen zu betreten, waren ihr noch nicht anzusehen, sie bereitete sich nicht darauf vor. Sie ruhte unbewegt, und ob sie noch einen Augenblick oder einige Stunden zu warten hatte, würde an dieser Haltung nichts ändern.

Doch es war ja schon so weit. Der Zug kam zu stehen. Sie machte einige Schritte zur Tür, betätigte die Türöffner-Taste. Sie betrat den Wagen und setzte sich schräg gegenüber von Otto, in der freien Sitzgruppe auf der anderen Seite des Mittelganges. Otto war traurig über das Wort Unterschichtfrau. Es hatte in ihm aufgeleuchtet wie ein rotes Lämpchen. Als lebte man in einem Kastensystem, in einer Klassengesellschaft. Was war er dann, ein Bürgerlicher? Er? Was trennte ihn von dieser Frau? Die Kleidung, der Haarschnitt? Welche Bedeutung hatte so etwas, solche Oberflächlichkeiten. Ein anderer Lebenslauf: Es hatte in der Volksschule angefangen, als sie in Rechnen und Deutsch bereits schlechte Noten bekam. Für ihre Eltern war klar, das Kind geht in die Hauptschule. Dann machte sie eine Lehre, sie hatte andere Freunde als er und so weiter. Was war das hier, das 19. Jahrhundert? Eine Gesellschaft im Abstieg, in letzten Zuckungen der Dekadenz? Was hielt ihn auf? Der Zug setzte sich wieder in Bewegung. Otto blickte zu ihr hinüber. Älter war sie auch, beträchtlich älter. Nichts trennt bequemer als ein großer Altersunterschied. Er muss gestarrt haben, denn sie dreht den Kopf und schaut in seine Richtung. Er sieht schnell weg. Dann sieht er wieder hin. Seine Mutter könnte sie nicht sein. Die Prostituierte, zu der Winston in 1984 geht, ihr zahnloses Lachen, als sie schließlich das Licht einschaltet. Sie sagt: „Was ist denn los? Haben Sie nichts Besseres zu tun als mich anzustarren?"

„Entschuldigen Sie."

„Also? Warum starren Sie mich an?"

„Ich hab' es nicht bemerkt."

„Trotzdem starren Sie mich an. Finden Sie das normal?"

Otto überlegt. „Schauen Sie, ich bin müde. Entschuldigen Sie."

„Schlechten Tag gehabt? Ärger mit Ihrer Frau?"

„Ha, na ja, OK. War wirklich nicht der beste Tag."

„Und deswegen starren Sie, oder was. Glauben Sie, mein Tag war so gut?"

„Tut mir leid, wenn er es nicht war."

„Ja, das sagen Sie so. Aber meinen tun Sie es nicht."

Otto sagt nichts. Wird sie aufhören, wenn er nicht mehr antwortet? Sie sieht noch einige Sekunden zu ihm herüber, schüttelt dann verächtlich den Kopf. Die Frau sieht bei ihrem Fenster hinaus.

„Ich nehme mir die Freiheit, Sie auch zu stören", sagt sie, steht auf und kommt zu seiner Sitzgruppe, setzt sich ihm gegenüber hin. „Jetzt sind wir quitt."

Otto sieht sie an. „Warum war Ihr Tag nicht gut?"

„Was glauben Sie denn?"

„Ärger im Job?"

Sie lacht. „So schwer war das nicht. Und jetzt?"

„Jetzt sind Sie unterwegs nach Hause zu Ihrem Mann. Kinder haben Sie auch. Vielleicht schon erwachsen, oder wohnen sie noch bei Ihnen. Vielleicht das jüngste, die anderen sind schon ausgezogen."

„Kleine Kinder trauen Sie mir also nicht zu", sagt sie. „Recht haben Sie, ich bin eine alte Schachtel. In dem Punkt sind Sie mit meinem Mann einig. Aber ich altere in Würde. Streiten Sie das ab? Das ist unhöflich."

„Gar so jung bin ich auch nicht", sagt Otto.

„Oha, Midlife-Crisis? Dafür sind Sie aber nicht alt genug. Was ist los, Ihre Freundin will ein Kind und Sie trauen sich nicht? Oder Sie sind zu feig zu heiraten? Oder Sie können sich nicht zwischen all Ihren Freundinnen entscheiden?" Sie lacht wieder.

„Naja", sagt Otto, „es ist ja schön, dass Sie meine Situation nicht ernst nehmen und ich Ihre nicht. Aber dann sollten Sie sich eigentlich wieder auf Ihren alten Platz zurücksetzen, denn dann ist es sinnlos miteinander zu reden. Ich verstehe ohnehin nicht genau, warum Sie mich jetzt angesprochen haben."

„Ich habe Sie nicht angesprochen, Sie haben mich angestarrt, schon vergessen? Genau zwei Menschen sitzen in dem ganzen Waggon, und Sie starren mich an. Und dann soll ich Sie angesprochen haben?"

„Ich versteh' schon was Sie meinen. Aber ich glaube, Sie nehmen das zu persönlich. Das ist eben eine Folge, wenn man in einer Stadt lebt. Ich bin den ganzen Tag von Menschen umgeben, ich schaue sie an, sie schauen mich an. Ich bin ein soziales Tier und auch neugierig. Aber heißt das, dass ich mit den Leuten mein Leben diskutieren will? Oder finden Sie, dass ich die Pflicht habe, mit Ihnen über mein Leben zu sprechen?", fragte Otto.

„Ach, tun Sie nicht so großspurig. Wer hat denn was von Pflicht gesagt. Wo fahren Sie eigentlich hin?"

„Geht Sie zwar nichts an, aber ich fahre tatsächlich einfach nur hin und her, von Endstation zu Endstation und wieder zurück."

„Ein Pendler sind Sie also", sagt sie und lacht vergnügt. „Das muss Ihnen nicht peinlich sein, das kommt in den besten Familien vor. Ich mach' das auch manchmal, wenn ich keine Lust habe, nachhause zu kommen."

„Um genau zu sein, war ich dort heute schon", sagt Otto. „Und meine Freundin will zwar meines Wissens kein Kind, aber wir können uns derzeit nur schwer ertragen gegenseitig."

Mit einer kleinen Kopfbewegung wirft sie ihre Föhnlocken zurück. „Das interessiert mich nicht sehr. Was ist Ihre Lieblingsfarbe?"

Otto überlegt, wie er den Fragen entkommen kann und warum er das sicherlich sollte, aber es fällt ihm nichts ein. „Blau."

„Jetzt vermuten Sie wahrscheinlich, dass ich Sie als Nächstes nach Ihrem Sternzeichen frage, aber da irren Sie sich. Ich wollte Sie nur ärgern. Esoterik interessiert mich, aber meine Esoterik endet da, wo die heilige Ruhe der Männer anfängt, also fürchten Sie sich nicht."

„Danke", sagt Otto matt. „Wie geht es Ihrem Mann? Wie steht es in Ihrer Ehe?"

„Wissen Sie, wie lang ich schon verheiratet bin?", fragt sie. Nein, versucht Otto einen bedauernden Gesichtsausdruck. „Zweiundzwanzig Jahre. Ich liebe ihn sehr und hasse ihn noch mehr. Wenn sie mich so direkt fragen."

„Warum sind Sie noch zusammen?", fragt Otto.

„Zu wenig Einfallsreichtum. Zu viel Gemütlichkeit. Zu wenig Selbstvertrauen. Zu viel Faulheit. Zu wenig Geld. Zu viel Angst."

„Das gefällt mir", sagt Otto, „ich mache Ihnen einen Vorschlag. Wir steigen in der Längenfeldgasse in die U4 um und machen einen kurzen Abstecher zum Karlsplatz, ich lade Sie auf einen Kaffee ein."

„Das ist reizend von Ihnen", sagt sie. „Ich nehme an Sie haben dort Ihren persönlichen Pendlerstützpunkt."

Es wird dann aber kein Kaffee daraus sondern Fast Food, auf zwei roten Plastiktabletts von McDonalds beiläufig angehäuft. Der Pendlerstützpunkt wird zum ersten Mal in Anspruch genommen, denn bisher hat er nur als Möglichkeit in Ottos Kopf existiert: An einer Gabelung in der U-Bahn-Passage Karlsplatz/Oper sitzen Otto und seine neue Bekanntschaft leicht erhöht hinter einer großen Glasscheibe und blicken auf vorbeieilende Passanten und auf die kleinen Gruppen von Drogensüchtigen, die miteinander plaudern und Handel treiben. In dem Kunstlicht des Fast Food Restaurants ist jede Erinnerung an die Außenwelt verboten, Tageszeit und Jahreszeit spielen für die Patienten dieser Tröstungsanstalt keine Rolle mehr. Sie hat ihr Tablett abgestellt und ihre Jacke und Handtasche umständlich über die Rückenlehne ihres Stuhls gehängt. In einem groben karamellfarbenen Strickpullover sitzt sie Otto gegenüber und isst gelegentlich einzelne Pommes Frites, den Burger hat sie noch nicht angerührt.

„Warum bringen Sie mich hierher? Glauben Sie, dass Sie sich mit mir nur beim Fast Food sehen lassen können?"

„Nein", sagt Otto. „Das ist ein Ort für meinen Kopf, oder aus meinem Kopf. Ich weiß nicht, ob ich das erklären kann. Ich glaube, dass ich mich an so einem Ort gut entspannen könnte. Aber mehr als eine Hoffnung ist das nicht. Ich war ja noch nie hier. Oft, wenn ich vorbeigegangen bin, habe ich gedacht, dass ich irgendwann hinter dieser Glasscheibe sitzen und den Menschen zusehen werde, die draußen vorbeigehen."

Sie sieht durch die Scheibe und sie widmen sich ihrem Essen. „Aber warum wollten Sie mich dabei haben, bei Ihrem Durch-die-Scheibe-Schauen? Es macht mir nichts aus, verstehen Sie mich nicht falsch. Aber mir kommt vor, dass Sie eher der Typ schweigsamer Einzelgänger sind, und was bin ich dann? Eine Schaufensterdekoration, oder was?"

„Es ist wirklich nett von Ihnen, dass Sie mitgekommen sind. Ich wollte einfach mit Ihnen gemeinsam hierher kommen, das ist mir spontan eingefallen vorhin, dann habe ich Sie gleich gefragt." Er sieht ihr in die Augen. „Manchmal trifft man einen Menschen ohne bestimmten Zusammenhang mit dem eigenen Leben und hat dann plötzlich eine Idee, die vorher immer nur unreif im Kopf versteckt war. Mir zumindest geht es so."

„Ich glaube, Sie sind ein Tagträumer. Womit ich nichts Schlechtes über Sie sagen will. Nur die Sache, warum Sie so viel träumen? Finden Sie es bequemer zu träumen, als wirklich Dinge zu tun? Zum Beispiel mit mir? Sie laden mich ein mit Ihnen zu gehen, ich sage ja und Sie bringen mich hierher, um andere Menschen zu beobachten? Und dann? Was kommt als Nächstes?"

Otto sieht durch die Scheibe. „Was kommt als Nächstes? Na, ich würde sagen, jetzt sind Sie dran. Was schlagen Sie vor?"

Sie lacht. „Sehr zuvorkommend von Ihnen. Ich weiß ja nicht, was Ihnen so vorschwebt. Ein billiges Hotel, so ganz im Stil Ihres Fast Food Restaurants? Da würde ich aber nein sagen, nur dass Sie es wissen. Allerdings wenn Sie… wenn Sie mich einladen, für eine Woche in den Süden zu fahren, nach Gran Canaria oder Lanzarote. Ohne noch einmal nach Hause zu fahren vorher. Ich glaube hier in der Nähe gibt es ein Last

Minute Reisebüro. Wenn es noch heute einen Flug gibt und ein Dreisternehotel direkt an einem Sandstrand. Da würde ich vielleicht ja sagen. Aber ich glaub' nicht, dass Sie mich das fragen werden."

„Oder nach Indien", sagt Otto. „Und dort ein Motorrad kaufen und kreuz und quer über den Subkontinent fahren."

„Staubig", sagt sie.

„Ja."

Erlaaer Straße

Am nächsten Morgen saßen Otto und Charlotte auf den Barhockern in ihrer offenen Küche und frühstückten. Otto hatte Spiegeleier und Toast gemacht, dazu gab es Lifestyle-Espresso aus der Schweiz und Premium-Orangensaft, der laut Herstellerangaben den Weg vom sizilianischen Produzenten bis nach Wien ohne Unterbrechung der Kühlkette hinter sich gebracht hatte. Charlotte ließ sich von Otto an den Ohrläppchen zupfen. Schon beim Schichtwechsel unter der Dusche hatten sie sich geküsst und Charlotte fühlte sich ausgeschlafen und überraschend tatkräftig. Die Februarsonne schickte bereits einen schmalen Sonnenkegel durch das große Wohnzimmerfenster. Auch das unterstützte hilfreich die optimistische Atmosphäre dieser partnerschaftlichen Mahlzeit. Beide Partner schätzten solche gemeinsamen Frühstücke als einen besonders erfreulichen Tagesabschnitt und Charlotte war froh, dass ihre Arbeitszeiten und Aufstehgewohnheiten dafür gut genug zusammenpassten.

„Heute wird ein ganz ordentlicher Tag", sagte Charlotte, während sie auf ihrem Mobiltelefon mit schnellen Fingerbewegungen durch ihren Terminkalender und die E-Mail-Inbox wischte. „Telefonieren wir dann am Nachmittag und schauen wir, ob wir am Abend etwas machen, ja?"

Otto sammelte Teller und Besteck zusammen, wischte ein paar Brösel weg und startete den Geschirrspüler. „Ich liebe dich", sagte er, küsste Charlotte in den Nacken und machte sich auf den Weg. Sie hatte noch etwas Zeit und würde das Haus nach ihm verlassen.

In der Längenfeldgasse stieg eine Mutter mit Kinderwagen und einem etwa dreijährigen Kind in Ottos Waggon ein. Die Mutter fand einen freien Sitzplatz in der Nische mit der Stellfläche für Kinderwägen und Ottos Blick fiel auf das Kind, das sich in seinem Sitz nach vorne gelehnt hatte, um besser sehen zu können. Alle paar Sekunden hob es einen Arm, der in einer dicken Winterjacke steckte, zeigte nach links oder rechts und wies seine Mutter energisch auf die wichtigen Beobachtungen hin, die hier zu machen waren. Dabei bewegte sich sein Kopf gewichtig hin und her. „Jetzt sind die Türen zu", sagte es gleich nach dem Losfahren, „jetzt fährt der Zug." „Ja, jetzt fährt der Zug los", bestätigte die Mutter. Der Kinderblick lief zwei- oder dreimal ohne besonderes Interesse über Otto hinweg, der den beiden schräg gegenüber saß. „Jetzt fahren wir im Freien", sagte das Kind und seine ruhelosen dunklen Augen zogen weiter, schlossen sich für den kürzesten Moment und öffneten sich wieder, rund, voller Neugier auf die Außenwelt. In jedem dieser Blicke, dachte Otto, wird eine neue Welt erschaffen, noch ohne Urteile und Meinungen, und immer auf der Suche nach Ereignissen, nach Geschichten, nach Sensationen. Als Otto länger in die Augen dieses Kindes sah, überkam ihn eine große Lust, selbst diese Art des Schauens zu versuchen, die Dinge noch einmal zum ersten, zweiten, oder fünften Mal zu sehen und nicht zum tausendsten. Je länger er diesem Blick folgte, umso mehr glaubte Otto die Kontrolle über seinen eigenen Sehsinn zu verlieren und stattdessen in die Perspektive des Kindes hinüberzugleiten. Und so kam es schließlich, dass das Kind zu einem weiteren Lidschlag ansetzte – langsam –, doch als sich seine Augen wieder öffneten, war Otto nicht mehr am selben Ort, sondern er versank in einer Erinnerung, einer Geschichte, einer Linie, der es zu folgen galt.

Otto war auf dem Weg von der Schule nach Hause, in die Weite des Nachmittags, einer Mahlzeit, seiner Hausübungen, vor sich viel verheißungsvolle freie Zeit. Wie immer ging er zügig, vom letzten der Schulkollegen, die ein Stück des Weges mit ihm teilten, hatte er sich verabschiedet. Es war Winter wie jetzt und auf den geparkten Autos lag etwas Schnee. Otto war Klassenbester, ehrgeizig und arrogant. Es gab viel zu überlegen, Pläne zu machen, Fantasien nachzuhängen. Seine Schultasche war schwer. Er ging vornüber gebeugt und ballte die Hände in den Taschen seiner Winterjacke zu Fäusten, um seine Schultern zu entlasten. Als der kleine Schneeball von hinten kommend neben seinen dahineilenden Füßen am Gehsteig landete und nach vorne auskullerte, schreckte Otto aus seinen Gedanken hoch. „Scheiße, daneben", hörte er und gleich danach traf ein weiterer Schneeball den oberen Rand seiner Schultasche, so dass kleine Trümmer davon an seiner linken Schulter vorbeiflogen. Ein Spritzer kalter Schnee landete auf seiner Wange. Von hinten kam Gejohle. Otto war erschrocken und drehte sich um, ohne stehen zu bleiben. Wie befürchtet waren es Thomas und Klaus, zwei Klassen weiter als er, legendär frech zu den Lehrern und gefürchtet bei den jüngeren Kindern. Dummerweise wohnte Thomas etwa auf halbem Weg zwischen der Schule und Ottos Wohnung, und Klaus ging oft mit ihm. Die ruhige Gasse zwischen mächtigen Gründerzeithäusern war kein guter Ort, um von älteren Schülern verfolgt zu werden, erst recht nicht zu dieser Tageszeit, wenn die Anrainer entweder in ihrer Arbeit oder beim Mittagessen waren. Er beschleunigte seine Schritte und versuchte seine Verfolger nicht zu provozieren. Leider bedeutete das, alle weiteren Schneeballtreffer still ertragen zu müssen. Ein Geschoß erwischte ihn am rechten Oberschenkel, knapp über der Kniekehle. Das tat ziemlich weh, weil der Schneeball wohl Eisstücke, vielleicht sogar Kieselsteine enthielt. Für einen Augenblick gewann seine Wut die Oberhand, Otto drehte den Kopf halb nach hinten und schrie:

„Sehr fair, mit Steinen auf Jüngere zu werfen!" Weiteren Widerstand konnte er sich aber nicht leisten, daher wanderte der Kopf flugs wieder nach vorne und er hastete weiter. „Willst' dich beschweren?", spottete Thomas, „Dich als Zielscheibe für meine Schießübungen sollte das eigentlich nicht stören, feige Sau!" Otto verkrampfte sich vor Angst, eine Antwort fiel ihm nicht ein, das einzige, was noch funktionierte, waren seine Beine. Schnell eilte er vorwärts, vorwärts.

Der Friedhof lag in einem Stadtviertel, das Otto völlig unbekannt war. Mit einer Gruppe von Mitschülerinnen fuhr er von der Schule aus durch die halbe Stadt, schließlich mit einem Bus einige Stationen bergauf in Richtung Wienerwald. Es war elf Uhr Vormittag, aber sie hatten frei bekommen und das versetzte die Gruppe in eine ausgelassene Stimmung, die Otto peinlich war. Trotzdem spürten sie auch die Last des bevorstehenden rätselhaften Vorgangs. Manche hatten schon Begräbnisse eines Familienmitglieds erlebt, aber das waren Veranstaltungen für alte Menschen gewesen, sowohl was die Toten betraf als auch die Begräbnisbesucher. Dreizehnjährige waren bei solchen Begräbnissen nur Zuseher, von denen niemand etwas erwartete. Seit Kurzem wussten sie, dass man auch mit dreizehn plötzlich tot umfallen konnte, ohne Vorwarnung und ohne Vorbereitung. Genau das war Maria passiert, ihrer ehemaligen Mitschülerin, die erst vor einem halben Jahr aus ihrer Klasse an eine andere Schule gewechselt war. Angeblich war sie eines Abends gerade beim Zähneputzen, als es passierte. Sie war das Nesthäkchen der Familie und starb vor den Augen ihrer älteren Geschwister.

Was, wenn sich Thomas und Klaus gemeinsam auf ihn stürzten und ihn mit Schnee, Eis und Kieseln bearbeiteten? Einer allein konnte ihn wohl schlimmstenfalls ein paarmal schlagen, aber zu zweit könnten sie ihn fertig machen, einer würde ihn halten und der andere könnte ihn ungehindert quälen. Was war diesen beiden eigentlich nicht zuzutrauen. Da es keine Zeugen gab, konnte er ihnen auch nicht damit drohen, sie in der Schule zu verraten, er würde keine Beweise haben. Und wer sagte, dass sie nicht über die Straßenecke hinaus, an der sie doch endlich zur Wohnung von Thomas abzweigen mussten, ihm weiter folgen würden, bis zu seinem Hauseingang.

Die Stelle war erreicht. Otto überquerte die Straße und wünschte sich mit aller Macht, dass seine Verfolger verschwinden würden. Ein weiterer Schneeball traf seine Schultasche, er hastete weiter. Dann waren sie weg, aber ihr Werk war ja schon vollendet.

In der Aufbahrungshalle waren zu viele Menschen, Otto und seine Mitschülerinnen warteten draußen. Schließlich begann der Trauerzug zum offenen Grab. Der Friedhof lag an einem ansteigenden Hang und das Grab war fast am höchsten Punkt. Es war bitterkalt, obwohl die Sonne in einem wolkenlosen Himmel stand. Eine lange Schlange von Trauernden entstand, die warteten, bis sie an die Reihe kamen. Immer wieder rückten sie einige Fußbreit nach vorn. Es galt der Mutter und den Geschwistern (der Vater war nicht anwesend) die Hand zu reichen, „mein Beileid" zu sagen und eine Schaufel Erde auf den Sarg zu werfen. Otto stand weit hinten in der Schlange neben Klara, in die er heimlich verliebt war. Die Kälte färbte Klaras Wangen rot, sie sah aus wie Schneewittchen.

Links von ihm war die Polizeistation von Longsight, durch hohe Mauern mit drohenden Glasscherben oben darauf geschützt. Auf der anderen Straßenseite stand eine lange Reihe von billigen Sozialbauten, Einfamilienhäuser, eins an das andere gebaut, deren Eingangstüren sich direkt auf den Gehsteig der verkehrsreichen Stockport Road öffneten, die noch fast im Zentrum von Manchester anfing, nicht weit vom Bahnhof, und an diesem heruntergekommenen Viertel vorbei bis in die Vorstädte im Südosten reichte. Vor einem der winzigen Einfamilienhäuser war vor einigen Wochen in der Nacht ein Jugendlicher erschossen worden. In dieser Gegend zu wohnen übte auf Otto einen starken Reiz aus. Jeden Tag marschierte er in der Früh neben dem strömenden Verkehr zwanzig Minuten zur Technischen Universität, und am Abend den gleichen Weg zurück. Die Augenlider des kleinen Kindes öffneten sich wieder, sein Blick traf den von Otto. Klara nahm die kleine Schaufel in die Hand und warf Erde auf den hellen Holzsarg, in dem Maria lag. Auf einer Klassenwanderung im Waldgebiet des Lainzer Tiergartens hatten sich Otto und Maria hinter die anderen zurückfallen lassen und er wollte damals immer weiter mit ihr reden, stundenlang, wenn es nach ihm ginge, egal worüber, nur um ihre schöne tiefe Stimme zu hören und aus dem Augenwinkel ihre nackten Unterarme anzusehen. Klara trug einen hellen Mantel und einen Schal in einem dunkelgrünen Schottenmuster. Sie gab dem Friedhofsangestellten das Schäufelchen zurück und trat zur Seite. Die Seitenwände des Grabes waren glatt wie mit einem riesigen Messer gezogen. Otto musste daran denken, wie es wäre, an Marias Stelle in dem kalten Sarg zu liegen. Er wollte nichts falsch machen. Er nahm die Schaufel und warf ein paar Krumen Erde auf Maria, doch es war wohl viel zu wenig, denn er konnte sie noch immer sehen, in ihrem neuen Gefäß lag sie da zu seinen Füßen und schwieg. Seine Arme ruderten gleichmäßig im Rhythmus seiner weit ausgreifenden Schritte, er war dreiundzwanzig Jahre alt, entwurzelt, autonom. Die Häuser entlang der Straße waren hier niedrig und unverputzt. Ein McDonalds-Franchisenehmer kämpfte ums Überleben, ein paar hundert Meter weiter befand sich eine Spirituosengroßhandlung und nach einem weiteren halben Kilometer eine Diskothek, in der manchmal Konzerte von Größen aus Top of the Pops stattfanden. Etwa an der Hälfte des Weges standen vor mächtigen Plakatwänden ein paar schlecht wachsende Trauerweiden. Die Linienbusse konkurrierender privater Busunternehmen fuhren in unregelmäßigen Intervallen vorbei, und außer der Brücke einer Stadtautobahn, die Otto kurz vor der Universität unterquerte, führte sein Weg auch an großen ungenützten Grünflächen vorbei, wo früher einmal Handwerksbetriebe und dann Fabriken gestanden waren, als im 19. Jahrhundert die Industrialisierung der Welt hier ihren Ausgang genommen hatte. Die Zeit der Fabriken war aber schon lange vorbei. Otto jedenfalls studierte Informatik.

Es war später Nachmittag und die Temperatur war seit der schlimmsten Mittagshitze noch kaum gefallen. An der Station warteten an die zwanzig verschwitzte Wienerinnen und Wiener auf ihren Bus. Otto hielt sich eher am hinteren Ende auf. So konnte er als einer der Ersten an der hinteren Einstiegstür sein und mit etwas Glück sogar einen Sitzplatz finden. Eine schlichte Anwendung von praktischer Intelligenz war das, auf der Grundlage umfangreicher Erfahrungswerte mit diesem verfluchten, fast immer überfüllten Hauptverkehrszeitenbus, der Otto nach einem langen Tag an der Uni nach Hause brachte. Nach akzeptablen vier Minuten Wartezeit kam der Bus um die Ecke. Die Wartenden waren von der Hitze ausgelaugt und nahmen nur zögernd den Kampf um die freien Sitzplätze auf. Ohne Probleme fand Otto einen Gangplatz im hinteren Drittel und verlor sofort alles Interesse an seiner aktuellen Situation, Sitzplatz hin oder her. Wie die anderen Passagiere sank er in einen stillen Dämmerzustand und versuchte möglichst wenig Eigenwärme zu erzeugen. So war es wohl zu erklären, dass er seinen gangseitigen Ellbogen ein kleines Stück von seinem Oberkörper entfernt hielt. Dass der Ellbogen in Berührung mit der beweglichen Hüfte einer im Mittelgang stehenden Gymnasiastin geraten würde, war jedenfalls von Ottos Seite ganz ungeplant. Er hatte sie schon oft in diesem Bus gesehen.

Schließlich öffnete sich zwischen den schmucklosen Neubau-Hochhäusern der Universität eine Lücke, durch die man von der Stockport Road auf den Universitätscampus gelangte und den Straßenlärm hinter sich ließ. Auf dem Rasen vor dem Informatikinstitut lagerten bei schönem Wetter manchmal die PhD-Studenten, denen überhaupt der ganze Campus persönlich zu gehören schien. Otto war hingegen nur in einem einjährigen Master-Studiengang eingeschrieben und sah sich seit Beginn des Studienjahres als Gast an diesem Ort. Er war ständig in Geldnot und wählte selbst in der Kantine der Student Union vor allem nach dem Preis. Baked Beans und Reis. Über die Qualität des Lehrangebots machte er sich keine Illusionen: Die Jahrgangsgruppe in seinem Kurs bestand zu mehr als der Hälfte aus ausländischen Studierenden, die so wie er selbst größeren Wert auf den Lebensstil eines Studiums in England legten als auf die Unterrichtsinhalte. Die Professoren schienen das zu berücksichtigen und nutzten ihre Vorlesungen hauptsächlich als Testgelände für die neuesten Witze und für ihren persönlichen laufenden Kommentar zur innenpolitischen Situation. Fachlich begnügten sich alle, Vortragende wie Studierende, leichten Herzens mit ihrer vom Schicksal vorbestimmten Mittelmäßigkeit. Sie war hellblond, fast ins Albinohafte reichend, und hatte lange glatte Haare, die sie meistens in einem Pferdeschwanz trug, heute jedoch offen, wahrscheinlich waren sie in der letzten halben Stunde gewaschen worden, denn sie sahen noch ein bisschen feucht aus. Schönheit war sie keine, ihre Stirn wich oberhalb der Augenbrauen leicht fliehend zurück und ihre Backen- und Kieferknochen wirkten eckig. Aber sie war jung, vielleicht nach einer Turnstunde frisch geduscht. Wieder berührte ihre Hüfte Ottos Unterarm. Dann drehte sie sich ein bisschen von Otto weg und bei der nächsten Fahrbahnunebenheit berührte ihn ihr Po. Der war fest und schön geformt und wurde von einer hellen Jeanshose ins beste Licht gerückt. Otto hatte sich nie besonders für dieses Mädchen interessiert, aber hier stand sie nun neben ihm und ließ ihn ihre Jugend spüren. Machte sie das absichtlich? Wie würde sie reagieren, wenn er seinen Arm um sie schlänge und sie auf seinen Schoß zöge? Sein Penis wurde hart. Die Arbeitstasche auf seinen Oberschenkeln war da ein Segen, denn das Vibrieren des Sitzes bei der Fahrt würde dafür sorgen, dass er mit dieser Erektion auch noch aus dem Bus aussteigen würde. Unter ihrem T-Shirt konnte er die Form ihrer Brüste erahnen. Der Dreijährige sagte zu seiner Mutter: „Wir fahren zum Papa. Wo ist der Papa?" „Der Papa ist in der Arbeit, im Spital." Es war ein fast unglaublicher Zufall, dass seine erste Arbeitsstätte in Gehweite von seiner Wohnung lag. Nicht einmal eine Viertelstunde brauchte Otto von Tür zu Tür. Das Geld floss in schockierenden Mengen. Er hatte nie viel gebraucht. Doch am Ende des ersten Monats hatte er einen unübersichtlich hohen Betrag auf seinem Konto gefunden, und nach dem zweiten Monat wieder, und wieder. Wenn er in der Früh seine Wohnung verließ, dann wusste er warum. Er machte sich mit schnellen Schritten auf den Weg, dachte bereits an seine Arbeit, an die Ordner mit Skripten zur Einarbeitung in die Entwicklungsprozesse der Firma. Er wollte diese Entwicklungsprozesse und die verwendeten Tools möglichst rasch aufsaugen, um bald schon in seiner Tätigkeit immer produktiver zu werden, bis er eines Tages sein Gehalt auch rechtfertigen würde. Das war zumindest eine interessante Aussicht. Natürlich hatte er sein Gehirn nicht beim Unterzeichnen des Dienstvertrages abgegeben. Ihm war bewusst, wie wichtig es war, diese Art von Berufstätigkeit mit ironischer Distanz zu betrachten, als ein Spiel unter vielen, die er in seinem Leben zu spielen gedachte. Aber für den Augenblick hatte er einfach Lust, die Spielregeln der Firma möglichst gut zu lernen und erfolgreich nach ihnen zu spielen. Es fiel ihm schwer, sich das Mädchen als Partnerin vorzustellen. Was würde er mit ihr anfangen können. Wo gab es da Gemeinsamkeiten, gab es so etwas wie eine zu junge Partnerin für ihn, die noch nicht den Schritt der Menschwerdung vollzogen hatte. Aber war das denn notwendig. War es nicht genug ihren Po an seinem Unterarm zu spüren. Er würde ihre Hose aufknöpfen und ein Stück hinunter schieben, sie umdrehen und an sein Gesicht ziehen, seinen Kopf zwischen ihre Brüste drücken und mit den Fingern einer Hand an der Naht ihres Höschens entlangfahren und dann seine Hand darunter gleiten lassen. Ob sie jetzt gerade ähnliche Dinge dachte wie er? Was ging in ihrem Kopf vor sich? Kümmerte es ihn? Würde sie in Zukunft, wenn sie wieder gemeinsam im Bus fuhren, das Gleiche tun? Zumindest seine Nähe suchen. Das Kind ließ die Augen herumschweifen, aber es schien nun bereits etwas gelangweilt. Der Hass loderte in Otto, schnürte ihm den Atem ab. Noch ein Wort von ihr und er würde die Kontrolle verlieren. Leben war eine Höllenqual. Er musste weg. Sie war gerade abgelenkt, in ihrem Weltschmerz versunken, es war eine günstige Gelegenheit zur Flucht, vielleicht die letzte. Er schlich leise ins Vorzimmer und schlüpfte in seine Schuhe, ohne die Schuhbänder zuzubinden, das konnte warten. Geräuschlos zog er seine Jacke vom Kleiderhaken, prüfte, ob seine Geldbörse eingesteckt war. Er presste die Schlüssel an seinem Schlüsselbund fest zusammen, damit sie beim Aufheben nicht klimpern würden. Es war geschafft, sie würde ihn nicht mehr einholen können. Er öffnete die Wohnungstür, trat schnell hinaus, ließ die Tür hinter sich ins Schloss fallen und rannte los. Nach hundert Metern bückte er sich und band sich die Schuhbänder zu, mit einer Doppelmasche, denn er hatte vor, ein längeres Stück zu gehen. Es war halb eins in der Früh und zu kalt, um die Nacht draußen zu verbringen. Er schritt rasch aus. Klar, er hatte zu viel studiert für diesen Job, er würde nur einen kleinen Teil seiner Talente und Fähigkeiten bei der Softwareentwicklung brauchen können. Trotzdem fühlte er sich auch unterqualifiziert, was er im Studium gelernt hatte, war großteils nutzlos, seine Kollegen hatten ihm alle viel voraus. Er würde die ersten Monate nur überstehen, wenn er sein Nichtwissen in vielen Bereichen versteckte und heimlich seine Wissenslücken füllte, bevor man ihm auf die Schliche kam. Wahrscheinlich waren die Kenntnisse, die hier vonnöten waren, so spezialisiert, dass man sie nur im Job selbst erwerben konnte, wenn man nicht gerade wie die Gurus der Abteilung selbst in der Forschung die Grundlagen dafür geschaffen hatte. So gesehen war er ja alles andere als unterfordert, dachte Otto, als er die Kreuzung an der Ruckergasse überquerte, im Gegenteil, er musste aufpassen, dass er an die Sache nicht zu obsessiv heranging. Nicht erst einmal hatte er von einer der Softwareroutinen, die er für die Firma schreiben sollte, geträumt, und das waren keine guten Träume. Ohne Entrinnen zog dann eine Prozession von Ausdrücken der Programmiersprache durch sein Traumbewusstsein, es gab keine klar gestellten Anforderungen und auch keine Lösungen, nur einen ewigen Fluss von Rechenschritten, Deklarationen und Funktionsaufrufen. Für ein lebendiges Geschöpf war das ja fast existenzbedrohend, und wenn Otto aus einem solchen Traum hochschreckte, fühlte er sich klein und niedergedrückt. Er war alt genug, um den Wechsel seiner Empfindungen im Verlauf der nächsten halben Stunde korrekt vorhersagen zu können. Zuerst würde das Adrenalin dafür sorgen, dass er glaubte, unbegrenzte Kräfte zu haben und endlos durch die Nacht marschieren zu können. Er würde unrealistische Pläne schmieden, zum Beispiel quer durch die ganze Stadt zu laufen und am anderen Stadtrand in einem billigen Vororthotel auszuschlafen. Dann würde er eine Zeit lang einfach im Rahmen seines Leistungspotenzials weitergehen, Schritt nach Schritt setzen, in einem Rhythmus, der von seiner Physiologie vorgegeben war, mit leicht beschleunigter Atmung. Und allmählich würde sein Körper nicht mehr ganz rund laufen, ein Schuh würde drücken oder eine Schulter schmerzen, sein Geist genug haben von all der Wut und nach Auswegen suchen, nach einer schnellen Entspannung und einer Belohnung für die ganze Plagerei. So wie die Dinge lagen, würde es nicht so leicht werden mit der Entspannung. In der Richtung, in die er ging, war das nächtliche Dienstleistungsangebot der Stadt nicht gerade riesig. Ja, da war das Bordell. Hatte er deswegen diesen Weg gewählt? Haha. Das Kind lachte, weil seine Mutter Grimassen schnitt, um es bei Laune zu halten. Was für ein schöner Tag, und Mama war wieder einmal zum Schieflachen lustig. Er hatte gelernt, wie er die Krücken belasten musste, um gut voranzukommen, ohne sich zu sehr anzustrengen. Am Anfang war er manchmal völlig verschwitzt an seinem Ziel angekommen und an seinen Handflächen hatten sich Blasen gebildet. Die Straßenbahn war schon in der Station. Die drei steilen Stufen in den Wagen hinaufzukommen ging eigentlich nicht, er musste schummeln und den Fuß mit dem gebrochenen Mittelfußknochen kurz belasten. Aber an der Ferse konnte er auftreten, ohne dass es allzu sehr wehtat. Er stieg immer beim vordersten Einstieg ein und bemerkte, dass ihm manche Fahrer beim Erklettern der Stufen zusahen. Wahrscheinlich fragten sie sich, ob er ein Simulant war, wenn er doch offenbar beide Füße einsetzen konnte und die Krücken locker in einer Hand hielt, ohne sie zu verwenden. Und vielleicht war er ja ein Simulant. Es war ein köstliches Gefühl, wie die anderen Passagiere sich mühten, Platz für ihn zu schaffen. Eine alte Frau saß auf seinem Lieblingsplatz für die Blinden, für alte Menschen, für schwangere Frauen und Mütter mit Kleinkindern. Sofort erhob sie sich, „Bitte, setzen Sie sich, setzen Sie sich doch." Und er setzte sich gern, streckte das Bein mit dem verletzten Fuß gerade von sich, baute aus den Krücken einen luftigen Grenzzaun, der sein Territorium im Wagen markierte. Als er am Bordell vorbeikam, sah er, dass es geschlossen hatte. Da gab es nichts zu bedauern, denn er hatte nicht die geringste Lust auf irgendwelche anderen Menschen, und der Gedanke an die erwartbaren Bedingungen in diesem Lokal – schlechte Gerüche, hässliche Menschen, Sekt – erzeugte in ihm Übelkeit. Ottos Mops kotzt. Er ging also weiter, bereits eindeutig in Phase drei (Wut-Überdruss) angelangt und auf der Suche nach einem Bett. Erstaunlicherweise baute sich inmitten der tiefsten Nacht vor ihm ein Touristenhotel auf, wohl etwas zu hochpreisig für seinen primitiven Bedarf, aber da konnte man eben nichts machen. Es war an der Zeit einzukehren zu stiller Andacht. Otto läutete und hörte dem Geräusch der Glocke zu. Der Nachtportier kam hinter die Glastür geschlurft, sperrte auf und lenkte ihn mit fahrigen Armbewegungen zur Rezeption. Das Hotel befand sich zwar an einer Durchzugsstraße, aber es war modern und roch nach Reinigungsmittel. Zimmer 238 war völlig überheizt. Es lag straßenseitig und das Fenster ließ sich nicht öffnen. Otto zog die Winterjacke aus und hörte nicht auf, seine Kleidung Schicht um Schicht abzuwerfen, bis er nackt vor dem großen Spiegel stand. Er betrachtete sich sorgenvoll. Es war noch immer zu heiß hier. Er schaltete den Fernseher ein, stellte auf lautlos und ließ die Frauen von der Telefonsexwerbung am Bildschirm traurige Verrenkungen vollführen. Dann legte er sich auf das Bett – zu weich – , streckte Arme und Beine von sich und starrte zur Decke. An Schlaf war nicht zu denken. Die Matratze war wirklich ungeheuer weich, eine klebrige Wolke aus Zuckerwatte. Um in Schwindel und Übelkeit zu stürzen, genügte jetzt schon die bloße Erinnerung an den Abend vorige Woche, als er betrunken gewesen war und versucht hatte am Rücken liegend einzuschlafen. Doch er war weder betrunken noch müde, er lag schwitzend und nackt um zwei Uhr früh auf der Tagesdecke eines schlechten Hotelbetts, ein erwachsener Mann. Von hier an ging es nur noch bergab. Vor den Fenstern waren für den Schallschutz schwere hölzerne Fensterläden festgenagelt. Selbst wenn der Tag anbrach, würde es in diesem Zimmer niemals hell werden. Dann war es hell und die Straßenbahn polterte durch die Josefstädter Straße. Sein gebrochener Fuß wurde durchgerüttelt, aber nicht so stark, dass es wehgetan hätte. Auf der anderen Seite des Wagens saßen ein paar weibliche Fahrgäste, und zumindest diejenigen von ihnen, die nicht mit ihren Mobiltelefonen oder einer Gratiszeitung beschäftigt waren, warfen ihm gelegentlich mitleidsvolle Blicke zu. Jedenfalls war es herzerwärmend sich das einzubilden. Es war ja nicht auszuschließen, dass er später in seinem Leben einen schweren Unfall überleben oder unter einer chronischen Krankheit leiden würde und dann genau die Aufmerksamkeit ehrlich verdienen würde, die er sich derzeit nur erschlich. Unter diesen Umständen war die Straßenbahnfahrt, wenn er ehrlich war, ein Genuss und hätte ruhig viel länger dauern können, doch in wenigen Minuten würde er sich schon wieder hochwuchten müssen, um seinen Arbeitstermin wahrzunehmen. Schon als er aus dem Tunnel heraus ins gleißende Sonnenlicht fuhr, wusste er, dass das nicht gutgehen konnte. Die von den Rädern glattpolierten Schienen reflektierten die Sonne und funkelten von all dem außer Kontrolle geratenen Tageslicht eines Wintervormittags. Er blinzelte gegen seinen Willen in dieses überbordende Gleißen und sofort spürte er ihn, den dumpfen, schnell anwachsenden Kopfschmerz. Schnell schloss er die Augen, doch der Schmerz hatte bereits an seinem Kopf Gefallen gefunden und wuchs weiter an, bohrte sich unter der Schädeldecke in alle Richtungen und nahm die Gehirnwindungen in Besitz, eine nach der anderen. In seiner Hand lag ein schmaler Band aus dem Passagenverlag, Jean-François Lyotards Postmodernes Wissen. Als die Straßenbahn in der letzten Station vor seiner Aussteigestelle hielt, zog er sich an der Haltestange hoch, fasste die Krücken mit der anderen Hand und humpelte umständlich zum nahegelegenen Ausstieg. Er musste noch warten, bis die Ampel auf Grün schaltete, dann legte die Garnitur mit einer zaghaften Beschleunigung und einem langen Abbremsen die Strecke zwischen den beiden Stationen zurück, das waren nur wenige hundert Meter. Otto kletterte aus dem Wagen. Wieder musste er dabei den gebrochenen Fuß belasten und fühlte die kritischen Blicke aller Passagiere in seinem Rücken. Er hätte den Abstieg aus der Straßenbahn fast mit Anstand hinter sich gebracht, doch in diesem Augenblick – dem Kleinkind gelang noch ein schneller Lidschlag – quietschten Bremsen und ein Motor heulte kurz auf. Dann folgte ein metallisches Geräusch, als das Auto und das Motorrad zusammengestoßen sein mussten, gefolgt von einem kurzen Knirschen und Gekratze, dann aber nur noch Schreckensrufe der Passanten, die den Unfall mitangesehen hatten, sonst war es still. Otto stolperte und fiel der Länge nach auf die Straße. Er konnte den Sturz mit den Händen abfangen, doch er landete mit der Hüfte auf einigen Kieselsteinen und verspürte nach einer Schrecksekunde mittelschlimme Schmerzen an vielen Körperstellen, was ihn nicht daran hindern konnte, mit Hilfe der Krücken rasch wieder aufzustehen. Der Motorradfahrer, der offenbar an der Kreuzung von dem Auto gerammt worden war, erhob sich dagegen nicht, er bewegte sich nicht einmal, sondern lag wie tot mitten auf der Straße. Passanten riefen bereits die Einsatzdienste an. Von einer Sekunde auf die nächste konnte man durch einen Unfall aus dem Leben gerissen werden, jederzeit konnte einem so etwas passieren. Otto humpelte mit seinen Krücken von diesem Unfallort weg. Damit wollte er nichts zu tun haben, seine Zeit war noch nicht gekommen. Von einem solchen Kopfschmerz wurde man also vom Lesen abgehalten, dagegen war man chancenlos. Er blickte zwar versuchsweise noch einmal auf die Seite, doch er konnte den Wörtern keinen Sinn entnehmen, sie verschwammen zu einer visuellen Störung, während das Papier viel zu viel Sonnenlicht reflektierte. Otto ließ das Buch sinken und konzentrierte sich stattdessen auf seine Situation. Er war ein antriebsloser Spielball dieses Kopfschmerzes, der ihn mit tödlicher Fürsorge im Griff hatte. Der Schmerz saß als eine stählerne Spinne auf seinem hinteren Schädeldach, hielt seinen Verstand zwischen Spinnenbeinen aus Eisen eingeklemmt und redete ihm gut zu. „Verhalte dich ruhig", sagte der Kopfschmerz, „ich erwarte nichts von dir, nur deine Aufmerksamkeit." Gehorsam lauschte Otto den Schmerzwellen, die sein Bewusstsein durchspülten und ihn in seinen Sitz drückten. Später hat Otto mehrere Beschreibungen der Kopfspinne angefertigt und auch versucht sie zu zeichnen. Auf den Bildern ist sie selbst unsichtbar, zu sehen ist aber eine Deformation von Ottos Kopf, der am Schädeldach eine tiefe Mulde aufweist. Der ganze Kopf wirkt unter dieser offenbar enormen Last fast unmenschlich, die Gesichtsmerkmale sind im Vergleich zum Schädel grotesk verkleinert und liegen an den falschen Stellen: Die Augen sitzen mitten auf der Stirn, die Ohren sind erschöpft schräg nach unten auf die Wangen gerutscht, das Kinn flieht Richtung Kehlkopf. Zuletzt sieht das weniger wie ein Kopf aus als wie ein verletzter Großkäfer, vielleicht ein Mist- oder Maikäfer, der bewegungslos auf seinen Tod wartet. Beim Allgemeinen Krankenhaus stieg das Kind mit seiner Mutter aus, doch Otto fuhr noch weiter in Richtung Floridotower zu seiner täglichen Arbeitsstätte.

Am Schöpfwerk

Otto blickte auf die Uhr und war nun sicher, dass er den Neun-Uhr-Termin problemlos erreichen würde, zwar mit Kopfschmerzen. Gleich würde er wieder einmal in die selbstgefällige Visage des angekündigten Besuchs der Geschäftsführung sehen, Dr. Soundso, mit einem ihrer Mitarbeiter. Immer war es der gleiche, und nie war ganz klar wozu dieser Mensch, Arsawi, eigentlich mitkam, denn an der Allwissenheit und umfassenden Kompetenz von Soundso war selbstverständlich nichts auszusetzen. Vielleicht war der Kopfschmerz eine vorweggenommene Folge dieser Begegnung, der Schmerz hatte ja gestern begonnen, kurz nachdem Otto den Termineintrag im Kalender gesehen hatte. Arsawi würde genauso sinnlos wie er selbst seine Zeit abzusitzen haben. Warum arbeitete jemand für ein solches Unternehmen, und das bereits so lange, seit zumindest fünf, sechs Jahren. Vermutlich war Arsawi ein Opfer von fehlgeleitetem Ehrgeiz, übertriebener, langjähriger Loyalität zu einem Arbeitgeber oder anderen derartigen Lastern des Angestelltenstandes. Arsawi war eine Flasche.

Von der Endstation der U6 in Floridsdorf fuhr Otto mit der Straßenbahnlinie 31 das kurze Stück zurück zur Matthäus-Jiszda-Straße, überquerte die lebensgefährlich fehlgeplante Ampelanlage an der Kreuzung mit der Floridsdorfer Hauptstraße und erreichte den Floridotower. Der Floridotower, www.floridotower.at, war ein 113 Meter hohes Bürogebäude mit elliptischem Grundriss, das derart einsam am Nordufer der Neuen Donau stand, dass es völlig zu Recht einen Teil der Bezirksbezeichnung Floridsdorf im Namen trug, ein Floridsdorfer Grenzturm. Hier residierte seit einer von der Kommunalpolitik erzwungenen Übersiedlung im Jahr 2007 im neunzehnten Stockwerk das Technologie Management Institut, kurz TMI, Ottos Arbeitgeber. Dr. Hochschlager hatte bei der Büroeröffnungsfeier auf die Modernität des Ambientes hingewiesen und seiner Hoffnung Ausdruck verliehen, dass der Geist von Weite und Offenheit, der durch diese Räumlichkeiten flutete, vor allem aber auch durch die Panoramafenster, hinter denen die Donau zwischen Kahlenberg und Bisamberg ins Wiener Becken eintrat, eine sinnfällige Entsprechung zur Unternehmensmission und zu dem beruflichen Verantwortungsgefühl der MitarbeiterInnen darstellte. Dr. Anton Hochschlager, ein schlanker Mann in den Fünfzigern, war Geschäftsführer des TMI und Ottos Chef. Otto durchquerte die Lobby, beobachtet vom Personal einer Sicherheitsfirma, das den Empfang besetzte, und öffnete mit seiner Zutrittskarte die Sicherheitsschranke. Über spiegelnde Fliesen gelangte er zu den vier Hochgeschwindigkeitsliften. Er betätigte die Aufwärts-Taste. Auch ohne sich umzudrehen, wusste Otto, dass ihn der Mann und die Frau vom Sicherheitsdienst weiter beobachteten. Tagein tagaus saßen sie in ihrem nach allen Seiten hin offenen Empfangs-Aquarium und wurden beglotzt. Dass sie zurückglotzten, war nicht nur gerecht, sondern auch jene unternehmensbezogene Dienstleistung, für die sie bezahlt wurden. Der sanfte Akkord ertönte, mit dem sich das Öffnen der Schiebetür eines der Lifte ankündigte. Otto trat ein und drückte auf den runden Knopf mit der im Relief eingeprägten Zahl 19. Sobald sich die Türen schlossen, stellte er sich ganz nah an den Spiegel und warf sich selbst einen aufmunternden Blick zu. Er sperrte den Mund auf so weit er konnte, bis die Lippen von der Spannung schmerzten. Seine Augen waren nun entsetzensstarr aufgerissen, das Weiß der Augäpfel schimmerte ungesund. Dann klappte Otto den Mund abrupt zu, presste die Lippen aufeinander, ließ seine Augenbrauen über der Nasenwurzel zornig zusammenfahren und runzelte die Stirn. Tiefe Falten liefen leicht gewellt über seine Stirn, bis er plötzlich alle Gesichtsmuskeln entspannte und nun ein Bild vollkommener Antriebslosigkeit und Gleichgültigkeit bot. Er dachte an nichts, wollte nichts, fürchtete nichts. So verharrte er einige Sekunden, oder waren es Jahre. Wieder erklang der sanfte Akkord, Otto fing seine Gesichtszüge routiniert ein und verließ den Lift. Ein zweites Mal hielt er die Zutrittskarte an ein Lesegerät und betrat die Räume des TMI.

Otto klopfte höflich und betrat das Büro von Hochschlager. „Guten Morgen Otto, treten Sie ein", sagte Hochschlager.

„Guten Morgen, ich hoffe ich störe nicht, Sie wollten kurz den Termin mit Soundso vorbesprechen."

„Ja, kommen Sie, setzen Sie sich", Hochschlager deutete auf den Besucherstuhl, der vor seinem fast leeren Schreibtisch stand. Seine Finger fuhren schnell durch die Haare. „Also, worum geht es da eigentlich, bitte sind Sie doch so gut und fassen Sie die Facts für mich zusammen. Ich habe übrigens nur bis neun Uhr dreißig Zeit, danach muss ich ins Ministerium. Glauben Sie, das ist machbar? Wie sieht die Agenda aus."

„Ich nehme an, Sie haben auch das Mail gesehen, das Arsawi geschickt hat?", fragte Otto.

„Vielleicht, aber ich habe es jetzt nicht präsent."

„Arsawi schreibt, dass sie eine Studie machen sollen, sich aber nicht ausreichend kompetent in allen Teilaspekten sehen, sie bitten uns um Unterstützung."

„Ah ja, die Sache mit den Verfahrensindikatoren, nun ich denke, da können wir weiterhelfen, wie sehen Sie das."

„Ja, könnten wir schon, wenn Sie das wollen. Ich befürchte aber, dass wir in den nächsten Wochen ein Ressourcenproblem haben, was das betrifft, wir haben ja auch das GONEX-Projekt, in dem wir in zwei Monaten den Endbericht legen müssen."

„Wer macht GONEX?"

„Schwaiger und ich", sagte Otto.

„Und Sie könnten nicht diese Sache nebenher machen? Ich glaube, das müsste doch möglich sein."

„Ausgeschlossen ist es nicht", sagte Otto, „aber es ist letztlich eine Frage der Priorität und der Qualität, die wir liefern wollen, und …" Dr. Hochschlager unterbrach ihn. „Ist mir klar, Otto, aber ich kenne Sie doch, für Sie ist das wahrscheinlich eine Routinesache, oder?"

„Ja schon, aber…"

„Ich verstehe Sie", sagte Hochschlager abwehrend, „aber sehen wir uns doch zuerst an, was sie wirklich von uns wollen."

Dr. Soundso wurde von Hochschlagers Sekretärin Frau Braun hereingeführt, zwei Schritte hinter ihr folgte Arsawi, ein gutaussehender Austroaraber. Arsawi war Mitte dreißig, Dr. Soundso wohl um die Fünfzig, aber das war eher an ihrer Position und ihrem Werdegang abzulesen als an ihrer alterslosen Erscheinung. Soundso eilte zielstrebig auf Hochschlager zu. Sie schüttelten sich ausgiebig die Hand und Soundso berührte Hochschlager leicht am Ellbogen. Vertraulich neigte sie den Kopf in seine Richtung. Otto hatte sich von seinem Stuhl erhoben und begrüßte Arsawi, bevor sich Soundso nun auch ihm zuwandte, im Gesicht ihr gewinnendes Lächeln.

„Wie schön, dass Sie sich Zeit für uns nehmen können", sagte sie in den Raum und setzte sich geleitet von Hochschlager an den Besprechungstisch.

„Der hohe Besuch ist uns eine Ehre", sagte Hochschlager engagiert, bevor er Frau Braun mit den Kaffeebestellungen losschickte. „Wie du siehst, habe ich auch unseren Experten mitgebracht. Für mich wäre zuerst interessant, warum die Herrschaften in der Industriellenvereinigung eigentlich schon wieder mit Studien unterwegs sind, die Ministerin hat sich unlängst etwas irritiert geäußert über die Hyperaktivität der Industrie, oder ist das aus deiner Sicht business as usual?"

„Du weißt ja, dass ich mich schon seit Jahren davor hüte, die Motive der IV erforschen zu wollen", sagte Dr. Soundso. „Sie sind natürlich ein hervorragender Kunde und du wirst zugeben müssen, dass ihre Aufträge auf einem hohen Professionalitätsniveau ausgeschrieben werden, dieser ist da keine Ausnahme. Aber zu den Details muss ich natürlich unseren Herrn Arsawi bitten, denn ich selbst habe ja kaum Zeit, die Kurzzusammenfassung zu lesen, du weißt, ich bin mit meinen Zeitressourcen sehr geizig, aber ich kann mich ja auf meine hervorragenden Mitarbeiter verlassen. Herr Arsawi, darf ich Sie bitten den Herren die wichtigsten Eckpunkte auszubreiten."

Arsawi plusterte sich ein bisschen auf, jetzt kam wohl der Teil seines Jobs, der ihm so etwas wie Freude machte. „Ja natürlich. Wie schon erwähnt ist das ein Auftrag von Herrn Reiter in der IV Abteilung vier B, also die beschäftigen sich mit Best-Practice in der österreichischen Industrie, und da vor allem mit organisatorischen und Management-Fragen."

„Ist ja grundsätzlich ein weites Betätigungsfeld", sagte Dr. Soundso und lachte ihr wohllautendes Lachen.

„Ja, die Industrie, es ist eigentlich eine Trauergeschichte", sagte Hochschlager. „Neulich hat mir wieder ein bekannter österreichischer Industrieller, vielleicht werden Sie erraten, wer es war, also jammert der bei einer Veranstaltung geschlagene eineinhalb Stunden lang in mein Ohr über die erdrückende Steuerlast, unter der seine österreichischen Produktionsanlagen ächzen. Dass er dreißig Prozent seiner Einnahmen direkt aus

Förderungen und Subventionen bezieht, erwähnt er aber nicht, haha."

„Allerdings müssen wir sagen, Gott sei Dank bezieht er die dreißig Prozent. Haben wir Ihnen eigentlich unsere Benchmarking-Studie mit Südkorea geschickt? War hochinteressant, aber das europäische Wettbewerbsrecht ist ein einziger Anachronismus, wenn man sich ansieht, was die Koreaner da machen. Unter 50 Prozent staatlicher Förderung läuft dort in strategischen Sektoren gar nichts." Soundso nickte, um sich selbst anzufeuern. Arsawi durfte weitermachen.

„Also der Studientitel soll lauten, äh, ‚Prozessuale Gewährleistungsindikatoren für kontinuierliche organisatorische Verfahrenserneuerung im Hochtechnologiesektor‘, wie gesagt wollen sie wegkommen von der volkswirtschaftlichen Statistik. Sie sagen, sie wollen Grundlagen schaffen für eine weitere Professionalisierung im Bereich der Managementtechniken."

„Wieso eigentlich Hochtechnologie?", fragte Otto. „Ich würde denken, wenn jemand ernsthaft seine Verfahren erneuern will, dann ist die Wahrscheinlichkeit dafür vielleicht in traditionellen Sektoren, die mit Wettbewerbsproblemen konfrontiert sind, höher als ausgerechnet in erfolgreichen Hochtechnologieunternehmen."

Dr. Soundso warf Hochschlager einen kurzen Blick zu.

„Sicher richtig", sagte Hochschlager, „aber der Hochtechnologiebereich ist natürlich besonders illustrativ, Otto, das kann man sicher so oder so sehen."

„Arsawi und Kollegen könnten die Studie mit Leichtigkeit machen", sagte Soundso zu Hochschlager, „aber gerade die Hochtechnologie sehe ich als Thema eigentlich eher beim TMI als in unserem Haus, deswegen sind wir hier."

„Selbstverständlich", sagte Hochschlager schnell, „die Zusammenarbeit zwischen uns ist ja ein Lehrbeispiel für einen

60

funktionierenden Institutionenmix, und trotz seiner Skepsis eines richtigen Forschers ist Otto mit seinen Leuten einer unserer besten Köpfe für solche Themen." Hochschlager hob seinen rechten Arm und legte die flache Hand auf seinen Haaransatz über der Stirn. Das hätte man übersehen können, wenn er nur die Hand dann gleich wieder weiter bewegt hätte, doch er hielt sie mindestens eine halbe Minute in dieser Stellung, eine neue Angewohnheit seit seiner Haartransplantation vor drei Monaten. Otto beobachtete die Reaktion von Soundso auf Hochschlagers Qual. Sie schien das unterhaltsam zu finden, zumindest blitzte so etwas wie amüsiertes Interesse in ihren dunklen Augen auf. Ihre Augen waren schön geschnitten, fand Otto und versuchte sich Dr. Soundso mit Mitte zwanzig vorzustellen, sie musste damals attraktiv gewesen sein und hatte das wahrscheinlich geschickt ausgenutzt, um jene gesellschaftlichen Kontakte zu knüpfen, von denen sich einige später als nützlich erwiesen. Ob damals der taktvolle Umgang mit Haartransplantaten schon zu ihren täglichen Aufgaben gehört hatte? Arsawi würde von derartigen Problemen sicher verschont bleiben mit seinen dichten schwarzen Haaren. Er starrte gerade ausdruckslos auf Hochschlagers schütteren Kopfschmuck. Hochschlager bemerkte es und blinzelte unwillkürlich. Wahrscheinlich überlegte er jetzt, wie er seine Gäste ablenken könnte. Otto versuchte sich Hochschlager mit Glatze vorzustellen, das Ergebnis war ein lächerlich aufgeregter, unsicherer Bürokrat, der sich durch Präzision und harte Arbeit hervorzutun suchen würde. Nein, jemand wie Hochschlager brauchte seine Haare und war mit Haaren auch eindeutig leichter erträglich als haarlos. Ob er zur Kompensation seinen Intimbereich rasierte? Und Soundso? Bei Arsawi war das unvorstellbar. Hochschlager behauptete gerade, dass Otto bereits mehrere Projekte zu Gewährleistungsindikatoren in Hochtechnologiesektoren durchgeführt hätte, eine glatte Lüge. Richtig war allerdings, dass es Otto, nachdem er seinen ersten Job als Softwareentwickler gekündigt hatte, sehr leicht gefallen war, die Analyseverfahren der betrieblichen Datenverarbeitung, über die er schon seine Abschlussarbeit an der Technischen Universität geschrieben hatte, auf betriebswirtschaftliche Fragestellungen zu übertragen und so ausgerechnet eine Karriere als Wirtschaftsexperte zu beginnen. Vor allem aus Lust auf ein neues Beschäftigungsfeld hatte er sich damals als Juniorforscher am Österreichischen Technologieinstitut in einem Projekt zu Technologietransfer im Finanzsektor beworben. Die Stelle war für einen Informatiker ausgeschrieben gewesen, weil die Projektinhalte vor allem Verfahren der Softwaremodellierung betrafen und der Projektleiter sich in der Technologie nicht sattelfest fühlte. Aber im Projekt zeigte sich schnell, dass technisches Verständnis in Wirklichkeit nur für einen sehr kleinen Teil der Arbeiten erforderlich war. Da es kein Geld für weitere Projektmitarbeiter gab, las Otto innerhalb von zwei Monaten einen Haufen betriebswirtschaftlicher Literatur, die ihm der Projektleiter empfohlen hatte. Seither war er als ein mittelmäßiger Forscher im Bereich der Wirtschaftswissenschaften durchaus einsetzbar, wobei je nach Projektausschreibung seine Vorgesetzten ihn fallweise auch als Informatikexperten präsentieren konnten. Als damals das Projekt am Technologieinstitut zu Ende gegangen war und danach noch ein zweites, ganz ähnliches, bewarb sich Otto für eine ausgeschriebene Stelle beim Technologie Management Institut, seinem jetzigen Arbeitgeber, weil Hoffnung bestand, so über sein miserables Berufseinsteigergehalt am Technologieinstitut hinauszugelangen – er hatte dort um ein Drittel weniger verdient als zuvor in der Softwareentwicklung. Wegen seiner doppelten Einsetzbarkeit als Informatiker und Wirtschaftswissenschafter bekam er die Stelle auf Anhieb und verdiente nun um fünfzehn

Prozent mehr, allerdings musste er dafür eine zehnstündige Überstundenpauschale in Kauf nehmen. Es war noch immer nicht viel Geld, aber so wie die meisten seiner Kollegen schätzte es Otto, einen Forschungsjob zu haben, das vermittelte einen Anschein von intellektueller Unabhängigkeit, und ein Anschein war mehr als nichts. Es war aber auch nicht unbedingt sehr viel. Zum Beispiel war es nicht viel, wenn man mit ansehen musste, wie die Kolleginnen und Kollegen sich in der Früh nach dem Eintreffen im Büro ihrer Straßenschuhe entledigten und stattdessen weiße Gesundheitssandalen anzogen, mit denen sie dann tagsüber über die Teppichböden schlurften. Diese Art der Fußbekleidung war das Erkennungszeichen der rekonstruierten Junioren-Anti-Sex-Liga, nur ohne die Doppelbödigkeit, denn der Boden war ja geheizt, zumindest in der kalten Jahreszeit. Hochschlager hatte es endlich geschafft, seine Hand von der Schlägerungszone abzuziehen und Dr. Soundso dozierte über die Bedeutung kontinuierlicher organisatorischer Verfahrenserneuerung für die österreichische Industrie. Ihr zufolge war anzunehmen, dass die Industriellenvereinigung vor allem an einer Pressemitteilung interessiert war, die informierten Kreisen vermitteln würde, dass auch die IV auf den Zeitgeistzug organisatorischer Innovation aufgesprungen war und bereit, sich von ihrem Image als altbackener Maschinenbauerverein zu lösen. Nichtsdestotrotz wäre es erforderlich, die Studie mit unerbittlicher wissenschaftlicher Integrität und Seriosität durchzuführen, denn wie gesagt, der Professionalitätsgrad in der IV war ein hoher. Hochschlager unterstrich erneut die hervorragenden Referenzen seiner Mitarbeiter, angefangen bei Ottos profunder Vertrautheit mit technischen Zusammenhängen im Hochtechnologiesektor, die für einen Wirtschaftswissenschaftler zweifellos ungewöhnlich war, und sich fortsetzend bei der spezialisierten Expertise der Damen und Herren

Schwaiger, Gurevic, Lachenmann oder auch Fiala, allesamt ausgewiesene Fachleute mit hervorragenden Referenzen. Otto führte aus, dass prozessuale Gewährleistungsindikatoren in einer neuen Studie der Harvard Business School in siebenundzwanzig amerikanischen Produktionsbetrieben untersucht worden waren. Signifikante Ergebnisverbesserungen bei nichttechnischen Innovationen durch den Einsatz der Gewährleistungsindikatoren konnten nachgewiesen werden. Dann kam Dr. Soundso erstmals im Lauf dieses Termins auf ihren Sohn Emil zu sprechen. Otto spannte seine Wadenmuskeln an, so fest er konnte, und stellte sich vor, wie es wäre, nur mit der Kraft eines Unterschenkels seinen Körper aus dem Sitzen hochzustemmen und dabei auch noch den massiven Besprechungstisch von Hochschlager umzuwerfen. Emil Soundso hatte nach mehreren gesundheitlichen Rückschlägen endlich eine Bronchitis überstanden und war nun zur Erholung auf die Malediven gereist, was sicherlich ein Risiko war. Dennoch war es Dr. Soundso lieber, wenn er auf die Malediven reiste, anstatt dass er sich im kalten österreichischen Klima womöglich eine neuerliche Erkältung einfing. Hochschlager stimmte zu, die Malediven waren eine hervorragende Idee der fürsorglichen Frau Mama. Er erkundigte sich nach dem Fortschritt von Emils Doktoratsstudium, eine rituelle Frage, die er fast nie ausließ. Befriedigt erzählte Dr. Soundso nun über die Anfeindungen, denen der arme Emil an der Universität für Bodenkultur ausgesetzt war und die ihren Worten nach zu schließen in einem undeutlichen Zusammenhang mit der generell feindseligen Stimmung des Boulevards gegenüber ihrem Unternehmen zu stehen schienen.

„Ich sage dem Emil immer wieder, er soll es nicht persönlich nehmen, weil all diese Geschichten ja wahrscheinlich mehr mit mir und meiner Arbeit zu tun haben als mit irgendetwas, das er selbst macht, aber er ist halt leider in solchen Dingen etwas weich, das ist die Kehrseite seiner Sensibilität. Ach was, ich langweile Sie schon wieder, kehren wir doch zu unserem Geschäft zurück." Doch von Langeweile konnte keine Rede sein. Hochschlager beschäftigte sich wieder konzentriert tastend mit seinem Haarwuchs und Otto fixierte die Zeigeruhr an der Wand. Es gab keinen Sekundenzeiger, aber man konnte versuchen, die Bewegung des Minutenzeigers auszumachen und herauszufinden, ob er in kleinen Sprüngen oder in einer kontinuierlichen Bewegung vorrückte. Arsawi wiederum hatte sofort, als das Gespräch auf Emil kam, seinen blauen Ordner aufgeklappt und blätterte darin, als hoffte er, in der Unterlage eine für Emil geeignete Stellenanzeige zu finden, auf die er Dr. Soundso aufmerksam machen könnte.

Schließlich vereinbarten Hochschlager und Dr. Soundso, dass das TMI die Studie im Subauftrag durchführen würde, Otto würde die Projektleitung übernehmen und innerhalb von sechs Wochen unter Rückgriff auf die Expertise von Schwaiger und Fiala einen circa 80-seitigen Textentwurf vorlegen. Als Soundso und Arsawi gegangen waren, wischte Hochschlager Ottos erinnernden Hinweis auf die GONEX-Studie resolut beiseite und erklärte, überzeugt zu sein, dass für ihn, Otto, die gemeinsame Durchführung beider Aufgaben sicher keine große Schwierigkeit darstellen würde. Wichtig war lediglich, die Anforderungen der Industriellenvereinigung in hochprofessioneller Weise zu erfüllen, eine wissenschaftlich erschöpfende Behandlung wäre aber sicher nicht notwendig. Wer könne denn sagen, ob die Studie nach Fertigstellung jemals von irgendjemand gelesen werden würde. Auf diesem Wege würden sich auch spätere Nachfragen des Ministerbüros leicht beantworten lassen, denn Prestige-Studien, die sich die IV schreiben ließ, waren bedeutend ungefährlicher als wissenschaftlich erschöpfende. Jedenfalls sei das ein Unterschied, den er, Hochschlager, der Ministerin gut erklären könne. Mit einem festen Händedruck bedankte er sich bei Otto und lächelte ihm anerkennend zu.

Arsawi würde Otto in einer halben Stunde weitere Unterlagen schicken und telefonisch für Diskussion zur Verfügung stehen, das berichtete Otto an Schwaiger und Fiala, die mit Otto und drei weiteren Kollegen ein helles, wenn auch niederwertig ausgestattetes Büro teilten, durch dessen eine Glasfront man auf die Neue Donau hinunterschauen konnte. Fiala hatte offenbar ihre Tage und fluchte lautlos vor sich hin. Erich Schwaiger sah kaum von seinem Bildschirm auf: „Ich habe für den Schwachsinn keine Zeit. Ich hab' dir gesagt, dass schon die GONEX-Studie ein Schnellschuss wird, und zwar ein grenzwertiger. Meine Zeitplanung für die nächsten drei Monate kennst du auch. Definitiv nein, hab' ich dir gesagt. Also mach es allein."

„Erich, ich weiß, und ich hab' es Hochschlager auch erklärt. Zweimal. Zugehört hat er nicht. Es ist ihm egal und daher wird es uns auch egal sein. Wir machen beides."

„Du machst beides."

„Erich, ohne dich geht es nicht, du weißt so gut wie ich, wie viel ich von dem Thema verstehe. Du hast immerhin an der Wirtschaftsuni zu quantitativen Methoden promoviert. Reden wir morgen noch einmal darüber."

„Gleiche Antwort", sagte Schwaiger.

Otto tippte sein Passwort ein.

Tscherttegasse

Der Unterschied zwischen der zusammengesunkenen Gestalt der gehbehinderten alten Dame und den breiten Schultern ihres Begleiters zog die Blicke der Passanten auf sich und so bemerkte Otto, dass es niemand anderer als Richard war, der da vor ihm wie in Zeitlupe den Fußgängerübergang über die Herrengasse am unteren Ende der Freyung überquerte. Die alte Frau stützte sich auf ein Gehgestell, aber immer wieder blieb sie stehen und musste sich einige Sekunden lang sammeln, bis es ihr gelang, einen weiteren Schritt zu machen. Richard wartete dann geduldig mit ihr, seinen Arm bei ihr untergehakt, und wenn der Bewegungsimpuls kam, verstärkte er ihn mit einem sanften Druck auf ihren Oberarm und verschaffte ihr so bei jedem winzigen Schritt ein paar zusätzliche Zentimeter Raumgewinn. An der Hausecke auf der anderen Straßenseite befand sich ein bekanntes Geschäft für medizinische und Heimpflege-Produkte. Nach der Besprechung mit Dr. Soundso hatte Otto bereits einen weiteren Vormittagstermin in der Inneren Stadt absolviert und war jetzt am Rückweg zur großen Umsteigestation im Jonas-Reindl bei der Universität. Er eilte von hinten kommend an dem ungleichen Paar vorbei, ohne Richard zu grüßen, blieb dann aber am Gehsteig stehen und sah zu den beiden zurück. Richard bemerkte ihn noch immer nicht. Er hatte den Blick zu den Füßen der alten Frau gesenkt und taxierte auch schon die nächsten Hürden – die sehr niedrige Gehsteigkante, dann die zwei Stufen am Eingang zum Geschäft. Die Gehsteigkante überwand die Frau ohne größere Probleme und wollte sich schon von Richard verabschieden – „Vielen, herzlichen Dank", sagte sie – aber er bestand darauf, sie auch noch ins Geschäft zu führen. Zu Ottos Überraschung machte ihr das Stiegensteigen keine Schwierigkeiten, mit zwei zügigen

Schritten war sie oben. Richard wandte sich zum Gehen, als ihn Otto anrief.

„Hallo Richard!"

Richard drehte sich erstaunt um. „Ja servus! Heute bin ich aber gefragt, magst du auch über die Herrengasse geführt werden?"

„Ist eh bald so weit", sagte Otto, „kennst du die Dame oder war das eine Zufallsbekanntschaft?"

„Na ja, sie wollte über die Straße. Ich glaub', ohne mich hätte sie noch um einiges länger gebraucht."

„Das war nett von dir", sagte Otto. „Und, wo musst du gerade hin? Ich geh' vor zur Straßenbahn bei der Universität."

„Sehr schön, da können wir ein Stück gemeinsam gehen", sagte Richard und setzte sich in Bewegung. „Hast du gesehen, wie sie die beiden Stufen genommen hat?"

„Wahrscheinlich weil es ein anderer Bewegungsablauf ist als im Flachen, und der ist in ihrem Gedächtnis noch nicht gelöscht", sagte Otto, „ich tippe auf Parkinson."

„Wenn das einmal mir passiert", sagte Richard, „dann hoffe ich, dass die Laufbewegung nicht gelöscht wird. Ich glaube, das wäre die angemessene Fortbewegungsart im Alter für mich: Nicht mehr gehen zu können und alle Wege laufend zurückzulegen."

„Wie viel läufst du derzeit eigentlich?", fragte Otto. „Mir kommt vor, du näherst dich allmählich der Suchtgefährdung."

„Ich versuche schon jeden Tag wenigstens fünf bis sieben Kilometer zu schaffen. Zweimal die Woche dann zehn bis fünfzehn. Zeitlich ist es kein großes Problem, die Kernzeit in der Firma beginnt um neun, wenn ich um halb sieben aufstehe, laufe ich eine halbe Stunde und bis ich nachher aus der Dusche komme, ist Petra noch nicht einmal richtig wach. Aber ich habe dafür mein erstes High des Tages schon hinter mir und frühstücke doppelt so viel wie ein normaler Mensch."

„Das ist der Teil, den ich nicht verstehe", sagte Otto. „Erstens, die Regelmäßigkeit, das Zwanghafte. Zweitens, wieso bekommst du ein High. Ich habe es ja eine Zeit lang selbst probiert und das Gefühl, wenn man es hinter sich hat, ist schon angenehm, aber unterwegs ist es doch einfach eine monotone Plagerei. Bei mir funktioniert das nur, wenn ich mir vorstelle aus irgendeinem Grund um mein Leben rennen zu müssen."

„Dann machst du es eben nicht richtig. Ich denk' mir, du bist zu ungeduldig dabei. Du erwartest dir, du läufst weg und sofort fühlst du dich gut, aber dann schmerzt dich eine drittklassige Sehne und schon fängst du an zu zweifeln und zu grübeln."

„Ja eh."

„Ja, aber so geht das nicht. Das ist nichts Esoterisches, aber du musst dem Körper zumindest ein bisschen Zeit lassen. Denk dran, dein Körper ist langsamer als dein Gehirn, vor allem gerade deines. Also, wenn du irgendwas mit deinem Körper machen willst und dabei Spaß haben, dann musst du dein Gehirn am Anfang auf Pause stellen. Guter Rat für alle Lebenslagen", sagte Richard und lachte gutmütig.

„Du weißt aber schon, was du da für einen Schwachsinn redest, oder?", sagte Otto. „Wenn du dein Gehirn auf Pause stellst, bist du definitionsgemäß ein toter Mann. Also machst du das nicht. Sondern wahrscheinlich haben du und Millionen anderer Lauf- und sonstiger Fitnessfreaks einfach einen trägen Verstand, dem das sensationell vorkommt, sich kilometerweit keuchend die Beine in die Gelenkspfannen zu rammen. Was durchaus OK ist, aber meine Sache ist es nicht."

„Nein, du bist einfach ein eingebildeter Schnösel. Ich führe weiters ins Treffen: Dass Sport deine Muskeln stählt und dein

Körperfett verbrennt. Ergebnis: Ein etwas schönerer Otto, sofern das denn überhaupt denkbar ist, der mit elastischem Schritt und weitgehend ermüdungslos lange Tage bewältigt. All das Dinge, die nicht zuletzt Charlotte zu schätzen wissen wird. Petra jedenfalls tut es."

„Wie denn, die Petra schwärmt von meiner Attraktivität? Das kann ich verstehen", sagte Otto.

Richard rempelte ihn mit dem Ellenbogen. „Jetzt, wo du es sagst, vielleicht sollte ich mir da Sorgen machen – aber mehr als dich mit letzter Kraft zur nächsten U-Bahn zu schleppen ist dir ja ohnehin nicht zuzutrauen, also kann ich die Eifersucht wohl noch auf unbestimmte Zeit verschieben."

„Warte nur", sagte Otto, „spätestens in drei Wochen bei der Hochzeit von Anton und Evelyn spann' ich sie dir aus".

„Soll ich das Charlotte erzählen?"

„Ich weiß gar nicht, ob sie das stören würde", sagte Otto mit gespieltem Ernst.

„Habt ihr euch schon wieder gestritten?"

„Täglich."

„Auch das ein Ergebnis deiner körperlichen Passivität, die zu einer dauerhaft schlechten Laune und generell zu Unleidlichkeit führt. Jetzt hör mir einmal zu. Wenn ich zum Beispiel in fünfundvierzig Minuten einen Zehn-Kilometer-Lauf mache."

„Du Hengst."

„Es ist wirklich so, dass ich nach einigen Kilometern in einen Zustand gerate, wo ich glaube, immer weiterlaufen zu können. Gut, es stimmt nicht, denn in der Grenzregion meiner Fitness werden die Beine natürlich trotzdem so weich wie bei dir schon nach Kilometer zwei, aber bis es so weit ist. Bis dahin fühle ich mich als Teil der Natur, als ein kräftiges erwachsenes Tier, das sich an seiner Stärke erfreut."

„Ich nenne dich einen Hengst und du selbst dich ein Tier –
sag mir, was hier falsch läuft."

„Nichts, mein lieber Otto. Du kannst es auch gesund leben
nennen, wenn dir das lieber ist."

„Richard als Gesundheitsapostel mit Blasen an den Füßen,
ich bin gerührt. Wobei ich nichts gegen Naturerfahrung habe,
aber meine Wanderungen sind dir ja zu unaufregend. Für mich
jedenfalls gibt es nichts Befreienderes, als ein paar Stunden
durch die Landschaft zu gehen."

„Alles nur eine Frage der passenden Geschwindigkeit für
jeden von uns", stichelte Richard.

„Oder des Ehrgeizes an der richtigen Stelle", sagte Otto. In
der Passage des Jonas-Reindls verabschiedeten sie sich, bevor
Otto wieder die Rolltreppe nach oben nahm, um im überdach-
ten Haltestellenbereich der Straßenbahnlinie 43 auf die nächste
Garnitur zu warten.

43 Jahre, das war zufälligerweise auch das Alter von Otto. Er
war etwa zwanzig Jahre älter als die Studenten und Studentin-
nen, die hier nach einer Vorlesung in der benachbarten Universität auf die Straßenbahn warteten. Otto verspürte wie so oft an
diesem Ort einen angenehmen perversen Kitzel, wenn er diese
jungen Menschen beobachtete. Hier war er ja auch selbst einmal gestanden, ausgestattet mit einem Bewusstsein, das zwanzig Jahre jünger war als sein jetziges, ärmer an Erfahrung, aber
wohl mit besseren kognitiven Fähigkeiten als jetzt. Wie genau
sollte er sich das vorstellen, ein solches Nachlassen der Denk-
fähigkeit. Vielleicht als ein langsames Erstarren seiner Nerven-
bahnen? Oder als eine Abstumpfung durch die Konfrontation
mit immer den gleichen Reizen? Oder als eine Erschöpfung des
biologischen Potenzials in seinem Gehirn? Als einen Krank-
heitsverlauf? Ein anderer Lieblingsgedanke, dass das Gehirn

von einer heimtückischen Krankheit befallen war, vielleicht von einem unentdeckten Tumor, der das Denken sabotierte, der die chemische Balance der Affekte durcheinanderbrachte. Es war eine Hauptaufgabe, die chemischen Affektzustände von den realen, also durch den normalen Bewusstseinsprozess entstandenen, unterscheiden zu lernen. Ein kranker Mensch, wie er es wahrscheinlich war, konnte nur so möglichst lang noch auf eine einigermaßen erträgliche Lebensfortführung hoffen. Zum Vergleich lohnte es sich, einen Blick auf die sehr junge Frau zu werfen, die schräg vor ihm stand. Sie hielt sich gerade, ihr Körper musste unter einer hohen elastischen Spannung stehen. Sie besaß eine beeindruckende Löwenmähne, einen brünetten Lockenkopf. Ihr knielanger Mantel war in großen floralen Mustern bunt bestickt. Darunter trug sie graue Leggings, ihre schönen Unterschenkel schauten schlank unter dem Mantel hervor. Otto schluckte unwillkürlich. Ihre Füße waren nackt! Sie stand hier tatsächlich bloßfüßig in der Märzsonne auf dem sicher nicht sehr warmen Beton. Ihre Fußsohlen mussten schwarz vor Schmutz sein! Man müsste sie auf einen Holzschemmel setzen und ihr mit warmem Wasser und Seife diese Füße waschen. Jeden Quadratzentimeter müsste man absuchen nach Verletzungen durch Glassplitter. Derzeit sah sie nicht so aus, als hätte sie Schmerzen. Dieses Geschöpf war unversehrt. Wie aufregend musste es sein, ihr beim Gehen zuzusehen, sicher hatte sie einen wiegenden, geschmeidigen Gang, als wäre sie bei sich zu Hause auf dem Weg von einem langen Bad in der Wanne zu ihrem Bett. Mit solchen Füßen ließ sich die Welt erobern. Sicher war sie eine Geherin und keine Läuferin. Auch Petra war wohl keine Läuferin, laut Richard schlief sie ja allein, während er seine Höchstleistungen erbrachte.

REIGEN

Philadelphiabrücke

„Die Ehe ist eine institutionalisierte Fickerei, also eine schlechte Fickerei, daher abzulehnen", sagte Charlotte und setzte ihre Räubermiene auf. Sie lachten. Richard nahm die Autobahnabfahrt und sie fuhren durch eine Gegend, in der sich weitläufige Lagerhallen und Logistikzentren mit hypertroph angeschwollenen Barockdörfern und Gartensiedlungen abwechselten. Sie fraßen sich durch den Wiener Speckgürtel, auf dem Weg zur Hochzeit von Anton und Evelyn. Das Wetter war gnädig, nur einige harmlos wirkende Wölkchen standen am Himmel und für Mitte April war es zwar windig, aber nicht kalt. Richard und Petra hatten Charlotte und Otto mit dem Auto abgeholt, denn die hatten keines, aus purer Faulheit, wie Richard meinte, der einen 3er BMW fuhr, welcher zu dreizehn Prozent aus dem Automobilzulieferkonzern stammte, für den er arbeitete, zumindest behauptete das Richard. Das Auto vor ihnen bremste plötzlich scharf ab, überquerte die doppelte Sperrlinie in der Mitte der Fahrbahn, wendete und fuhr mit quietschenden Reifen in die Gegenrichtung davon. Richard konnte nur mit einem ziemlich heftigen Schlenker auf den rechten Fahrstreifen einen Auffahrunfall vermeiden.

„Ich finde, sie passen gut zusammen", sagte Petra nach einer Weile.

„Wie der Schlüssel ins Schloss", ätzte Charlotte.

„Jedem Topf sein Deckel", sagte Richard.

„Was habt ihr denn, lasst sie doch", sagte Otto, „ich glaube das wird ganz nett. Wie viel Kontakt hast du eigentlich zu ihnen, Petra?"

„Tja, als Kinder haben Anton und ich uns eben auf Familienfesten gesehen, aber wirklich eng waren wir nicht. Dann als Teenager haben wir uns eine Zeit lang immer gegenseitig mitgenommen, wenn wir zu Partys eingeladen waren, damals waren wir gute Kumpel."

„So wie ihr jetzt uns manchmal mitnehmt", sagte Otto.

„Damit wir wenigstens ab und zu aus unseren vier Wänden rauskommen", sagte Charlotte.

„Besonders du", sagte Otto, „die berüchtigtste Society-Reporterin des Boulevards, die ohne fremde Hilfe in ihrem Reihenhaus versauern würde." Charlotte lachte.

„Eine Kulturredakteurin ist keine Society-Reporterin", sagte Petra. „Kennst du übrigens den Felix Berger, den Trauzeugen von Anton?"

„Ja", sagte Charlotte, „ich hab' seinen Namen schon auf der Einladung gesehen. Ist das der Felix Berger, der Ausstellungen kuratiert? Ist mir ein paarmal untergekommen. Moderne Plastik vor allem. Schreibt auch Essays, meistens absolut jenseitig. Ist das der?"

„Das muss er wohl sein, der war schon während der Schulzeit Antons bester Freund und überall dabei. Damals war er wirklich ein schräger Vogel, ich glaube, er hat dann Kunstgeschichte studiert und Philosophie oder so was. Da wurde er noch merkwürdiger. Deswegen hat es meinen Bruder und mich gewundert, dass er jetzt auf einmal als Trauzeuge wieder auftaucht. Mein Bruder macht sich, glaub' ich, Sorgen deswegen, weil Felix ja als Trauzeuge eine Tischrede halten muss."

„Dann dürfen wir uns auf anspruchsvolle Kost freuen?", fragte Otto.

„Das könnte schon sein, anspruchsvoll oder auch in anderer Hinsicht unverständlich", sagte Petra. „Unverständlich für mich jedenfalls."

Richard sah kurz von der Straße weg und in ihre Richtung. „Wenn es für dich unverständlich ist, dann muss ich ja gar nicht erst zuhören, beziehungsweise darf ich darauf hoffen, zu diesem Zeitpunkt die Dinge schon eher von der heiteren Seite zu sehen."

„Das dürfte sich bei einem solchen Anlass ohnehin empfehlen", sagte Charlotte.

Die Hochzeitsgesellschaft hatte sich aus ihren Fahrzeugen geschält und war zur Tat geschritten. Sie bestand aus einer Horde vitaler junger Erwachsener, ergänzt durch Einsprengsel aus den vorangegangenen und nachfolgenden Generationen. Durch einen Zufall, der aber kein großer war, bestand die Hochzeitsgesellschaft aus exakt gleich vielen Männern und Frauen, obwohl das keinem der Anwesenden bewusst war. Die meisten waren natürlich bereits in gemischten Paaren angereist und ordneten sich auch später vorzugsweise abwechselnd in Reihen, so war etwa Otto während der Zeremonie rechts neben einer Tante der Braut gesessen, dann folgte Charlotte, dann Richard, Petra und ein Freund von Anton, den Petra ebenfalls schon aus der Jugendzeit kannte. Zwischen Zeremonie und Agape spazierte man durch den Garten des kleinen Hochzeitsschlösschens, Otto ging neben Petra und vor ihnen plauderte Charlotte mit Richard. Bei Richard war es eigentlich einerlei, neben welcher Frau er ging, dachte Otto, denn er passte zu jeder. Wie er an Petra hängengeblieben war, konnte sich Otto jetzt nur schwer vorstellen, obwohl Petra in ihrem ‚nudefarbenen', so hatte sie es genannt, Kleid mit V-Ausschnitt ein schöner Anblick war. Richard war, was Frauen anging, so windschlüpfrig wie die Autos aus seinem Zulieferkonzern, dachte Otto. Charlotte und er, das war eine ganz andere Geschichte, damals in Kassel, als sie beide die documenta besuchten und in der gleichen Jugendherberge wohnten. Im Frühstücksraum waren sie ins Gespräch gekommen und hatten festgestellt, dass sie beide aus Österreich angereist waren, und das war absurderweise in der Umgebung einer Kunstausstellung, die verbissen den schwierigsten Problemen der Semiotik nachspürte, ein stabiles Fundament, das ihnen beiden Orientierung gab und sie über die paar Tage, die sie in Kassel verbrachten, in angenehmer Weise von den Kunstwerken ablenkte. Es war sehr bequem, diese andere Person aus Österreich zu hassen dafür, dass man gezwungen war anzuerkennen: Ja, sie ist aus Österreich. Ja, er ist aus Österreich. Und ich bin es auch, hier auf Ausflugsfahrt. Gott sei Dank blieb sie länger als er, denn so waren sie nicht gezwungen im gleichen Zug zurückzufahren, aber eine Woche später rief Otto an und fragte sie, ob sie am Samstag gemeinsam etwas unternehmen könnten. Was denn, fragte Charlotte und schwieg. Da hätte er fast den Telefonhörer hingeknallt, aber stattdessen lachte er nervös und sagte, hey, warum gehen wir nicht auf die Donauinsel, und sie trafen sich dann am Samstag um ein Uhr Nachmittag vor dem Ausgang der U-Bahn-Station Donauinsel, in dieser Betonwüste rund um die Neue Donau, das abgetrennte Entlastungsgerinne der Donau, aus dem die sozialdemokratische Stadtverwaltung ein riesiges öffentliches Freibad mit Grillplätzen und einer für ihre schlechte Qualität berüchtigten Gastronomie von kleinen Strandrestaurants und Bars gemacht hatte. Hier trafen sich von Mai bis Oktober die Proleten ganz Wiens, um auf den Schrägen der aufgeschütteten sogenannten Donauinsel in der Sonne zu liegen, und hier trafen sich unsere beiden schüchternen documenta-Besucher, um ihre Paarung vorzubereiten, indem sie in der erstbesten Strandbar Platz nahmen und in altem Öl gesiedete Pommes Frites verzehrten, mit tapferer Miene und ganz ohne loszukichern. Richard lernte er einige Monate später kennen, als sie beide als Zivildiener der Caritas socialis zugeordnet waren, Bürohilfskräfte im Rahmen der umfassenden Landesverteidigung. Der Informatiker Otto und der Maschinenbauer Richard diskutierten dort tagein tagaus über Politik, denn es gab nicht viel zu tun. Richard hatte zwar nicht gerade die Donauinsel eigenhändig errichtet, aber er war doch aus Familientradition Sozialdemokrat, Sommerlager mit den Roten Falken inklusive, Karriere in der verstaatlichen Industrie nicht ausgeschlossen, wenn auch nicht ausdrücklich angestrebt, Otto war Gesinnungsgrüner aus der Mittelschicht, Akademikerfamilie, moraltriefend bis hinter die Ohrläppchen, gerechtigkeitsfanatisch, postmaterialistisch. Wenn sie jemals bei einer politischen Partei angeheuert hätten – auf die Idee wären sie nie gekommen – hätte man dort wenig mit ihnen anfangen können, denn sie interessierten sich für Politik aus Affekt und Sentimentalität, und dafür konnte man sich keine bessere Bühne denken als die verschlafenen Büroräumlichkeiten eines katholischen Sozialvereins.

Anders als Charlotte fand Otto die Idee eines Hochzeitfests anregend. Er stellte sich die versammelte Hochzeitsgesellschaft als Primatenhorde vor, Männchen und Weibchen von ihren Kleidungsstücken befreit, ein orgiastisches Paarungsfest, in dem rund um das wild entschlossene monogame Brautpaar die Geschlechtsteile munter durcheinander purzelten. Vorläufig war davon leider nicht viel zu bemerken, gesittet wurden die mit Namenskärtchen markierten Sitzplätze im Restaurant angesteuert. Da schlug auch schon ein Löffel an ein Weinglas, um die Aufmerksamkeit der Gäste zu erbitten, und Charlottes Sitznachbar, ein weiterer Freund des Bräutigams aus der Kulturszene, rollte theatralisch die Augen und sagte zu Otto gewandt: „Er ist Strukturalist. Wer in Gottes Namen würde einen Strukturalisten bitten, eine Hochzeitsrede zu halten?" Felix Berger war klein gewachsen, er trug eine schwarz gerahmte Metallbrille und hatte einen nachlässigen Seitenscheitel in seine schulterlangen dunklen Haare gekämmt.

„Liebe Evelyn, lieber Anton, liebe Hochzeitsgäste! Letzte Nacht habe ich den Feinschliff an meiner Rede vorgenommen, es waren fünfundzwanzig eng beschriebene Seiten voll Geist und Witz, und ich kann sagen, es wäre eine würdige Rede für dieses Fest gewesen. Doch dann geschah leider ein Unglück, ein Unfall, der eigentlich unaussprechlich ist und der dieses Redemanuskript restlos vernichtete. Nun, gerade weil die Sache unaussprechlich ist, habe ich die rhetorische Pflicht, aus diesem Unfall nun auch noch einen Skandal zu machen, das liegt eben in der Logik der Sache. Was passierte, ist nämlich Folgendes, dass ich einen nun aber wirklich unsagbaren Dünnschiss bekam, wahrscheinlich ein verdorbener Fisch zu Mittag, jedenfalls Durchfall bis zum Abwinken, ich stürze also in die Toilette und erleichtere mich unter Krämpfen, das erste von ungezählten Malen, die ich letzte Nacht geschissen habe, doch im Anschluss stelle ich fest: das Toilettenpapier ist aufgebraucht, zur Gänze, ebenso Taschentücher, Küchenpapier und jedes weitere auch nur halbwegs geeignete Material. Sie erraten es schon, daher ohne lange Umschweife: Das Einzige, was mich retten konnte, war diese Rede. Schweren Herzens, aber doch wild entschlossen, griff ich zum Manuskript, zunächst noch in der Hoffnung, zumindest einen Teil zu retten, beginne ich mit dem Schluss, arbeite mich Seite um Seite nach vorne vor und um drei Uhr morgens verkrampft sich mein Unterleib ein letztes Mal und die Begrüßungsformel wird zugeschissen und verschwindet sogleich im Abflussrohr. Vor Ihnen steht also ein zwar innerlich gereinigter, aber doch unvorbereiteter Redner, das ist natürlich eine prekäre Situation. Mit der Not einher geht jedoch ein starker Appell, dem ich gerne folgen möchte, nämlich der Aufruf zur Beschränkung auf das Wesentliche, auf die grundlegendsten und fundamentalsten Eigenschaften unserer Situation, beziehungsweise der Aufgabe, vor der ich hier als Hochzeitsredner stand: Das war die Aufgabe, unser Brautpaar und uns alle zu würdigen, zu unterhalten und mit den besten Wünschen zum Genuss unserer Mahlzeit zu entlassen. Nun denn, das Wesentlichste: Dass wir hier und jetzt zusammengekommen sind, eine Gruppe von Menschen, die nicht zufällig ist, sondern eine ganz bestimmte Gruppe. Im Zentrum steht ihr, liebe Evelyn, lieber Anton. Ihr wollt uns zeigen, dass ihr zusammengehört, in der Weise wie das eben gemäß der Konvention Ehepaare tun, dazu gibt es nicht viel weiter zu sagen, das ist eine bestimmte Art von Beziehung wie jede andere Beziehung auch, in einem Netz von anderen Elementen und anderen Beziehungen. Wir anderen, also die Hochzeitsgäste, sind einige dieser anderen Elemente mit einigen dieser anderen Beziehungen, da gibt es welche unter uns, die in der Beziehung von Eltern zum Brautpaar stehen, andere sind Geschwister oder Cousins und Cousinen" – Charlotte trat Petra unter dem Tisch fest ans Schienbein und zischte: „Das bist du, hast du's verstanden?" Petra streckte ihr die Zunge heraus und rieb sich mit Jammergesicht den Unterschenkel – „und natürlich auch Beziehungen dieser anderen Elemente untereinander, Verwandtschaftsbeziehungen, Liebesbeziehungen, Freundschaften. Aber ist das schon das Wesentliche? Ich denke nein, ich denke, das ist nur die Normalität. Das Wesentliche aber" – Stöhnen im Publikum – „noch etwas Geduld, wenn ich bitten darf. Das Wesentliche ist in diesem Fall, wer wir sind, also die Menge der hier versammelten Elemente. Stellen Sie sich vor, wir befänden uns hier in der ägyptologisch-orientalischen Abteilung des Kunsthistorischen Museums und jeder von uns wäre ein Ostrakon, eine alte Tonscherbe mit ein paar Tausend

Jahren Geschichte. Und so ist es auch, jeder von uns ist nur eine Scherbe aus einem Tongefäß seiner familiären und gesellschaftlichen Beziehungen und wir sind tausende Jahre alt, weil wir das letzte Glied aus einer unübersehbaren Folge von Generationen, von geschichtlichen Ereignissen sind, die wir nicht verstehen und gestalten können, die aber durch eine lange Folge von Zufällen dazu geführt haben, dass gerade wir gerade heute hier sind als Teil dieser Hochzeitsgesellschaft. Darf ich auch das Brautpaar bitten, mir noch etwas Aufmerksamkeit zu schenken" – rund um Evelyn und Anton war Unruhe entstanden, Evelyn beugte sich über Anton und auch Antons Mutter war von ihrem Platz aufgestanden und eilte in seine Richtung – „wir sind also nichts als Scherben, Produkte einer Hochkultur, die wir nicht einmal im Ansatz durchschauen, die uns an unseren Platz geworfen hat und uns in Beziehungen gestellt hat, die wir nicht gestalten, sondern die uns als Konvention vorgegeben sind. Wo sind dann aber die besten Wünsche, werden Sie fragen? Wo sind die Pointen? Wo ist die Auflösung von all dieser Scheiße?" An dieser Stelle wurde Felix Bergers Hochzeitsrede durch einen verzweifelten Schrei von Evelyn gestört und jemand rief, „Einen Arzt, einen Arzt!", und die Hochzeitsgäste erhoben sich von ihren Stühlen. Anton war während der Rede seines Trauzeugen schlecht geworden, plötzlich hatte sich sein Körper verkrampft, dann war er zusammengesackt, Evelyn hatte sich erschrocken über ihn gebeugt, hatte ihn aber nicht festhalten können und schließlich war Anton von seinem Stuhl gerutscht und unter dem Tisch ausgestreckt liegen geblieben.

Richard war aufgesprungen und in Richtung des Brautpaars gelaufen, als gäbe es hier eine Maschine zu reparieren, Petra hatte sich aber wieder hingesetzt, als ihr klar wurde, dass mit ihrem Cousin gerade etwas Schlimmes geschehen war. Sie saß auf der vorderen Kante ihres Stuhls hoch aufgerichtet, die Unterarme auf der Tischplatte nach vorne gestreckt. Otto und Charlotte saßen zu ihren beiden Seiten. Mit der linken Hand hielt Petra Ottos rechte Hand fest umklammert und mit der rechten Hand verkrallte sie sich in Charlottes Linke. Sie hatte die Augen halb geschlossen und die Lippen leicht geöffnet. Ihre Wangen waren gerötet. Eine blonde Locke war ihr vor das Gesicht gefallen. Sie schien zu zittern und ihr Atem ging schnell. Otto und Charlotte betrachteten sie still.

Niederhofstraße

Im fünfzehnten Wiener Gemeindebezirk Rudolfsheim-Fünfhaus klafft ein Loch. Wer sich von der Märzstraße kommend in dieses Loch hineinwagt, der kann zunächst einige Schritte in einen ebenen Gang hineingehen, dann biegt der Weg nach links ab und führt steil hinab in die Tiefe. Dort aber lauert der Schrecken. Ein Drache haust unten in einem langen Gang. Manchmal stürzt er brüllend hervor, seine Augen leuchten im Dunkeln und er reißt sein Maul auf und verschlingt die Menschen, die auf der Plattform warten.

Wenige Schritte entfernt lag in der Stättermayergasse die Dachgeschoßwohnung von Petra und Richard. Petra saß nackt auf dem feuchten Handtuch, das sie über den Rand der Badewanne gebreitet hatte. Sie hatte das linke Bein über das rechte geschlagen und schnitt sich mit einer kleinen Schere die Zehennägel, die nach dem Baden noch ganz weich waren. Vom warmen Wasser war sie schläfrig geworden. Das Badezimmer hatte ein schräges Dachfenster, und weil das Haus auf der anderen Seite der Stättermayergasse etwas niedriger war, brauchte man hier keine Vorhänge und konnte jetzt am Nachmittag in den erschöpften Himmel eines schon etwas schwülen Frühlingstages schauen. Petra ließ ihren linken Fuß auf den flauschigen Badezimmerteppich plumpsen und stand auf. Als Nächstes waren die Hände dran. Sie entschied sich, auch jetzt noch nichts anzuziehen, sie war allein zuhause und die Wohnung war von der Sonne aufgeheizt und sauber. Sie zog mit einem Fuß den Hocker aus der Zimmerecke und setzte sich an den Waschtisch. Mit der Nagelschere korrigierte sie winzige Unregelmäßigkeiten an ihren Fingernägeln, dann griff sie nach dem Fläschchen mit dem hellroten Nagellack, das sie schon vorher bereitgestellt hatte. Sie legte die Fingerspitzen ihrer linken Hand auf die Kante des Waschtischs und tauchte den Verschluss mit dem Pinselchen in den Lack. Dann trug sie vorsichtig gleichmäßige rote Streifen auf den Nagel des Zeigefingers auf. Sie arbeitete sich bis zum kleinen Finger vor und lackierte zuletzt den Daumennagel. Sie seufzte selbstvergessen und kontrollierte das Ergebnis, während sie den Lack etwas trocknen ließ, bevor sie die Finger der rechten Hand machen wollte. Ihr Telefon läutete. Petra stand auf, um das Handy zu holen, das auf einem Regalbrett des Badezimmerschrankes lag. Am Display stand ‚Otto'. Sie war überrascht, dass sie seine Nummer eingespeichert hatte – und dass er sie anrief und nicht mit Richard redete. Sie ging zurück zu ihrem Hocker und setzte sich mit übereinandergeschlagenen Beinen, dann nahm sie den Anruf an.

„Hallo Otto."

„Hallo Petra, ich bin es, Otto. Du, stör' ich dich?"

„Aber nein, wieso denn. Ich bin zuhause."

„Was machst du denn gerade?"

„Was ich mache? Na, ich richte mir eine Kleinigkeit zu essen."

„Ah, dann isst du heute nicht mit Richard?"

„Doch, natürlich esse ich mit Richard, aber später. Ich mache jetzt nur eine Kleinigkeit, weil ich bei der Arbeit schon die ganze Zeit hungrig war. Aber was soll denn die Fragerei?"

Otto lachte. „Ja du hast Recht, entschuldige, das war ein bisschen idiotisch von mir."

„OK", sagte Petra, „ist entschuldigt."

„Was isst du denn?", fragte Otto.

„Oh je", Petra nahm das übergeschlagene Bein herunter und betrachtete sich im großen Badezimmerspiegel.

„Ich rufe wegen Anton an."

„Ja?"

„Ja wirklich. Tut mir leid wegen vorher. Aber diese Sache mit deinem Cousin – es war furchtbar. Vor allem für Evelyn, und die Familie, auch für dich. Es tut mir so leid für euch alle."

„Ja. Es war furchtbar. Es ist furchtbar."

„Wisst ihr eigentlich inzwischen, was genau passiert ist?"

„Sie sagen, es war ein Schlaganfall, der den Gehirnstamm betroffen hat. Das überlebt man nicht."

„Nein. Gehirnstamm. Das ist ein Riesenpech. Schlaganfall ist schon ein Alptraum, aber dann noch so viel Pech zu haben mit der betroffenen Stelle. Weißt du, dass Schlaganfall eine der häufigsten Todesursachen ist?"

„Otto, das ist mir egal. Mein Cousin ist während seiner Hochzeitsfeier gestorben, OK? Das reicht."

„Das reicht, Petra. Es war in Wahrheit sogar viel zu viel. Ich hatte das Gefühl, und deswegen rufe ich eigentlich an, dass es auf irgendeine Art, die ich noch nicht ganz verstehe, wirklich zu viel war für dich."

„Oh."

„Ja, weißt du noch, als du nach Charlottes und meiner Hand gegriffen hast."

„Richard war zu nichts gut."

„Er ist eben Richard, das darfst du ihm nicht vorwerfen."

„Ich habe geglaubt, die Welt geht unter, einfach so. Das erwartet man doch nicht. Du gehst zu einer Hochzeit, die Leute treiben einen Riesenaufwand, du fragst dich, ob das Make-Up sitzt, ob das Kleid richtig gewählt ist, was als Dessert serviert wird, und dann stirbt der Bräutigam, dein Cousin. Stell dir vor, wie es Evelyn jetzt gehen muss. Da waren all diese Menschen, denken an die belanglosesten Dinge, und dann siehst du, wie alles plötzlich sich in Luft auflöst, wie der Boden unter deinen Füßen wegkippt."

„Und?"

„Ich wollte nicht allein sein."

„Ich will auch nicht, dass du allein bist."

„So?"

„Wenn du magst."

„Und Richard?"

„Richard ist Richard, du bist du und ich bin ich. Wir sind verschieden."

„Aber was willst du, Otto?"

„Ich bin ein Trottel. Aber ich kann diesen Augenblick nicht vergessen, und wie du meine Hand gehalten hast. Und wie du ausgesehen hast."

„Und?" Petra betrachtete noch immer ihr Spiegelbild.

„Viel mehr weiß ich noch nicht. - Ich glaube ich würde dich gerne treffen."

„Wozu? Willst du mich retten? Das ist meistens eine schlechte Idee."

„Ich habe darüber nachgedacht", sagte Otto und lachte.

„Und Richard? Und Charlotte?"

„Wir können nicht alles verstehen", sagte Otto.

„Wir wissen nicht, was mit uns passiert", sagte Petra, „ich zumindest weiß es fast nie."

„Also, was sagst du?", fragte Otto.

„Was sage ich wozu?", fragte Petra und kicherte.

„Können wir uns treffen?"

Petra stand auf und drehte vor dem Spiegel eine Pirouette.

„Ich glaube schon", sagte sie.

„Das ist sehr schön."

„Hoffentlich."

Petra ertrug den Anblick ihres nackten Körpers nicht mehr. Hastig schlüpfte sie in ihren Bademantel und begann vor dem Spiegel ihre blonden Locken zu föhnen.

„Deine Haare glänzen heute wieder so schön", sagte Angelika zu Carla, die neben ihr an den Waschtischen stand und sich die Lippen nachzog. Carla lachte und bedankte sich für das Kompliment. „Das ist nur der Conditioner", sagte sie bescheiden. Doch in Wirklichkeit war sie selbst stolz auf ihr kräftiges, glattes und natürlich dunkelbraunes Haar, das auch im langen Pferdeschwanz getragen ausreichend Fülle hatte.

„Sag einmal, Angelika", fragte Carla, „dem Richard steht das Hemd wirklich gut, das er heute anhat, findest du nicht?"

„Yes! Er ist einfach ein Süßer. Weißt du, was ich gestern gemacht habe? Es ist ein bisschen peinlich. Wir waren in der gleichen Besprechung und ich habe allen Ernstes neben ihm meinen Kugelschreiber fallen gelassen, damit er mir ins Dekolleté sieht, wenn ich mich danach bücke. Er hat es auch brav getan, wie ich wollte."

„Ach Mädel, dir ist aber auch gar nichts zu blöd. Er ist ein bisschen zu leicht zu manipulieren, findest du nicht? Wenn wir ihn so einfach herumkriegen, wie hart muss da das Leben seiner Freundin sein, bei all den anderen Frauen in der Welt."

„Und vor allem, auf Dauer könnte er ein richtiger Langweiler sein", sagte Angelika. „Stell dir vor, nachdem du es mit ihm gemacht hast, was würdest du mit ihm reden? Ich glaube, er würde anfangen dir etwas über Autos oder Fußball zu erzählen, wenn er überhaupt den Mund aufbringt."

„Ich stelle mir normalerweise nicht gerade das Reden vor, hehe. Aber wenn du schon danach fragst: Ich glaube, er würde an die Decke starren wie das Mondkalb. Und zwar nicht, weil er nichts im Kopf hat, sondern weil ich ihm völlig gleichgültig wäre, und auch nicht, weil ich so besonders langweilig bin, sondern weil er nichts mitkriegt davon, was in einer Frau vorgeht."

„Dann hat er doch nichts im Kopf."

„Würde ich nicht sagen."

„Aber warum dann?", fragte Angelika.

„Ihm fehlt irgendein Gen oder so", sagte Clara. „Oder er hat da einen Schalter im Gehirn, Empathie Ein – Aus, aber leider hat ihm niemand gesagt, wo der ist, und zum Suchen ist er zu faul. Wozu soll er auch suchen, wenn ihm ohnehin alles in den Schoß fällt."

Angelika kicherte: „Glaubst du wirklich, dass ihm so viele in den Schoß fallen? Er ist eigentlich nicht besonders schön, wenn man's genau nimmt. Wir sind nur einfach blöd im Hirn hier vor Langeweile und dankbar für die geringste Abwechslung."

„… die doch eigentlich gänzlich unter unserer Würde als unabhängige Frauen ist. Mir gefällt er eigentlich auch nicht so wahnsinnig toll. Aber er hat schon eine Präsenz, die mir imponiert."

„Der richtige Mann zur rechten Zeit am rechten Ort", witzelte Angelika.

„Der richtige, rechtschaffene Richard", sagte Clara.

Peter sagte mit gespielter Geilheit: „Ich mag Weiber mit großen Brüsten, nicht so extrem, aber doch lieber zwei Handvoll als eine."

„Aha", sagte Richard, „und warum?"

„Also hör zu", sagte Peter. „Es geht dabei nicht ums Angreifen. Das ist zwar nett, aber eine flache Brust kann genauso erotisch sein, besonders wenn die Nippel fest sind. Sondern es geht um einen Sekundäreffekt aus der Gewichtsverteilung am

Oberkörper. Denn sie muss das Gewicht der Brüste ja irgendwie ausgleichen. Wenn's gut geht, und wenn sie genügend Selbstbewusstsein hat, dann macht sie das, indem sie die Schultern nach hinten zieht. Und hier liegt jetzt der Reiz, denn wenn sie die Schultern nach hinten zieht und den Brustkorb wölbt, dann prangen die Brüste ganz fantastisch auf ihrem Torso, praktisch ein gleichseitiges Dreieck aus einem hoffentlich sanft gerundeten Gesicht und den beiden Brüsten als Eckpfeilern, wie eine Sphinx. Das ist das Majestätische an einer schönen Frau mit großen Brüsten, quasi eine elegante Lösung zu einem geometrischen Problem."

Längenfeldgasse

Verkehr in drei Spuren wälzte sich auf der Schönbrunner Schloßstraße über die Kreuzung mit der Längenfeldgasse stadteinwärts. Wie verabredet wartete Michael an der Kreuzung auf Charlotte, die gerade aus der U6 gestiegen war. Sie küssten sich auf die Wange. „Hallo Alter", sagte Charlotte. Michael hatte den gleichen unordentlichen Lockenkopf wie fast alle Wiener Pressefotografen. Seine zwei schweren Kameras hingen von der einen Schulter, in der anderen Hand trug er das Stativ. „Schön hast du's hier, in deinem Bezirk", grinste Michael, „gleich neben dem Museumsquartier."

„Es ist schon originell, hier eine Galerie zu betreiben, da geb' ich dir Recht", sagte Charlotte. „Ich frage mich nur, ob das genug ist, um all die Nachteile aufzuwiegen. Dafür ist die Miete wahrscheinlich niedrig."

„Und unsere heutige Künstlerin findet in der Gegend wahrscheinlich jede Menge Anschauungsmaterial, zumindest wenn sie es bis in die Gemeindebauten hinein schafft", sagte Michael.

Die Fußgängerampel schaltete auf Grün und sie machten sich auf den Weg, begleitet von einem aufgeregt brummenden Schwarm von Autos. Es war zehn Uhr Vormittag. Die Galerie Wallner bestand seit einigen Monaten. Sie war in einem Geschäftslokal zwischen einer Videothek und einem Waschsalon auf der Schönbrunner Schloßstraße eingerichtet, jener ächzenden Verkehrsarterie durch dicht verbautes Gebiet, über die sich der von der Westautobahn kommende Verkehr in die inneren Bezirke ergoss. Frau Wallner war eine kulturinteressierte Bankmanagerin im Ruhestand, die bevorzugt sozial engagierte Kunst von Frauen sammelte und nun auch in ihrer eigenen Galerie ausstellte.

„Charlotte, wie reizend Sie zu sehen", sagte Frau Wallner eifrig, „willkommen bei der Vernissage einer ganz außerordentlichen Künstlerin!"

„Grüß Gott Frau Wallner", sagte Charlotte. Michael grunzte etwas Unverständliches und zwängte sich hinter Charlotte an Frau Wallner vorbei durch die Tür. Das Publikum bestand aus dem üblichen Häuflein Kulturjournalisten und vielleicht einem Dutzend privat erschienener Frauen, einige davon wohl aus der Meidlinger Nachbarschaft der Galerie. Michael warf einen Blick auf das Catering, das auf einer Reihe von niedrigen Tischen hergerichtet war: Schwarzbrothäppchen mit Aufstrichen auf Basis von Rahm, Margarine oder Frühlingskäse, darauf kleine Stückchen Paprika, Zwiebel, Cocktailtomaten – enttäuscht wendete er sich ab. „Konzentrieren wir uns auf die Kunst", dachte er und begann zu fotografieren. Der Titel der Ausstellung lautete ‚Keine Hausarbeit'. Die meisten der ausgestellten Ölbilder waren in einem naiven gegenständlichen Stil gemalt. Es waren neue Arbeiten von Emma Samstag, einer jungen Absolventin der Kunstakademie, die sich wachsender Aufmerksamkeit der deutschsprachigen Medien erfreute. Heute war sie nicht anwesend. Das Sujet war in allen ihren Werken das gleiche: Eine Frau, allein in ihrer Wohnung. Die letzte Ausstellung war ein Achtungserfolg gewesen, die Frauen auf den Bildern waren beim abendlichen Abschminken dargestellt gewesen und wirkten körperlich müde, aber auch stark und selbstbestimmt. Die neue Ausstellung präsentierte dagegen ausschließlich Szenen bei Tageslicht. Charlotte und Michael blieben vor einem Bild stehen, das eine Frau im charakteristischen rosafarbenen Arbeitsmantel einer bekannten Drogeriemarktkette zeigte. Die Frau saß in einem konservativ eingerichteten Wohnzimmer bequem auf ihrem Sofa und las ein Buch. Ein anderes Bild zeigte eine silberhaarige ältere Frau, die auf einer Gymnastikmatte in ihrem Schlafzimmer Dehnungsübungen machte. Michael sagte: „Denen geht es ganz gut. Ihre Männer sind sie losgeworden, die Lohnarbeit ist leicht, frau widmet sich der eigenen Erbauung. Ein bisschen heile Welt."

„Ich vermute, es geht mehr um Normalität als um heile Welt", sagte Charlotte.

„Entschuldige, wo ist hier das Normale", sagte Michael, „ich sehe da keinen Alkohol, keine Stimmungsaufheller, keine Accounts bei Partnersuchagenturen oder sozialen Netzwerken. Und wo ist die Arbeitswelt, die Ausbeutung, und wer trägt in der Wirklichkeit seinen Arbeitsmantel auf dem Wohnzimmersofa? Und warum muss man das malen wie für ein Cover von Reader's Digest aus den 50er Jahren?"

„Was glaubst du warum?", fragte Charlotte in seine Richtung, während sie das Bild eines jungen Mädchens betrachtete, das in goldenes Morgenlicht getaucht und in ein Handtuch gewickelt vor dem Badezimmerspiegel stand und seine langen Haare föhnte.

„Tja, du weißt, was ich dazu sagen werde. Weil es eine Marktnische ist. Weil die Dinge so verfahren sind, dass niemand mehr etwas von Kritik hören will. Weil die Kritik der Gemeinplatz geworden ist und die Systemaffirmation die Häretik. Weil man sich dafür abfeiern lassen kann, die Augen zu schließen und zu behaupten, die Supermarktkassierin würde zuhause im Arbeitsmantel klassische Literatur lesen. Weil solche mittelalterlichen Spinner wie ich zu Tausenden herumlaufen und sich darüber aufregen werden, also flugs die verkaufsfördernde öffentliche Erregung hergestellt ist. Weil man also mit so braven Arbeiten die Erwartungen des Kunstbetriebs aufs Geschmeidigste bedient und damit schon wieder im Mainstream mitschwimmt. In Summe, das ist alles ziemlich braves Mädchenzeug."

„Ja", sagte Charlotte gedehnt, „was ist denn so schlimm, an eurer mittelalterlichen Männerwelt? Ist es nicht eher so, dass ihr einfach altersgemäß ein bisschen verbittert seid, dass eure eigene Bedeutung im Vergleich zum Rest der Welt nicht und nicht aufhören will, kleiner zu sein, als ihr euch das eigentlich vorgestellt hättet? Dass der Grad dieser Enttäuschung dann gleich herhalten darf als eure nächste eingebildete Einzigartigkeit, diesmal eben die einzigartige Größe eurer Verbitterung und Wut? Und wer nicht mitwütet, wodurch frau ihre Bewunderung zeigen könnte, der oder vielmehr die ist dann gleich ein braves Mädchen?"

Michael lachte. „Ja, hast eh Recht. Wir spielen eben alle folgsam unsere Rollen in dieser Geschichte. Ich bin nicht sicher, ob die Rolle des mittelalterlichen Wutmanns die attraktivste ist, aber es ist sicher eine, die von ihren verschiedenen Darstellern mit großer Leidenschaft gegeben wird. Wovon ich selbst mich aber dann doch ein bisschen distanzieren mag, wenn du erlaubst. Darum bin ich ja der Fotograf und du bist die, die schreiben muss. Da bin dann ich das stille Publikum, das nur den Spiegel hält, und du bist die Erzählerin, die sich das Wort nicht verbieten lässt. Als Rollenverteilung sollte dir das ja liegen, denk ich."

„Klar", sagte Charlotte, stellte sich mit verschränkten Armen breitbeinig auf und grinste.

„Schon verstanden, Chefin", sagte Michael freundlich, schnappte sich das Stativ vom Boden und machte sich auf die Suche nach gut ausgeleuchteten, farbstarken Motiven. Ein Foto würde in der Ausgabe erscheinen, falls auf der Seite Platz war.

Charlotte ging allein weiter. Sie hatte vor einigen Monaten für den HORIZONT ein Interview mit Emma Samstag geführt und empfand seither einige Sympathie für diese Bilder, mehr als für die Künstlerin jedenfalls, die im Umgang etwas zickig war. In den Bildern fand Charlotte eine Form von kühler Intelligenz, die wahrscheinlich kalkuliert war, aber auch souverän. Irgendetwas an dieser Kühle irritierte sie auch, etwas wie eine Leerstelle oder ein blinder Fleck, vielleicht hatte sie auch nur noch nicht so viel verstanden, wie sie sollte. Jedenfalls war da noch etwas zu suchen, ein fehlendes Puzzlestück, das ihre Neugier antrieb und sie in eine angenehm aufgeregte Stimmung versetzte. Von den Medienleuten hielt sie sich fern, wie immer, wenn sie versuchte ernsthaft zu arbeiten. Stattdessen beobachtete sie die anderen Besucherinnen. Die Vernissage war in einigen Medien angekündigt worden, daher war es ja möglich, dass jemand einfach aus Interesse an diesen Bildern gekommen war – eine junge Frau war da, der Charlotte das zutraute. Die Frau betrachtete konzentriert das Bild mit der lesenden Frau im Handelsangestelltenmantel. Als sie sich schließlich abwandte und zwei Schritte in die Mitte des Raumes machte, ging Charlotte auf sie zu. „Hallo", sagte sie, „gefallen Ihnen die Bilder?"

„Ja, sehr schön, und dir?", antwortete die Frau schnell, wie im Reflex, bevor sie Charlotte überhaupt richtig gesehen hatte. Sie warf einen rasch taxierenden Blick auf ihr Gegenüber, vom Scheitel bis zur Sohle, und sagte dann: „Entschuldige, ich kann noch nicht gut siezen. Ich bin Teresa. Sag auch du zu mir."

„Sehr gern, Teresa. Ich heiße Charlotte. Studierst du Kunst?"

„Nein, ich studiere nicht. Ich mache gar nichts."

Charlotte versuchte in ihrem Gesicht zu lesen. Die Frau war einen Kopf kleiner als sie und attraktiv, sie sieht aus wie eine junge Selma Hayek, dachte Charlotte. Das Gesicht war offen und verriet nichts.

„Nun ja", sagte Charlotte, „jetzt gerade besuchst du eine Vernissage, zu der außer Journalisten nur ganz wenige Menschen gekommen sind. Wie bist du denn hergekommen? Und darf ich fragen, von wo du bist?"

„Ich bin aus Chile und ich lese Zeitungen, aber sonst mache ich nichts, das kannst du glauben", sagte Teresa. „In der Zeitung stand der Titel ‚Keine Hausarbeit' – da dachte ich, das passt gut zu mir. Findest du?" Sie sah Charlotte herausfordernd an.

„Ich finde, du passt gut hierher. Aber ich weiß nicht genau warum. Sagst du es mir?"

„Ich muss es dir sagen?"

„Ja, bitte."

„Du passt auch hierher, weißt du?"

„Ach so?", sagte Charlotte und lächelte.

„Was siehst du in den Bildern?", fragte Teresa.

„Entschuldige, aber das wollte ich doch dich fragen", sagte Charlotte, „was siehst du? Ich glaube nämlich, ich verstehe es nicht, jedenfalls nicht genug."

„Du bist schön", sagte Teresa.

„Wie bitte?"

„Du bist schön."

„Danke, das ist sehr nett von dir."

„Du hast gefragt, was ich sehe. Ich sehe dich."

Die ist ein bisschen anstrengend, dachte Charlotte. Ich mag sie. „Liebe Teresa, bitte sag mir, was du auf den Bildern siehst, warum findest du sie schön, das hast du doch gesagt, am Anfang. Bevor du angefangen hast, mich zu verwirren."

„Ist in Ordnung, liebe Charlotte", sagte Teresa strahlend. „Ich sehe auf den Bildern Frauen, die nicht arbeiten. Ich frage mich, warum arbeiten sie nicht? Sind sie reich? Haben sie einen reichen Mann? Aber siehst du die Frau auf dem Bild?" – sie zeigte auf die Frau im rosa Mantel – „Sie ist nicht reich und sie hat auch keinen reichen Mann."

„Sie arbeitet im Supermarkt", sagte Charlotte. „Ich weiß nicht, ob sie gern dort arbeitet, aber sie arbeitet."

„Irgendwann muss sie doch Geld verdienen", sagte Teresa. „Aber jetzt nicht. Und ich auch, jetzt nicht."

„Niemand arbeitet immer. Die meisten Menschen arbeiten manchmal, und manchmal arbeiten sie nicht. Sie müssen sich ja auch erholen. Die Frau auf dem Bild erholt sich eben in ihrer Arbeitskleidung."

Teresa legte den Kopf schief. „Das glaubst du, nicht, dass sich diese Frau erholt? Ich glaube es nicht. Diese Frauen auf den Bildern sind nicht durch ihre Arbeit definiert. Sie erholen sich nicht, um dann wieder arbeiten zu können. Sondern sie arbeiten einfach nicht. Wenige Frauen schaffen das. Vielleicht ist es für Männer leichter. Bist du mit der U-Bahn hergefahren? Ich schon. Wenn du jetzt am Vormittag mit der U-Bahn fährst, kannst du manchmal eine solche Frau sehen. Sie sieht nicht so aus, als ob sie an ihre Arbeit denkt oder ans Shoppen oder an ihre Kinder, oder als ob sie erschöpft ist, sondern sie ist einfach da und arbeitet nicht. Vielleicht sieht sie mich an, wenn ich in ihre Richtung schaue. So wie du mich gerade ansiehst. Aber nein, ich glaube, du arbeitest jetzt gerade. Du siehst mich gar nicht."

Charlotte musste wieder lächeln. „Doch, ich sehe dich", sagte sie, „aber du hast Recht, ich arbeite. Ich bin Journalistin, ich möchte einen Artikel über diese Ausstellung schreiben."

„Du bist eine professionelle Beobachterin, aber mich kannst du nicht sehen, nicht hier, nicht wenn du arbeitest. Wenn du mich sehen willst, musst du mit mir auf die Toilette kommen", sagte Teresa und blickte Charlotte von unten herauf in die Augen.

Charlotte überlegte, dann sagte sie: „Gib mir deine Telefonnummer."

„Hast du Visitkarten?", fragte Teresa, „dann gib mir zwei."

„Warum zwei?", fragte Charlotte und kramte in ihrer Handtasche.

„Eine behalte ich. Auf die zweite schreibe ich meine Nummer, auf die Rückseite. Du bist auf der Vorderseite, ich auf der Rückseite."

So machten sie es. Dann wollte Teresa die von ihr beschriebene Karte noch nicht hergeben. „Komm mit", sagte sie und ging vor Charlotte her in den hinteren Teil der Galerie, wo es ruhiger war als im straßenseitigen Bereich. Teresa lehnte sich mit dem Rücken an die Wand, dann verschränkte sie ihre Hände mit der Visitkarte hinter dem Rücken, mit durchgestreckten Armen. „Nimm sie dir", sagte sie leise. Charlotte trat dicht an sie heran und umarmte Teresa schnell, bis ihre Hände die Hände der jüngeren Frau fanden. Sie tastete nach der Karte und zog daran, doch Teresa hielt sie mit der ganzen Kraft ihrer Finger noch kurz fest, bevor sie endlich losließ. Charlotte zog ihre Arme zurück und steckte die Karte mit Teresas Telefonnummer in ihre Handtasche.

„Ich weiß viel über Kunst. Ich kann schreiben und auch fotografieren. Gibt es bei deiner Zeitung vielleicht einen Job für mich?", fragte Teresa.

„Du suchst Arbeit?", fragte Charlotte überrascht.

„Was hast denn du gedacht?", sagte Teresa. „Für den Anfang könnte ich auch ein Volontariat machen."

Charlottes Telefon klingelte. „Hallo Otto", sagte Charlotte, machte in Richtung Teresa eine bedauernde Geste und ging einige Schritte zur Seite, „wie geht es dir?"

„Hallo Lottchen", sagte Otto, „das ist lieb, dass du fragst. Es geht mir schon etwas besser, ich bin gerade erst aufgestanden. Die Migräne wird, glaube ich, erträglich sein. Also ich denke, ich werde einen Kaffee trinken und dann versuchen in die Arbeit zu fahren und am Nachmittag ein paar Stunden zu arbeiten."

„Das freut mich für dich", sagte Charlotte. „Wenn du magst, kannst du dann ruhig länger arbeiten."

„Hm, naja, ich werde schauen, wie ich mich dann fühle. Es könnte sein, dass die Kopfschmerzen am späteren Nachmittag zurückkommen. Gestern hat es ja auch erst so um fünf richtig begonnen."

„Ich glaube nicht, dass sie zurückkommen. Jedenfalls, ich gehe davon aus, dass du länger arbeitest, und ich werde dann auch erst später am Abend nach Hause kommen, ich habe noch einiges zu erledigen. Um genau zu sein, ich bin auch jetzt gerade auf einer Vernissage und kann nicht allzu lange reden. Aber es freut mich, dass es dir wieder besser geht."

„Ja, also dann, in Ordnung", sagte Ottos Stimme. „Bis später."

Eine Woche später stand im HORIZONT Charlottes Ausstellungsnotiz neben einem Foto, das einige Frauen vor unkenntlichen Bildern an der Wand einer Galerie zeigte, durch deren Schaufenster man auf eine offenbar stark befahrene Straße hinaussah:

Paradoxe Frauen an der Peripherie
Neue Werke von Shooting Star Emma Samstag in der Galerie Wallner

Die beste Zeit für einen Besuch in der neuen Galerie Wallner in Untermeidling ist der Vormittag eines Werktages, wenn draußen auf der Schönbrunner Schloßstraße der Berufsverkehr zutraulich vorbeidonnert. Drinnen gibt es nach der aufsehenerregenden Ausstellung des Vorjahres neue Gemälde von Emma

Samstag zu sehen. Dabei irritiert nicht nur die naive Malweise, sondern Samstag rechtfertigt erneut ihren Ruf als soziale Provokateurin mit einer Serie von Bildinhalten, die um den Zusammenhang von Arbeitswelt und privater Autonomie kreisen. Auf jedem der Bilder ist eine Frauenfigur unseren Blicken dargeboten. Eine ältere Frau hält sich mit Gymnastik am Fußboden ihres Schlafzimmers fit – doch fit wofür? Ist sie nicht im Ruhestand? Eine andere von Samstags Heldinnen schminkt sich wie für eine Abendgala oder einen Ballbesuch, hinter sich zwei zimmerhohe Stapel von Getränkekisten. Eine Ärztin mit Stethoskop sieht fern, auf dem Sofa neben ihr sitzt ein großer Plüschbär. Jede dieser Frauen scheint einem bestimmbaren gesellschaftlichen Milieu anzugehören, in vielen der Bilder einem Berufsklischee, doch die Art, wie sie mit ihrer Zeit umgehen, steht zu ihrem Milieu in einem merkwürdigen Spannungsverhältnis. Ist die Lebenswelt dieser allegorischen Frauenfiguren privat oder steht sie im Verwertungszusammenhang, scheint uns Emma Samstag zu fragen, und sind Frauen heute überhaupt jemals entweder im Privaten oder Beruflichen angekommen? Und wenn nicht, wenn diese Frauen schwer durchschaubare Zwitterwesen sind, von denen sich nicht sagen lässt, welcher der Sphären sie jeweils gerade angehören – ist dann eine Verständigung möglich, die den Kokon der uneindeutigen Vereinzelung überwindet?

Gumpendorfer Straße

„Jetzt sind die Türen zu, jetzt fährt der Zug." Und dann: „Jetzt fahren wir im Freien." Es war dasselbe kleine Kind. Otto schloss die Augen. Als er sie wieder öffnete, sah ihm das Kind gerade ins Gesicht. Er schaute zurück und versuchte sich zu freuen. Das Kind schien sich nicht an ihn zu erinnern. Nur noch die langgestreckte Brückenkurve über das Wiental, durch das sich der Morgenverkehr dahinwälzte, dann bremste der Zug und fuhr in die Station Gumpendorfer Straße ein. Es war acht Uhr dreißig. Um neun Uhr, hatten sie vereinbart. Otto lief die Stiegen vom Bahnsteig hinunter zum Straßenniveau und drängte sich durch die grün gestrichenen Schwingtüren nach draußen. Es stank nach Autoabgasen, aber es war ein sonniger Tag. Otto zählte: Drei Fußgängerampeln musste er überqueren, um den Gürtel, den mehrspurigen Straßenring rund um die inneren Wiener Bezirke, zu überqueren und zum stadtseitigen Gehsteig zu gelangen. Dort stand triumphierend das sogenannte Aids Hilfe Haus, ein in hässlichem Grau gestrichenes, mehrstöckiges ehemaliges Wohnhaus, in dem seit Menschengedenken die Wiener Aidsberatung untergebracht war. Der Altersschnitt der dort beschäftigten Sozialarbeiter und Ärztinnen lag wohl mittlerweile nahe bei sechzig Jahren, die Immunschwächekrankheit selbst war in den unkündbaren Beamtenstand aufgenommen. Einmal im Jahr ließ sich Aids die Haare tönen, um beim gesellschaftlichen Großereignis Life-Ball einen möglichst guten Eindruck bei den Berichterstattern der Boulevardmedien zu hinterlassen. Doch heute starrte das Haus Otto nur gelangweilt und etwas feindselig entgegen. Alle drei Ampeln standen auf Rot und Otto glotzte geistesabwesend in den Strom der Blechpferde, auf denen ihre Besitzer zu ihren Arbeitsstätten ritten. Gestern Abend hatte er an der Rezeption des Hotels ISIS die Magnetkarte für Zimmer 814 in Empfang genommen, war mit dem Lift hinaufgefahren und hatte im Zimmer die Tagesdecke vom Bett gezogen und die Bettdecke in eine diskrete Unordnung gebracht. Dann hatte er das Hotel sofort wieder verlassen und war nach Hause gefahren. Für heute hatte er einen Urlaubstag genommen. Die Wahrscheinlichkeit war gering, dass ein Arbeitskollege oder ein Bekannter hier am Gürtel an ihm vorbeifahren und ihn erkennen würde. Und selbst wenn das passieren sollte, irgendeine halbplausible Erklärung würde ihm einfallen, auch wenn ihn jemand gerade beim Betreten des Hotels erkennen sollte. Da war er auch schon am Portal dieses schmucklosen Hotelkastens in Bahnhofsnähe angelangt. Der Ort war so unprätentiös, wie er nur sein konnte. Wenn sie ihn gerade deswegen ausgesucht hatten, was mochte das bedeuten? Er durchquerte die gläserne Schiebetür und schritt zielstrebig an den mit Zimmerabrechnungen beschäftigten Rezeptionisten vorbei zu den Liften. Er fühlte nach der Magnetkarte in seiner Hosentasche. Nach dem Aufstehen hatte er im Bad etwas genauer zu seinem Spiegelbild hingesehen als sonst, nach dem Rasieren mit der Hand nachkontrolliert und auch einige vereinzelte, mehrere Zentimeter lange Borstenhaare von seinen Schultern und dem Rücken entfernt, so weit er eben reichen konnte. Als er gerade den Gang zu Zimmer 814 entlang ging, vibrierte sein Telefon. Es war eine SMS: „Bin in 10 Minuten da." Er schrieb zurück: „Bin hier. Warte." Dann hielt er die Magnetkarte an den Türöffner und trat ein. Er hängte das ‚Please do not disturb'-Schild außen an den Türgriff und zog die Tür hinter sich ins Schloss. Wenn sie sich deswegen nicht zu klopfen traut? Nein, unmöglich. Er brachte das Bett wieder in Ordnung und räumte die Tagesdecke in den wackeligen Wandschrank aus furnierten Pressspanplatten. Er schloss die schweren Vorhänge, dann öffnete er sie einen Spalt, warf einen Blick auf die trostlose Aussicht, schloss die Vorhänge wieder. Jetzt wusste er auch, dass man die Fenster nicht öffnen konnte. Das Zimmer war überheizt, aber daran hätte er gestern Abend denken müssen, als noch Zeit war, die Klimaanlage herunter zu regeln. Außer dem Bett gab es als Sitzgelegenheit nur einen schwarzen Holzstuhl, klar, um den Zimmerpreis.

Es klopfte, zweimal. Otto fühlte, dass seine Handflächen schwitzten. Er öffnete. Petra stand draußen, aber sie wollte möglichst rasch ins Zimmer. Als er die Tür geschlossen hatte, hauchten sie beide ein Hallo. Er legte seine Hände auf ihre Schultern und beugte sich ihr entgegen. Sie hob das Kinn leicht an. Sein Mund berührte ihre Lippen, sie küssten sich. Das fühlte sich fantastisch an. Sie lachten erleichtert. „Man kann eigentlich nur auf dem Bett sitzen", sagte Otto.

Es erregte ihn, die Hände in ihre Lockenmähne zu krallen. All die Jahre hatte er ihr Haar nur angesehen. Auch wie sich ihre Brüste anfühlten, wenn er sie mit den Händen leicht stützte und hob, war atemberaubend. Sie waren noch vollständig angekleidet. „Zieh dich aus", flüsterte er in ihr Ohr. Sie hörte auf, seinen Rücken zu streicheln, löste sich aus der Umarmung, setzte sich gerade und zog sich ihr Top über den Kopf, dann sah sie zu ihm. „Du auch."

Als er nur noch seine Boxer-Shorts anhatte, begann Otto zu überlegen. Sein Schwanz war noch nicht richtig erigiert, nur so halbwegs, das war ein Kommen und Gehen vorerst. Sollte er dann die Shorts ausziehen oder noch anbehalten? Der erste Eindruck zählte ja angeblich. Er ließ die Shorts vorläufig an. Er hatte jetzt ohnehin keine Zeit, um an sich zu denken. Petra hatte gleich nach dem Top ihren knielangen Jeans-Rock ausgezogen, jetzt im Sommer trug sie keine Strümpfe, also waren da sonst nur ein weißer Slip und BH gewesen, die jetzt am Zimmerboden lagen – sie stand nackt vor ihm, während er auf dem Bett saß, er musste jetzt etwas tun und zwar sofort. Er fasste sie an den Handgelenken und zog sie zu sich, beugte sich zu ihrem Bauchnabel und küsste sich von dort aufwärts zu ihren vollen Brüsten, nahm hintereinander beide Nippel kurz in den Mund und gab ihr mit den Zähnen etwas Druck. Da presste sie ihre Unterarme, die zu beiden Seiten seines Halses lagen, entschlossen zusammen, so dass er das Blut in den Halsschlagadern spürte. Er umfasste mit dem rechten Arm ihre Taille, brachte Petra aus dem Gleichgewicht und warf sie mit Schwung rücklings auf das Bett. Bevor sie auf andere Gedanken kommen konnte, schob er sich neben sie und fiel über sie her. Sie fragte ihn, ob er seine Hose anbehalten wollte, also war wohl der Zeitpunkt gekommen, sie abzustreifen. Noch aus diesem Nesteln heraus nahm er ihre Hand und legte sie an seinen Schwanz. Das ging eine Minute lang gut, dann aber musste er doch noch selbst nachhelfen, um sich für die Penetration vorzubereiten.

Während der ganzen Zeit sah sie viel in seine Augen. Er war nicht sicher, ob sie dort fand, wonach sie suchte. Nachher lag sie entspannt in seiner Armbeuge. Als sie eine Weile nichts sagte, schielte er vorsichtig in ihr Gesicht und merkte, dass sie eingeschlafen war. Er drehte seinen Kopf zu ihr und küsste sanft ihre Schläfe.

In diesem Zustand, könnte ich schreiben, vergingen einige Monate. Doch das wäre gelogen, denn natürlich gab es überall Veränderungen. Der Sommer war heiß und trocken, aber im September setzte sich ein Schlechtwettersystem über der oberen Adria fest und sorgte zwei Wochen lang für ungewöhnlich intensive Regenfälle. Während im Juli und August immer wieder U-Bahn-Züge mit technischen Gebrechen liegen blieben und die Menschen nach längerem Warten auf den Bahnsteigen dicht gedrängt und schwitzend in den Waggons standen, im Stillen die Mitreisenden und deren Ausdünstungen verfluchend, so kollabierte nun an den Regentagen im September der Straßenverkehr, wenn die Pendler aus dem Umland unbedingt mit dem Auto in die Stadt wollten und dabei von den nicht rechtzeitig fertiggestellten Sommerbaustellen auf den Hauptverkehrsstraßen aufgehalten wurden. Zwei- bis dreiwöchige Urlaube wurden von einem Großteil der Bevölkerung diszipliniert konsumiert, in Badekleidung an Stränden des Mittelmeers oder, wer es sich leisten konnte, bei einfallsreichen Statusreisen außerhalb Europas. Auch in der Stadt präsentierte man sich im Badegewand, auf der Donauinsel, im Gänsehäufl oder in den Freibädern gehobenen Standards im Wienerwald. Der Konsum alkoholischer und unalkoholischer Getränke stieg und sank dann wieder gemäß der üblichen saisonalen Verlaufskurve und verteilte sich gerecht über die dafür vorgesehenen Lokale. Menschen verliebten sich, pflegten ihre Beziehung oder trennten sich. Kinder lernten neue Fähigkeiten: Rad fahren, schwimmen und den Gebrauch von Mobiltelefonen. In Charlottes Redaktion war wenig zu tun und sie fuhr nur selten hin, arbeitete viel von zuhause oder pflegte berufliche Kontakte. Richard spielte zweimal wöchentlich abends mit Kollegen Fußball und unternahm am Wochenende mit Petra Ausflüge. Lediglich Otto war tatsächlich an einem Ruhepunkt angelangt, so kam es ihm vor, es gelang ihm, Charlotte, Petra und seine Arbeit fast immer in der gleichen angemessenen Weise, mit den gleichen Augen wahrzunehmen und sich so zu verhalten, wie ihm das richtig erschien. Auch Richard traf er einige Male und hatte ihm gegenüber keine Schuldgefühle, ein paarmal diskutierten sie sogar über Politik.

Dann war es Herbst. Eines Tages verließ der Zug, in dem Otto saß, die Station Längenfeldgasse und fuhr ins Freie. Otto schloss die Augen. Ein Mädchen hatte ihn vorhin bewundernd angesehen. Wie jung sie war. Er schaute nicht mehr in ihre Richtung. In der Station Gumpendorfer Straße erhob er sich von seinem Sitzplatz und stieg aus. Über die Treppen des Stationsgebäudes gelangte er hinunter auf den Gürtel, überquerte die Fußgängerampeln, schaffte es glücklich am Aids Hilfe Haus vorbei und über den Gehsteig die paar hundert Meter hinauf zum ISIS. Der Rezeptionist kannte ihn und nickte ihm zu. Ein älteres deutsches Ehepaar fuhr mit ihm nach oben und unterhielt sich über das ihrer Meinung nach nur mittelmäßige Frühstücksbuffet. Kurz vor neun Uhr betrat Otto Zimmer 517, ließ die Tür hinter sich ins Schloss fallen und warf sich vornüber auf das Bett. Er vergrub das Gesicht in der Decke und streckte die Arme gerade nach beiden Seiten weg. Er hielt die Luft an, solange er konnte. Schließlich drehte er sich auf den Rücken, um Atem ringend, und sah zur Zimmerdecke hinauf. Er beobachtete, wie schnell sich seine Rippen hoben und senkten und schließlich zu ihrem normalen Rhythmus zurückkehrten.

Bei ihrer Ankunft trug Petra fast kein Make-Up, aber vor dem Badezimmerspiegel zog sie einen grellroten Lippenstift aus ihrer Handtasche und verwendete ihn ausgiebig. „Freust du dich mich zu sehen?", fragte sie danach, während sie sich auszog. Otto beobachtete sie vom Bett aus. „Du siehst geil aus", sagte er.

„Ich nehme das als Ja", sagte sie und setzte sich rittlings auf seinen Brustkasten. Er spürte ihre Härchen auf der Brust. „Was würdest du tun, damit diese Lippen richtig nett zu dir sind?" Sie zeigte ihm einen obszönen grellroten Kussmund.

„Nicht so sehr viel, sie entkommen mir ohnehin nicht. Aber küss mich zuerst, bevor du mir einen bläst." Otto wusste, was von ihm erwartet wurde, und hatte gegen seine Rolle wenig einzuwenden. Überhaupt schien das nicht sein kreativster Tag zu sein, also war es richtig, den Dingen ihren Lauf zu lassen. Petra rutschte ein Stück weiter nach unten. Ottos Rippen waren dafür dankbar. Sie beugte sich zu seinem Gesicht herab, schürzte wieder die Lippen und küsste ihn klebrig. Otto fasste an ihre Brüste. Petra hob kurz den Kopf und betrachtete das Ergebnis ihrer Bemühungen auf seinem Mund. Sie lachte leise: „Ein bisschen schwul siehst du aus mit deinen verschmierten Lippen. Komm, nimm noch mehr davon." Leider ließ die Wirkung nach, die weiche Haut ihrer Lippen fühlte sich beim zweiten Mal schon fast normal an. „Ich hab' gesagt, du sollst mir einen blasen, Kleines", sagte er streng.

„OK, du Ego-Monster." Sie rutschte weiter an seinem Körper hinab, bis sie auf seinen Fußknöcheln saß. Sie verschränkte die Arme auf seinen Oberschenkeln und begann langsam seinen halbsteifen Schwanz und seine Eier mit dem Mund zu bearbeiten. Er legte eine Hand auf ihren Kopf und versuchte sich zu entspannen. Der Sex mit ihr machte ihm Spaß und entschädigte für die Mühen der ganzen Reservierungsabwicklung mit dem Hotel. Auch ausreichend Zeit in seinem beruflichen Terminkalender freizuhalten war auf Dauer nicht unanstrengend. Aber es zahlte sich ja aus, Petra war ein guter Fick, wenn auch kein außerordentlicher. Und so peinlich ihm die Verruchtheit der Sache war – manchmal, wenn er mit Charlotte ins Bett ging, oder mitten in einem vertraulichen Gespräch mit

Richard – so war er doch davon überzeugt, dass er für die Konstellation insgesamt sehr empfänglich war, das ganze Liebäugeln mit Verboten und der Verletzung modriger Konventionen. Und das mit dem Lippenstift war auch eine sehr schöne Idee von ihr gewesen. Ein bisschen dumm war nur, dass er sich für den Oralverkehr wohl gleich irgendwie revanchieren musste, was zwar nicht weiter schlimm war, aber eben anstrengend. Der erste Termin heute dann um elf Uhr, Besprechung mit Hochschlager, keine große Sache.

Nachher lag Petra auf dem Bauch quer über das Bett und ließ sich von Otto den Rücken massieren. „Lass mich nicht einschlafen, in Ordnung? Ich werde von Sex immer so schläfrig. Sag einmal, glaubst du, dass ich zu sinnlich bin?"

„Zu sinnlich?", fragte Otto, „wie meinst du das? Ich finde, es ist einer deiner Vorzüge, dass du noch etwas empfinden kannst."

„Richard sagt es manchmal, wenn ich ihn langweile. Dann sagt er, ich sei zu sinnlich für mein eigenes Wohl. Wahrscheinlich mache ich im Bett irgendetwas falsch für ihn. Dabei weiß er gar nicht, wie Recht er hat, was für ein sentimentales Mäuschen ich bei dir bin. Aber es fühlt sich einfach zu gut an, weißt du?"

Otto sagte lieber nichts.

NATUR

Westbahnhof

Zum zweiten Mal an diesem Nachmittag bekam Richard einen Krampf in den Sehnen am rechten Handrücken. Musste er denn unbedingt noch heute an der Konstruktion weiterarbeiten? Nein, so viel Freiheit hatte er, die Zeichnung konnte bis Montag warten. Richard stieg aus der CAD-Software aus und klickte das Bildschirmfenster mit seiner E-Mail in den Vordergrund. Immerhin konnte er das E-Mail-Programm auch verwenden, wenn er die Maus mit der linken Hand bediente. Am Vormittag hatte er nur noch ein halbes Dutzend neue Nachrichten übrig gelassen, jetzt waren es wieder dreiundzwanzig. Vier davon löschte er, ohne sie zu lesen, blieben neunzehn. Katharina Schaffer aus der Buchhaltung schickte die Monatsabrechnung für November. Richards Vorgesetzter wollte einen Überblick über aktuelle Produkttrends bei Getrieben für elektrische Fensterheber, das ließ sich in zwanzig Minuten zusammenstellen.

Thomas klopfte an den Türrahmen und schob seinen Kopf ins Zimmer. „So, ich geh' dann. Wünsche ein wunderschönes Wochenende. Hast du Pläne?" Richard nickte und sah weiter auf seinen Bildschirm: „Wir gehen Schi fahren. Und du?"

„Sehr brav", sagte Thomas, „sehr jahreszeitbewusst. Ich gehe mit ein paar Kumpeln Eis klettern im Gesäuse. Das geht im Sommer auch nicht gut. Also immer schön auf die Work-Life-Balance achten, Richard, in einer Stunde mach' ich einen Kontrollanruf, dann will ich dich nicht mehr an deinem Arbeitsplatz finden." Er lachte gönnerhaft und zog weiter zum nächsten Büro. Richard hatte ihn schon wieder vergessen.

Das Chat-Fenster blinkte am unteren Bildschirmrand. Eine Sekunde lang ärgerte sich Richard darüber, dass er nicht offline gegangen war, jetzt musste er wohl oder übel nachsehen, wer da am Freitagnachmittag unbedingt mit ihm chatten wollte, unter Kollegen war das ein Höflichkeitsgebot. Es war Eva, Marketing. Das machte die Sache doch etwas interessanter. Etwas, nicht viel. Gestern war sie in kurzem Rock und gestreiften Wollstrumpfhosen an ihm vorbeistolziert. Sie war schon eine Augenweide, vor allem ihre langen Beine. „wie gehts herr nerd. ich dachte um die zeit arbeite nur ich."

„ich sortiere schrauben frau kommunikationschefin, die guten ins töpfchen die schlechten ins kröpfchen."

„klingt spannend. welches kröpfchen steht gerade zur verfügung?"

„rate"

„nöö, lieber nicht."

„na dann"

„und?"

Ihr war anscheinend langweilig und als überdurchschnittlich attraktives Gör betrachtete sie es als Richards Pflicht, sie zu unterhalten. Richard seufzte.

„tja nach den schrauben geht es heimwärts."

„hast du schöne pläne?"

„danke kann nicht klagen. hoffe du auch."

„klar, ich werde nur nicht viel zum schlafen kommen darling"

„ok viel spaß. ich bin dann weg. cu" Er beeilte sich, sofort nach der Eingabetaste auf den Offline-Knopf zu drücken, bevor sie antworten konnte. Das Manöver gelang. Erleichtert schloss Richard das Chat-Programm. Er kopierte weiter technische Spezifikationen von Elektromotoren aus dem digitalen Produktkatalog eines tschechischen Herstellers in eine übersichtliche Vergleichstabelle für den Chef. Nach fünfzehn Minuten hatte er ein Dokument in der erforderlichen bescheidenen Qualität fertig, inklusive einem idiotensicheren Executive Summary. Richard blickte auf die Zeitanzeige in der rechten unteren Bildschirmecke. Er hatte es gut hingekriegt, es war fünfzehn Uhr und zwei Minuten. Er streckte die Arme schräg nach hinten unten, dehnte seine Schultern. Dann ließ er die Fäuste zurück auf die Tischfläche fallen. Er schaltete den Computer aus und machte sich auf den Weg zum Westbahnhof. Richard konnte sich nicht erinnern, wann er das letzte Mal mit dem Zug zum Schifahren aufgebrochen war, aber Petra hatte ihn aus einer ihrer unergründlichen Launen heraus darum gebeten. Weil sie heute nicht arbeiten musste, hatte sie zum Ausgleich angeboten das Packen zu übernehmen, mit dem Auto das Gepäck zum Bahnhof zu transportieren und Richard dort im Parkhaus zu treffen. Deshalb musste Richard jetzt am Westbahnhof zu Fuß von der U-Bahn-Station zu dem nördlich der Gleise gelegenen Parkhaus gehen. Das war ein zehnminütiger, umständlicher Fußmarsch. An die Möglichkeit einer Reiseplanung, die U-Bahn, Auto und Eisenbahn verband, hatte wohl keiner der Architekten gedacht. Und das zu Recht, fand Richard, wozu gab es Mittelklassewagen, die hervorragend geeignet waren, Gepäck in abgelegene Urlaubsorte zu transportieren.

So wie die Liftkabine im Parkhaus Wien West stellte sich Richard einen Atombunker vor, die Seitenwände aus Metall leuchteten in Signalgelb, schweigend hielten sich Petra und er an ihren beiden Rollkoffern fest. Sie verließen den Lift, überquerten den kleinen, aber lebensgefährlichen Bahnhofsvorplatz. Taxifahrer lieferten sich halsbrecherische Positionskämpfe an der Abholstelle und einzelne verirrte Autofahrer suchten Ausweichmöglichkeiten zwischen kreuz und quer laufenden Fußgängern. Im Bahnhofsgebäude gerieten sie zuerst in eine

Gruppe japanischer Touristen, dann stolperte ein Betrunkener über Petras Koffer und rief ihnen einige Flüche nach, bevor sich sein Ärger wieder nach innen wandte. Tagespendler huschten schweigend an ihnen vorüber, ihre Zeitplanung war minutengenau optimiert, und die Züge, die sie in 43 Minuten nach St. Pölten oder in 67 Minuten nach Amstetten bringen sollten, warteten bereits. Petras Idee war es gewesen, ausreichend Zeit für einen Besuch in der Bahnhofsbuchhandlung und einen anschließenden Kaffee im Bahnhofsrestaurant einzuplanen, daher bewegten sie sich einerseits langsamer als die meisten anderen Reisenden, andererseits mit mehr Aufmerksamkeit für das, was rings um sie passierte. Ein Vorteil war das nicht.

Als sie schließlich auf ihren reservierten Fensterplätzen in der zweiten Klasse einander gegenüber saßen, jeder einen Stapel Zeitschriften vor sich, beugte sich Richard nach vorn und ergriff Petras Hände. „Zufrieden?", fragte er. Petra nickte und sah ihn an.

„Eine Sache, die ich an dir mag", sagte Richard bedächtig, „ist, dass du mir immer ein Rätsel bleiben wirst." Petra seufzte und sagte: „Ich weiß, Richie, aber wenn du Fragen hast, kannst du sie ja stellen." Richard ließ ihre Hände los und lehnte sich zurück. Er studierte das Cover der aktuellen Ausgabe des HORIZONT, das oben auf seinem Zeitschriftenstapel lag, aber dann zog er den SPORT darunter hervor. Er blätterte zur Seite mit dem Inhaltsverzeichnis, ließ das Heft jedoch auf seine Oberschenkel sinken und sah zum Fenster hinaus. Er saß gegen die Fahrtrichtung. Die kleinen Gärten und teuren Einfamilienhäuser von Purkersdorf an der Stadtgrenze von Wien drängten sich bis dicht an die Gleise. In einer bewusstlosen Prozession rasten sie am Fenster vorbei und verschwanden wieder. Der Zug bohrte sich durch die frostigen Waldhügel des Wienerwalds, durch Niederösterreich und irgendwann später, als die ersten paar Hundert Kilometer überstanden waren, hinein in Gegenden, die einen eigenständigen Anspruch auf geografische Existenz erheben wollten, die Stadt Linz vielleicht, dann die Lichter von Salzburg und die Staatsgrenze auf der Fahrt über das deutsche Eck Richtung Tirol. Bei Wörgl konnte man trotz der nun schon undurchdringlichen Finsternis auf den erahnten Hängen des Inntals erstmals Wintertourismus riechen, ein Geruch, der sich westlich von Innsbruck verstärkte und schließlich nach dem Aussteigen in Landeck völlig unentrinnbar wurde, und zwar in Form eines bei minus dreizehn Grad Celsius missmutig brummenden Dieselmotors. Der Dieselmotor gehörte zu einem neunsitzigen Kleinbus, der Richard und Petra als einzige Passagiere vom Bahnhof abholte und sie nun in ihren Schi-Ort auf schneesicheren 1500 Metern hinaufbrachte. Nach einiger Zeit verließen sie die Bundesstraße und zweigten auf eine Bergstraße ab, die sich in steilen Serpentinen in die Höhe wand. Trotz der Steigung war die Straße gut ausgebaut. Auch jetzt in der Finsternis der Nacht konnte man zwischen den beträchtlichen Schneemassen, die vom Wald her zur Fahrbahn drängten, immer wieder technische Vorkehrungen sehen, mit denen sich die Passierbarkeit der Straße unter allen Bedingungen wenn schon nicht aufrechterhalten, so doch jedenfalls rasch wiederherstellen ließ. Richard war nun sehr müde – es war zwei Uhr morgens – doch er erlaubte sich nicht einzuschlafen. Der Wald nahm kein Ende. Nach besonders steilen Passagen sank die Straße oft ein Stück ins Tal zurück und gab einige der Höhenmeter, die sie gerade gewonnen hatte, wieder ab. Sie erreichten eine längere Lawinengalerie, in der das Motorengeräusch dröhnend zurückgeworfen wurde, mit einem Anschein von Entschlossenheit, der Richard in seiner Übermüdung erschrecken ließ. Endlich weitete sich das Gelände, der Wald wurde von nachdenklichen Schneefeldern abgelöst, die dunkelblau schimmerten, und gleich darauf fuhr der Kleinbus an den Silhouetten großer Hotelbauten vorbei. Dann hielten sie vor einem mehrstöckigen Gebäude. Ein mächtiger hölzerner Balkon wölbte sich über ihnen aus der Fassade. Der Fahrer stieg aus und betätigte die Nachtglocke. Hinter der wuchtigen Eingangstür, in deren Mitte ein Sichtfenster ausgespart war, wurde eine einzelne Lampe eingeschaltet und bald erschien ein Nachtportier, um die Neuankömmlinge in ihr Zimmer zu bringen.

Als Richard am nächsten Morgen gerade seine zweite Tasse Kaffee einschenkte, trat einer der Rezeptionisten an den Tisch. Gerade vorhin hatte er sie am Weg von ihrem Zimmer zum Frühstückssaal begrüßt. Der Mann war hochgewachsen und hager. Er stellte sich mit seinem Vornamen als Alex vor und fragte, ob er sich für einen Augenblick zu ihnen setzen dürfe. Sobald er saß, holte er aus seiner Brieftasche zwei scheckkartengroße Plastikkarten hervor. „Ich bring' euch nämlich eure Schipässe, ich hab' sie schon gleich für zwei ganze Tage aufgeladen, ihr wollt's ja Schi fahren, oder? Aber was red' ich, wenn man euch so ansieht, ist es ohnehin klar. Es ist ein besonderer Service unseres Hauses, dass wir die Schipässe am ersten Tag zum Frühstück bringen, denn wir wissen ja, ihr habt nicht viel Zeit, gerade wenn das Wetter so schön ist wie heut'. Wir haben jetzt noch minus achtzehn Grad oben bei der Bergstation, aber es wird den ganzen Tag sonnig sein bis zum Nachmittag, da wird es dann auch etwas wärmer, gell. Wenn ihr eine Ausrüstung braucht, ihr seid ja mit dem Zug aus Wien gekommen, oder, dann findet ihr gleich gegenüber den Schiverleih Ultrarent. Als Gäste unseres Hotels bekommt ihr dort eine fünfzehnprozentige Ermäßigung auf alle Schi. Habt ihr

116

vielleicht sonst noch Fragen?" Sie schüttelten die Köpfe. „Ja dann, sonst könnt ihr natürlich immer an die Rezeption kommen. Dann wünsch ich euch noch im Namen des Hauses einen wunderschönen Schitag, gell", und er stand auf und verschwand.

Sie zogen lange Schiunterwäsche unter ihren Anoraks an und machten sich auf den Weg zum Schiverleih. Dort gaben sie in einem Computerprogramm Namen, Adresse und Körpermaße ein und beantworteten einige Fragen zu ihrem schifahrerischen Können. Sie bekamen eine Allroundausrüstung, nannten ihre Zimmernummer und bezahlten die Mietgebühr für zwei Tage. Wenig später standen sie in einer ungeduldigen Traube von Menschen an der Talstation der Seilbahn. Rundherum wurde wenig gesprochen. Petra war völlig still. Erst als sie von der Gondel aus auf die wegsinkenden Gebäude des Schidorfs hinuntersahen, sagte sie: „Endlich!" Doch war das nicht ein Irrtum? „Liftbetriebe Oberrieder", las Richard auf einer kleinen Metallplankette in der Gondel, „heißt nicht der Besitzer unseres Hotels auch Oberrieder? Wahrscheinlich derselbe."

Die letzten Waldstücke glitten unter der Gondel hinweg, der Horizont über den Bergkämmen rückte näher, gleißend breitete sich die Schneelandschaft unter der Vormittagssonne aus. In den letzten Tagen hatte es die ersten starken und ausdauernden Schneefälle des jungen Winters gegeben, doch es kam Richard so vor, als wäre das Tal unter der meterdicken Schneeschicht endlich in eine Art Urzustand zurückgekehrt, der Frieden und ein stabiles Gleichgewicht der Naturkräfte anzeigte. Erde und Himmel stießen hier in den östlichen Zentralalpen aneinander und an der Grenze zwischen beiden lag eine weiche Schicht Neuschnee. So wie die anderen Schifahrer, die aus dem Gebäude der Bergstation ins Freie traten, blieben Petra und

Richard zunächst eine Weile auf dem zusammengepressten Schnee stehen. Dutzende Schipaare lagen dort unbenutzt in alle Himmelsrichtungen durcheinander, dazwischen steckten die Schistöcke (die ideale Länge haben sie, wenn der Schifahrer mit rechtwinkelig abgebeugten Armen die Griffe erreicht). Der Himmel leuchtete fast wolkenlos in tiefem Blau, nur ein paar harmlose Schleierwolken zogen langsam darüber hin. Das Thermometer an der Bergstation zeigte jetzt minus siebzehn Grad, die kalte Luft knabberte sanft an Richards mit Kälteschutz eingecremten Wangen. Ab und zu stieg ein Schifahrer in seine Bindungen, löste sich aus der wartenden Gruppe und glitt leise auf die Piste hinaus. Doch die meisten atmeten die Ruhe des ausgebreiteten Panoramas und waren bald in guter Stimmung und ihren Begleitern freundlich zugetan. Aus dem Inneren der Bergstation war zu hören, wie das Metallseil der Seilbahn gemächlich um die Wendespule rumpelte und die entleerten Gondeln mit sich hinunter ins Tal zog.

Die Piste war hervorragend präpariert. Trotz der Kälte fanden die bei Ultrarent frisch geschliffenen Kanten guten Halt und erlaubten präzise Schwünge. Richard führte die Schi annähernd in Schulterbreite, so konnte er auch bei höheren Geschwindigkeiten problemlos im engen bis mittleren Radiusbereich carven, ohne jemals in Sturzgefahr zu geraten. Offensichtlich waren für das Anlegen der Pisten größere Grabungsarbeiten im Hang erforderlich gewesen, das war zu erkennen an den scharfen Trennlinien zwischen den sanft gewellten Hängen abseits der Piste und dem geradlinigen und zumeist im Querschnitt ebenen Verlauf der Piste selbst. Auch die Breite des für die Pistenfahrer zugänglichen Bereichs war sorgfältig berechnet: Bei mittlerer Auslastung wie heute konnten durchschnittliche Schifahrer recht unbehindert fahren, jedoch ohne dass ein

Übermaß an freiem Raum zu überhöhter Geschwindigkeit verführt hätte. In diesem Optimalbereich der Raumnutzung bewegten sich auch Richard und Petra, die beide gute Schifahrer waren. Schon in ihrer Schulzeit waren sie durch eine Reihe von Schulschikursen gewissenhaft in diesen Sport eingeführt worden und hatten auch nach Ende der Schulzeit sofort begonnen, in Eigeninitiative Schiurlaube zu buchen. So war ihnen dieser Gerätesport mittlerweile völlig selbstverständlich geworden, die ursprüngliche Angst vor Verletzungen hatten sie in unbewusste Strategien zur Dosierung der Fahrgeschwindigkeit umgewandelt. Die Funktionslust, die aus der Beherrschung von Geschwindigkeit und Gefahr entstand, verschaffte ihnen Befriedigung. Der Rand der Piste war je nach Grad der Gefahr mit unterschiedlichen Verfahren abgesichert. An vielen Stellen hatte es ausgereicht, Bäume zu fällen, deren Stämme zu nah an die Piste herangereicht hatten. Dort, wo stärkere Fliehkräfte wirken konnten, hatten die Liftbetreiber orangefarbene Sicherheitsnetze aufgespannt. Je nachdem mit welcher Geschwindigkeit von der Piste stürzende Schifahrer in verschiedenen Zonen dieser Netze aufprallen konnten, war die Dichte der Maschen entsprechend angepasst. Wo die Gefahr am größten war, zum Beispiel in der unmittelbaren Umgebung der am Pistenrand installierten Schneekanonen mit ihren scharfen und verletzungsträchtigen Kanten, war die Maschendichte der Sicherheitsnetze so eng, dass ein Schi oder sogar ein Stock nicht darin steckenbleiben konnte. Ein hier aufprallender Schifahrer würde abgebremst und wahrscheinlich ein Stück in die Piste zurückgeschleudert werden. Verletzungen waren natürlich trotzdem nicht auszuschließen, vor allem für den Fall, dass Gliedmaßen verdreht und beim Aufprall überwältigenden Kräften ausgesetzt würden. Richards Schi knirschten über den kalten Schnee. Richard und Petra fuhren so schnell, dass sich unter ihrer Funktionsunterwäsche allmählich Schweiß bildete, der von dem atmungsaktiven Gewebe hervorragend nach außen abgeführt wurde. Außer bei kleinen Sprüngen blieben ihre Füße durch das Gewicht der schweren Schischuhe und der Schi immer am Boden, während die beiden Schifahrer von der Schwerkraft ins Tal gezogen wurden.

Später fanden sie auf halbem Weg zwischen Berg- und Talstation eine große Schihütte, aus der volkstümliche Schlagermusik nach draußen drang. Es war Mittag und Petra deutete mit dem Stock zum Eingang. Nebeneinander schwangen sie ab, öffneten ihre Bindungen und lehnten die Schi in einen der bereits gut gefüllten Schiständer. Richard öffnete die Schnallen seiner Schischuhe und merkte, dass er sie wohl für die niedrigen Temperaturen zu fest eingestellt hatte, denn sein linker Fuß war bereits etwas taub geworden. Als Petra und Richard durch die grünen Schwingtüren eintraten, erreichte die Musik Clubbing-Lautstärke und ein Schwall warmer Luft umfing sie, der nach der ganzen Speisekarte gleichzeitig roch. Auf den harten Sohlenplatten der Schischuhe dahinschreitend durchquerten sie zügig das Restaurant und fanden einen freien Tisch. Dort schälten sie sich aus den oberen Schichten ihrer Schikleidung. Ihre Wangen glühten in der Wärme und sie bestellten Essen und jeder einen halben Liter Apfelsaft mit Mineralwasser.

Sobald sie fertig gegessen hatten, rief Richard einen der Kellner zum Tisch. Es war ein dunkelhaariger Tiroler mit einer leicht gebogenen Nase. „Wollt ihr noch einen Kaffee oder einen Schnaps?", fragte er in bemühtem Hochdeutsch. „Nein danke", sagte Richard, „die Rechnung bitte."

„Aber das ist doch gar nicht notwendig", sagte der Kellner, „wir schreiben das einfach auf eure Hotelrechnung."

„Hier? Auf die Hotelrechnung? Aber wir wohnen doch nicht hier im Haus, sondern unten im Ort."

„Ich weiß schon, im Hotel Zentral. Da haben wir im Ort einen Rechnungsverbund."

„Rechnungsverbund? Aber woher wissen Sie überhaupt, in welchem Hotel wir wohnen?"

„Das ist doch auf eurer Liftkarte gespeichert", sagte der Kellner.

Richard verstand plötzlich: „Gehört die Hütte etwa auch dem Herrn Oberrieder? Dem gehört auch die Seilbahn?"

„Ja natürlich, das ist alles im Besitz unserer Familie Oberrieder. Deshalb kann unser Ort ja auch den besonderen Sorgenfrei-Service bieten. Also, Dank' euch recht schön für euren Besuch, und Schi Heil!" Der Kellner wandte sich zum Gehen, doch Richard wollte sich noch nicht geschlagen geben und erklärte, dass er jedenfalls lieber hier und in bar zahlen wollte. Doch der Kellner weigerte sich. Wie sich herausstellte, hatte er nicht einmal eine Börse bei sich. Immerhin erklärte er sich schließlich bereit, aus dem Kassencomputer einen Beleg auszudrucken, wenn Richard denn unbedingt darauf bestünde. Nötig war das seiner Ansicht nach aber nicht.

Um neun Uhr abends saßen sie im Speisesaal und warteten auf ihre Desserts. Ein kräftiger Mann in den Fünfzigern trat an ihren Tisch. Geflissentlich rieb er sich die Hände, legte den Kopf mit der Halbglatze demütig schief und stellte sich vor: „Guten Abend, Oberrieder mein Name. Gefällt's Ihnen hier bei uns? War alles in Ordnung bisher?" Richard berührte Petra unter dem Tisch leicht mit dem Fuß, schaffte es aber, sich oberhalb der Tischplatte nichts anmerken zu lassen. „Guten Abend, Herr Oberrieder. Wir haben schon viel von Ihnen gehört. Danke, alles bestens soweit." Petra schob Richards Fuß weg. Oberrieder setzte eine besorgte Miene auf und fragte: „Warum denn viel gehört? Ich hoffe keine Beschwerden?"

„Nein, ganz im Gegenteil", sagte Richard, „Ihr Namensschild läuft uns halt ständig über den Weg, zuerst hier im Hotel, dann in der Seilbahngondel und später in der Schihütte bei der Mittelstation, alles Oberrieder. Sind das Sie persönlich?"

Oberrieder lachte herzlich. „Ja schon, ich bin halt derzeit das Familienoberhaupt, aber den Grundstein gelegt hat schon der selige Großvater, und mein Vater hat schon ordentlich investiert, gell. Warum interessiert euch das denn so? Seid ihr aus Wien, gell?"

„Ja, wir sind aus Wien", sagte Petra schnell, um Richard zuvorzukommen.

„Ja, aus der Bundeshauptstadt", sagte Oberrieder und musterte Petra etwas genauer, „das ist natürlich klar, gell. Ist ja eine schöne Stadt, ich fahr' immer wieder gern hin."

Richard meldete sich zurück. „Es ist mir einfach aufgefallen, dass überall der gleiche Name steht. Und in der Schihütte durften wir überhaupt nicht bezahlen, das war schon ungewöhnlich."

„Na und? Hat man euch nicht erklärt, das ist Teil von unserem Sorgenfrei-Service, wir sorgen dafür, dass ihr euch in eurem wohlverdienten Urlaub nicht den Kopf zerbrechen müsst, oder in Ihrem Fall das schöne Lockenköpfchen", sagte er fidel in Richtung Petra, „das ist für die meisten unserer Gäste etwas, das sie gern annehmen. Ich darf sagen, viele Gäste wissen das sehr zu schätzen, und wir haben sehr viele Stammgäste. Haben Sie vielleicht ein Problem damit?", fragte Oberrieder, ohne Richard anzusehen.

„Aber nein", sagte Richard, „wie ich gesagt habe, etwas ungewöhnlich kommt es mir vor. Gehört der ganze Ort Ihnen oder gibt es da noch andere Eigentümer. Und die Hotels, stehen die in verschiedenem Besitz."

Oberrieder drehte sein Gesicht langsam in Richards Richtung und betrachtete ihn stumm. Dann verschränkte er die Arme vor der Brust. „Es gibt auch andere Besitzer, wenn dich das beruhigt, weniger als früher sind es wohl. Und wenn ich dich hier nicht mehr haben mag, dann brauchst du nicht auf die Idee kommen, dort anzuklopfen. Weil wenn ich ihnen sag', dass du im Ort nicht mehr willkommen bist, dann bist du nicht mehr willkommen." Kurz war es still, dann lachte Oberrieder herzlich und klopfte Richard auf die Schulter. Das mochte Richard nicht gern.

„Es ist dann also so eine Art Monopol. Na ja, man sollte Ihnen dazu gratulieren, so etwas ist selten geworden, einmal abgesehen von österreichischen Gebirgstälern vielleicht."

Oberrieder zog die Hand zurück und setzte sich schwungvoll an die freie Tischseite neben Petra. Er wandte sich an sie, als er sagte: „Dein Freund da ist ein Idiot, oder er hat sehr schlechte Manieren, ich sag dir, du wirst es bei ihm nicht lang gut haben." Dann stierte er auf seine Hände, seine großen Hände lagen nun mit verschränkten Fingern schwer auf dem Tisch. Er hatte riesige Daumennägel, fand Petra. „Hier im Ort mögen wir es nicht so gern, wenn unsere Gäste keinen Respekt vor uns haben. Es wird immer gesagt, der Tiroler hat seinen Stolz verloren, aber bei uns im Ort jedenfalls ist das nicht so. Ihr kommt als Gäste und ihr sollt euren Spaß in der schönen Natur haben, dafür haben wir euch ja alles vorbereitet. Wir fahren euch herauf ins Dorf, bringen euch in unseren Häusern unter, stecken euch in eine Schiausrüstung. Wir fahren euch den Berg hinauf, damit ihr auf den Pisten herunterfahren könnt, die wir für euch angelegt haben. Wir geben euch etwas zu essen in einer Jausenstation mitten am Berg, inmitten von zwei Metern Schnee und spielen euch Musik vor, damit ihr fröhlich sein könnt. Und dann kommt immer wieder einer daher, so wie du da", er schaute kurz in Richtung Richard, „und glaubt, er ist kein Baby, dem man die Windeln wechselt, wenn es sich anscheißt, sondern er ist ein großer Mann aus der weiten Welt, der uns erklären muss, wie es in der Welt zugeht, und dass wir hier im Dorf nur ein paar dahergelaufene Bauerntölpel sind, die nicht wissen, wie die Wirtschaft läuft. Aber weißt', mein Freund, es ist auch schon anders hergegangen, wenn uns einer allzu sehr auf den Geist gegangen ist, so einer wie du oder noch schlimmer." Oberrieder streckte seine Finger und betrachtete sie gedankenverloren. „Die Finger da zum Beispiel haben schon viel erlebt. Du glaubst mir das eh, gell?", sagte er mit einem kurzen Blick zu Petra. „Aber nicht nur so manche hübsche Dame aus Wien hat hier schon unerwartete Abenteuer erlebt und ihre Bühne gefunden, sondern es ist auch schon vorgekommen, dass einer, der geglaubt hat, er ist ein großer Herr, ganz klein geworden ist vor diesen Fingern, so klein wie ein kleines Mädchen, der hat gar nicht mehr gewusst, wo bei ihm vorn und hinten ist. Der ist hergekommen aus seiner Stadt und hat alles gewusst und musste unbedingt das Maul groß aufreißen, obwohl man ihm gesagt hat, sei still jetzt Bub, es wird Zeit, aber er hat es nicht verstanden. Und da sind ihm halt seine Mäuler gestopft worden, eins nach dem anderen, so eine große Sache ist das nicht, du hast ja Recht, wir sind noch immer dumme Bauern hier, mit Vieh im Stall, wir melken unsere Kühe und schlachten die Schweine, da fließt das Blut, das wäscht man nachher wieder ab und nichts ist gewesen, ein gutes Fleisch ist wieder da für die Küche, die Frau freut sich. Am nächsten Tag fährt man hinunter ins Tal und geht zum Pfarrer beichten, der spricht dich frei von Schuld, zu Mittag stehst du wieder in der Wirtschaft und machst die Bücher, am Abend bist du wieder im Restaurant und redest mit den Gästen und siehst ihnen beim Saufen zu, und wie sie sich herausputzen für das elende Weib am Nachbartisch, für die eine Minute, wenn die eigene Frau gerade zum Buffet geht. Kinder seid's ihr, kleine dumme Kinder, die in die Berge verschickt werden wegen der frischen Luft und der guten Aussicht, und damit vielleicht das eine oder andere verloren geht im Wald, kann ja vorkommen, ist halt unglücklicherweise beim Schwammerlsuchen von der Gruppe weggelaufen und dann über eine Felswand gestürzt, und da ist es gelegen mit gebrochenem Genick für ein paar Tage, bis es der Geier geholt hat, und weg war's, später findet vielleicht ein Jäger einen Knochen, der könnte von dem Kind sein, vielleicht aber auch von einem abgestürzten Zicklein. Und wieder am nächsten Tag hast du es vergessen, dass eines verlorengegangen ist, und führst deine Betriebe und kümmerst dich um die Familie und die Angestellten und beauftragst Reparaturen, damit alles in Schuss bleibt, damit der Ort sich gut entwickelt, damit deine Kinder ein gutes Erbe haben, aber für dich selbst ist das alles nichts, gar nichts, du bist ja nicht erst seit gestern hier, sondern hast schon für den Vater gearbeitet. Seit er dich mit fünfzehn aus der Schule genommen hat, hast du für die Familie und den Betrieb gearbeitet, hast gebaut, erweitert, um Genehmigungen angesucht, immer nur gebaut und nie war es genug. Und es wird auch nie genug sein, weil wer soll dir denn sagen: Oberrieder, jetzt ist es genug? Es ist ja nur der Talkessel da, der mit dir reden kann, und dem bist du scheißegal, der lacht dich aus, Oberrieder, der lässt dich deine Schneisen in den Wald hauen und deine Terrassierungen in die Hänge, damit auch noch der vertrottelteste und unfähigste Schifahrer den Berg runterkommt, und der Kessel lacht dich aus, auch wenn du das Schmieröl von der Seilbahn hinten in der Mulde im Boden versickern lässt. Ich bin die Natur, sagt der Kessel, und du bist der Oberrieder, und deswegen musst du dich zu Tode arbeiten und ich seh' dir dabei zu und lach' dich aus und fick' dich mit Sorgenfrei-Service."

Burggasse – Stadthalle

Gleich nachdem er in der morgendlichen U-Bahn einen Platz gefunden und sich hingesetzt hatte, spürte Otto sein Herz unregelmäßig und stark schlagen. Er versuchte sich abzulenken und ruhig zu atmen, aber so konzentrierte er sich erst recht wieder auf die beunruhigenden dumpfen Druckwellen in seiner Brust. Er sagte sich eine seiner neueren Beschwörungsformeln vor, dass nämlich gelegentliches Auftreten vermeintlich unregelmäßiger Schläge gerade ein sicheres Zeichen für ein normales Herz in den mittleren Lebensjahren war – das hatte er in Richard Fords Lay of the Land gelernt. Mit klopfendem Herzen saß also Otto in der U-Bahn. Er stellte sich vor, wie es sich anfühlen würde, jetzt und auf der Stelle einen Herzinfarkt zu erleiden. Aus dem starken Schlagen heraus würde sich die Empfindung innerer Unordnung plötzlich alarmierend steigern, es würde sich so anfühlen, als ob das Herz ins Kippen geriete oder in Gefahr überzuschlagen, wie eine Schaukel, die man rücksichtslos immer weiter hochgetrieben hätte. Zu den dumpfen Schlägen würde sich ein zuerst ziehender, dann stechender Schmerz gesellen. Der Brustkorb würde in Flammen stehen und die Atmung zum Stillstand kommen, an Atmung wäre plötzlich gar nicht mehr zu denken. Er würde aus seinem Sitz rutschen und verdreht am Boden zu liegen kommen. Eine Weile noch würde er sich an den ratternden Erschütterungen des Fahrzeugbodens orientieren und nicht in Panik geraten. Welcher der anderen Passagiere würde ihm zu Hilfe eilen und die Rettung verständigen? Würde das Notsignal ausgelöst? Die anderen Fahrgäste sahen völlig gleichgültig aus, ein gut gefüllter Waggon im morgendlichen Berufsverkehr, zum Beispiel die Frau neben ihm, ihre Hüften waren so breit, dass sich die Ränder ihres Gesäßes bis auf Ottos Sitz herüberschoben und seinen eigenen Hintern bedrängten. Gegenüber von Otto saß ein etwa dreißigjähriger Mann mit einem großen Hund. Der Hund lag ausgestreckt am Boden. Manchmal hob er den Kopf, dann ermahnte ihn der Mann mit erhobenem Zeigefinger und in geduldigen Worten, bis der Hund den Kopf wieder auf die Pfoten legte. Der Mann hatte Tattoos im Nacken und auf den Unterarmen. Obwohl Ottos Herz noch immer Anlass zu erhöhter Wachsamkeit bot, glaubte er nun nicht mehr, dass ein dramatisches Ereignis unmittelbar bevorstand. Dennoch, auf solchen Wegen würde ihn einmal die Katastrophe ereilen, die Katastrophe körperlichen Versagens nämlich, die sich mit Mitteln geistiger Aktivität nicht hintergehen ließ und bei ihrem Eintreten zum völligen Zusammenbruch führen würde. Otto hatte keine Illusionen mehr, oder zumindest dachte er das, über seinen eigenen Stellenwert in der Welt. Aber dass ein Teil seiner psychischen Energie sich auf mögliche Szenarien seines finalen Untergangs richtete, und das, wie er zugeben musste, mit einer bestimmten Hartnäckigkeit, musste nicht unbedingt mit Selbstüberschätzung zu tun haben, sondern es war dies ja eine ganz logische Beschäftigungsform eines geistigen Systems, das um sein unversehrtes Fortbestehen besorgt war. Otto seufzte lautlos. Natürlich konnte er auch Charlottes Gereiztheit bei diesem Thema verstehen, denn für sie war Ottos Sorge um seine Gesundheit ein Fall von männlicher Selbstverliebtheit. Ihr geistiges System, um bei diesem Bild zu bleiben, arbeitete zwar oft genauso abstrakt und dem Konkreten enthoben wie sein eigenes, aber es war stärker nach außen gewendet, es stimulierte sich an externen Eindrücken und Handlungsmöglichkeiten. Sie konnte sich Ottos reflexiven Grundmodus zwar vorstellen, aber nur als Irrtum. Das war schon interessant. Denn Otto fragte sich, ob sie Recht hatte. Ob also seine Hypochondrie ein Ausdruck einer von Grund auf fehlgeleiteten Interpretation des Verhältnisses von Innenwelt und Außenwelt war. Dafür gab es kaum ein besseres Experimentierfeld als das U-Bahn-Fahren. War zum Beispiel an Ottos Einstellung zu dem Mann mit Hund etwas faul? Gab es da etwa gerade jetzt eine Chance zum Austausch mit benachbarten Individuen, die Otto vernachlässigte? Konnte er sich den Schwarzarbeiter – denn das war der Mann wohl, seiner Kleidung aus Army-Shorts und Jeans-Jacke nach zu schließen, und nach seinem osteuropäischen Akzent im Gespräch mit dem Hund – als Dialogpartner vorstellen statt als Beobachtungsgegenstand hinter der Subjektgrenze? Und die attraktive Angestellte – Sekretärin? Personalchefin? Filialleiterin einer Handelskette? –, die sich zwei Meter weiter an einem Haltegriff festhielt, sollte er sie ansprechen, um den wenig erfolgversprechenden Versuch einer sexuellen Annäherung zu machen? Zeigte er zu wenig Interesse an seinen Mitmenschen und verkrallte sich stattdessen in den unauflösbaren Skandal der eigenen Endlichkeit? Die Perspektive seines Ablebens war zwar, aus der lichten Abstraktionshöhe dieses Gedankengangs, die eines unauflösbaren Skandals, aber andererseits so erschreckend dann doch wieder nicht: Otto, in seiner ganz und gar nicht bemerkenswerten gesellschaftlichen Position und Bedeutung, würde aufhören zu existieren und andere würden an seiner Stelle weitermachen. Vielleicht würde er es schaffen, ihnen vom Totenbett aus huldvoll zuzuwinken und gute Reise zu wünschen. Das wäre so ähnlich wie seine distanzierten, aber freundlichen Gefühle für die vierzig, fünfzig Mitreisenden in diesem U-Bahn-Waggon. Bei der nächstgelegenen Tür stand ein Ehepaar um die Sechzig, beide in Daunenmänteln. Sie sahen robust aus, der Mann mit zurückgekämmten grauen Haaren und einem fleischigen Gesicht, seine ebenso große Gattin mit gefärbter Dauerwelle und einer wuchtigen Damenhandtasche. Sie redeten nicht miteinander, sondern beobachteten mit misstrauisch verschlossenen Gesichtern die anderen Fahrgäste. Eine junge Frau las in einer Gratiszeitung und stieß gelegentlich halblaute Drohlaute hervor, wenn das Kleinkind in dem Kinderwagen, der vor ihr stand, Anstalten machte, sich aus seinem Sitz zu befreien. Otto fragte sich, wie viele von den Mitpassagieren jetzt gerade ebenfalls von unregelmäßigen Herzschlägen beunruhigt wurden. Wahrscheinlicher war aber, dass die Gesundheitssorgen all dieser Leute unterschiedlich waren. Die Dame im Daunenmantel litt vielleicht an einer Harnwegsentzündung und ihr Mann an Magenschmerzen. Die Mutter mit Kinderwagen wurde seit der schwierigen Geburt des Kindes von Hämorrhoiden geplagt. Die Studentin weiter vorne auf einem Fensterplatz, die sich zum Fenster gedreht hatte und unentwegt hinausstarrte, hatte in der Früh zwei Schmerztabletten gegen ihre Regelbeschwerden genommen. Zufrieden schaute Otto hinauf in den schmalen Streifen Winterhimmel, der über der Lärmschutzverbauung sichtbar war. Er beschloss, sich ein warmes Gefühl für seine Mitreisenden zu erlauben, so etwas wie Solidarität im öffentlichen Nahverkehr, in der Gemeinschaft der Stadtbewohner mit all ihren Gesundheitsproblemen und begrenzter Lebenserwartung und Überlegenheitsgefühl gegenüber den isolierten Autofahrern da draußen im Stau und so weiter und so fort. Da fiel ihm ein: „Man stirbt allein" (Pascal), und er fragte sich, warum er gerade wieder in seinen alten Gemütlichkeitston verfallen war. Otto war sauer auf sich, dieses ewige Zurückweichen vor den unangenehmen Wahrheiten hatte ihn schon viel gekostet und würde sein Leben wohl auch weiterhin in Dämmwolle packen, immer zwei Schritte von der Erkenntnis, zwei Schritte vom Handeln entfernt. Der Zug hatte die Station Westbahnhof erreicht. Eine Schulklasse auf Wienwoche, vielleicht aus Oberösterreich, stieg aus, doch der Waggon füllte sich gleich wieder, mindestens genauso dicht wie zuvor, und fuhr ab. Ein Pärchen mit der kanadischen Flagge auf den großen Rucksäcken stellte sich zu einer der vertikalen Haltestangen in der Wagenmitte. Für die war das Winterwetter ja gerade richtig. Wahrscheinlich waren sie auch ziemlich gesund und todesfern, die beiden, dachte Otto, obwohl ihnen eine U-Bahn-Fahrt in einer mittel-osteuropäischen Winterstadt wie Wien vielleicht doch einige Viren verpassen konnte, auf die ihre menschenleeren Immunsysteme nicht eingestellt waren. Das war ein zwar schadenfroher, doch befriedigender Gedanke, fand er. Eine Gestankwolke erreichte Otto, die rasch anschwoll und offenbar zu einer torkelnden Männerstimme gehörte, die sich von hinten kommend an Ottos Sitzreihe heranarbeitete. Der Gestank nahm noch einmal kräftig Fahrt auf, eine Mischung aus Urin, Reinigungsmittel, dreckigem Grind und Alkohol, und grummelnd drängte sich eine dunkel gewandete Gestalt an Otto entlang weiter nach vorne. Als der Sandler an ihm vorbei war, riskierte Otto hinzusehen. Es bot sich ein scheußlicher Anblick, der Kerl hatte lange, zu Zotteln verklebte Haare, auf denen selbst aus zwei Metern Entfernung weiße und graue Schmutzknödelchen zu erkennen waren. Dann trug er einen langen, stark verschmutzten und speckig glänzenden Mantel, der aber völlig zerfetzt war, die ganze rechte untere Körperseite, die Otto zugewandt war, blieb unbedeckt. Weil die weite schwarze Hose, die der Mann darunter trug, ebenfalls in Fetzen herunterhing, oben von einem Seil als Gürtel notdürftig zusammengehalten, sah man ein großes Stück nackte Haut am rechten Oberschenkel, von der Hüfte abwärts, das stellenweise von dunklen Krusten bedeckt war. Otto wurde von einem elementaren Schauder erfasst und schüttelte sich ein wenig. Der Mann hatte sich jetzt an den Kanadiern vorbeigedrängt und fand einen freien Sitzplatz in jener Sitzgruppe, in der sich außer der menstruierenden Studentin inzwischen ein Zeitung lesender Angestellter und ein Jugendlicher mit Kopfhörern niedergelassen hatten, die am Westbahnhof eingestiegen sein mussten. Otto stellte sich vor, was in ihren Köpfen vorging. Wie meistens in solchen Augenblicken zog ihn seine Neugierde aus seinen Gedankengängen heraus und versetzte ihn für einige Sekunden in einen diffusen Zustand, in dem er seine Grenzzäune und Distanzierungen neu ausrichtete: Waren da Impulse zu handeln, zu flüchten oder mitzufühlen in ihm? Gab es ein Ereignis, das es wert war, den eigenen inneren Monolog zu unterbrechen und sich zu engagieren? Und was, in Reihenfolge der Schwere der medizinischen Implikationen, waren wohl die wichtigsten gesundheitlichen Probleme des Sandlers? Alkoholismus und Abhängigkeit von Barbituraten, Asthma oder chronische Bronchitis, Depressionen, vermutete Otto.

„So, also so. Da sitzt's ihr und schaut's blöd. So. Liest da in der Zeitung, wirst davon auch nicht gescheiter. In der Zeitung steht nichts, nichts steht da. Wahrscheinlich schaust du nur die Bilder an, ist da eine Nackerte, die dir gefällt? Schöner als deine Alte ist sie wohl und deine Alte siehst du nie ohne ihre Kleider. Die Kleider kauft sie sich von deinem Geld und lässt sich vom Nachbarn vögeln. Aber du merkst das nicht, weil du ein Armleuchter bist. Du schaust aus wie ein patscherter Armleuchter, hörst du. Du sitzt den ganzen Tag in deinem warmen Büro. In deinem warmen Büro sitzt du vor dem Computer. Du schaust dir am Computer Pornos an, im Büro, während sich deine Frau vom Nachbarn vögeln lässt. Warum schaust du mich so schwul an, du Armleuchter. Bist du schwul? Ein Schwuler bist du, schaust dir im Büro Pornos von jungen Burschen an. Dir ist das egal, dass der Nachbar deine Frau vögelt, weil dich nur mehr junge Burschen interessieren. Hör einmal, nimm die Kopfhörer herunter, der da hat dich gern, der will was von dir. Bist du jung genug für ihn? Hast du was in der Hose, was der sehen mag? Das brauchst du schon. Wenn du nur ein Stummelschwanzerl hast, kann der nichts mit dir anfangen. Du schaust ein bisschen schwach aus, das mag er vielleicht. Magst du das, so einen schwachen jungen Burschen? Oder doch lieber das traurige Fräulein? Was ist denn, Fräulein, warum denn so traurig? Hat dich dein Freund verlassen? Sind Sie einsam, junges Fräulein? Oder will er dich in den Arsch ficken und du willst nicht? Unser schwuler Zeitungsleser da fickt dich sicher in den Arsch, wenn du ihn darum bittest, seine Frau lässt ihn nämlich nicht. Deshalb interessiert er sich jetzt mehr für junge Burschen. Aber er traut sich meistens nicht, er schaut ganz schüchtern, nicht einmal unseren Discofreak hier traut er sich anzusprechen. Deswegen nimmt er zur Not auch dich, junges Fräulein, kannst mit ihm das Arschficken üben für deinen Freund, oder wenn er dich verlassen hat, dann hast du gleich einen neuen, einen alten Arschficker nur, und schwul ist er auch und verheiratet. Erste Wahl ist er nicht, aber für dich tut es auch die zweite oder dritte Reihe, glaube ich. Schau wie er sich jetzt freut, er glaubt, er macht heute noch eine neue Bekanntschaft. Dem muss man immer bei allem helfen, allein bringt er nichts fertig, fürchtet sich nur, dass seine Frau sich scheiden lässt, dann muss er zahlen, zahlen, zahlen", so schimpfte der Sandler laut vor sich hin und machte keine Anstalten wieder aufzuhören.

„Unerhört!", kreischte der weibliche Teil des Daunenmantel-Ehepaars. „Muss man sich das denn bieten lassen!" Die Breithüftige neben Otto geriet in Bewegung: „Ja weil keiner etwas dagegen sagt!" Sie schnaufte erbost, richtete ihren kolossalen Körper im Sitz auf, wobei sie Otto mit dem Ellbogen unabsichtlich einen Rempler versetzte. „Es traut sich ja keiner mehr etwas zu tun. Jeder Lump kommt an sein Ziel, weil niemand mehr Zivilcourage hat!" Frau Daunenmantel nickte lebhaft: „Sehr richtig! Genau so ist es!" Interessiert hob der Hund des Schwarzarbeiters den Kopf.

Der Sandler glotzte auf die beiden Frauen und rief: „Seht her, die Rachegöttinnen sind da! Die Rachegöttinnen in all ihrer Pracht! Was für prächtige, fette Säue!"

„Du nennst meine Gattin keine fette Sau, hörst?", rief der Ehemann des Daunenmantels. „Das hat dir niemand erlaubt, du Abschaum!"

„Abschaum nennst du mich, du vertrottelter Erpel?", schrie der Sandler. „Ich sag dir Eines: Dort, wo du die Erde beschmutzt, ist Abschaum der einzig ehrenhafte Beruf!"

Der vorhin beschimpfte Angestellte neben der menstruierenden Studentin wendete den Kopf, um seine Unterstützer ins Auge fassen zu können, und sagte: „Er ist natürlich am besten geeignet, uns etwas über ehrenhafte Berufe zu erzählen!" Zustimmendes Grunzen ringsum machte ihm Mut. „Er ist natürlich überhaupt der Weiseste von uns, wenn auch nicht der Weißeste. Aus dem Schmutz und aus dem Gestank kommt schließlich das Wissen. Ha!"

„So wie der stinkt, muss er ein Genie sein", kam von Frau Daunenmantel.

„Armseliges Gesocks", brüllte der Sandler wütend.

Der Schwarzarbeiter mit Hund wandte sich an die Breithüftige und sagte: „Lass ihn doch. Er nicht gefährlich."

„Nicht gefährlich?", fragte sie ärgerlich, „muss er jetzt auch noch gefährlich sein? Muss ich mich fürchten, wenn ich in meiner eigenen Stadt wo hinfahren will? Ich finde, es ist genug, wie der stinkt und aussieht, ich will gar nicht wissen, wie viele ansteckende Krankheiten der mit sich schleppt. Der läuft einmal durch den Wagen und schon verbreitet sich seine Pestilenz in einer Weise, dass einem schlecht wird." Sie sah dem Schwarzarbeiter ärgerlich ins Gesicht. „Vielleicht sind ja auch Sie der Meinung, dass ich als – Zitat – ‚fette Sau', gar kein Recht habe, mich zu äußern, aber zufällig sehe ich das anders. Wissen Sie, ich lebe seit meiner Jugend in dieser Stadt, ¬¬ich bin nicht zugereist, um hier mehr Geld zu verdienen. Ich habe kein Auto, ich bin auf die öffentlichen Verkehrsmittel angewiesen, wenn ich irgendwo hinkommen will. Fast jeden Tag sitze ich in einer U-Bahn, Straßenbahn oder einem Bus. Ich möchte mich in dieser Zeit an einem saubereren, freundlichen Ort aufhalten, ist das wirklich zu viel verlangt? Es sieht so aus, denn Menschen wie dieser Kerl da vermiesen einem das U-Bahn-Fahren vollkommen. Hat der denn ein Recht dazu? Sicher nicht. Der Mensch ist nicht hilfsbedürftig, der ist einfach rücksichtslos. Das ist eine billige Inszenierung, die ihm bequem ist, weiter nichts. Und alle anderen sollen sich das gefallen lassen? Wissen Sie, ich habe es einfach satt, ich kann Ihnen gar nicht sagen, wie satt ich es habe, ständig alle möglichen Leute auf mir herumtrampeln zu lassen. Sucht euch einen anderen. Nicht mit mir. Von mir aus soll den Kerl der Schlag treffen. Ja, das sage ich Ihnen frei heraus, aber auch ohne den geringsten, den allergeringsten Skrupel. Soll ihn doch der Schlag treffen."

„Bitte nicht sich ärgern", sagte der Schwarzarbeiter freundlich. „Mir ist er auch nicht sympathisch, was glauben Sie. Von mir aus soll er verschwinden und seine Freunde gleich mit ihm. Es gibt viel zu viele von denen. Die machen nichts, ihr ganzes Leben lang, und kassieren Sozialhilfe oder was weiß ich. Wenn ich so wenig arbeite wie er, verliere ich meinen Job und muss zurück nach Serbien. Vor allem tut es mir leid für den Hund. Sehen Sie, wie arm er ist. Er muss den Geruch ertragen. Für ihn als Hund ist der Geruch zehnmal stärker als für Sie oder mich, stellen Sie sich das vor. Dabei hat er schon so viel mitgemacht in seinem Leben. Er war fast tot, als ich ihn gefunden habe, wissen Sie. Er war nur Knochen und Haut. Bei uns in Serbien ist ein Hund nichts wert. Hier etwas mehr. Aber die Leute sind doch gemein zu den Hunden, auch hier. Der Geruch bleibt in seiner Nase für achtundvierzig Stunden, aber er sagt ja nichts. Er hat nicht verdient zu leiden. Er hat schon zu viel gelitten in seinem Leben. Ich möchte, dass er jetzt glücklich ist. Er ist jetzt schon alt, wissen Sie. Er verträgt das Futter schlecht. Jede zwei Wochen muss ich mit ihm zum Tierarzt. Er hat keinen guten Stuhlgang, sagt der Arzt. Er hat oft Durchfall. Ich gebe ihm viel Tee, das ist besser für ihn als nur Wasser, vor allem für den Magen. Ich verstehe nicht, warum kann der Mann in der U-Bahn fahren, wenn er so stinkt. Man sollte ihn hinauswerfen, in der nächsten Station. Wissen Sie, ich würde es selbst machen, mit ein paar anderen Männern, aber ich will nicht, dass der Hund sich aufregt, er soll sich nicht aufregen. Aber wenn ich kämpfe, dann regt er sich auf, dann kann ihn keiner mehr beruhigen, nicht einmal ich."

„Ja ja, arm ist er, der Hund", sagte die Breithüftige. „Immerhin trägt er einen Beißkorb, nicht einmal das ist heute selbstverständlich. Aber sein Beißkorb scheint ordnungsgemäß zu sein, das machen Sie gut, nur weiter so. Ich verstehe nicht, wie die Leute in seiner Nähe das aushalten, warum gehen die nicht weg von dort, mit Pech fängt man sich von dem auch noch Flöhe."

Der Jugendliche mit Kopfhörern hatte bisher nicht viel mitbekommen, aber jetzt nahm er die Kopfhörer ab und sagte zu dem noch immer vor sich hin schimpfenden Sandler: „Hör doch auf zu reden, was redest du so viel? Geh dich lieber waschen. Du redest dich noch um Kopf und Kragen. Interessiert ja keinen." Doch der Sandler hörte nicht zu, seine Aufmerksamkeit wurde gerade von einer Molligen mittleren Alters in Jeans in Anspruch genommen, genauer von ihrer großen Umhängetasche mit farbenfrohen Fotomotiven zwischen rosa Farbbändern. „Schau dir die Tasche von der da an", sagte er zu niemand Bestimmtem, „die Frauen laufen durch die Gegend mit Taschen wie ein Lebenslauf. Direkt aus der Fernsehwerbung ins Geschäft und von dort auf die Frau. Dallas und Dynasty in der fünfunddreißigsten Wiederholung, die steht am Nachmittag am Bügelbrett und schaut Privatfernsehen. Na bravo. Das Leben ist anderswo, Gnädigste, mit ihrem lockigen Kurzhaarschnitt werden Sie es dahin nicht schaffen, da hilft ihnen auch die Jeans nicht. Ein paar Kilos weniger wären mehr von Nutzen. Aber schauen Sie doch nicht gleich so böse, oder gehören sie zu den Leuten, die vor der Wahrheit davonlaufen. Ich weiß es eh, ihre grausige Tasche hat es mir schon verraten." Der Jugendliche setzte sich die Kopfhörer wieder auf und sagte zusammenfassend: „Du stinkst, Oida." Inzwischen hatte das allgemeine Geschimpfe auf mehrere Gruppen von Passagieren übergegriffen. Man unterhielt sich über die erbärmliche Belästigung durch diesen abstoßenden Menschen und was dagegen im Allgemeinen und im Speziellen getan werden könnte. Die beiden Kanadier standen dazwischen und staunten. „Amazing stuff. Seems they are getting excited now", flüsterten sie einander zu.

Auch die Dame mit der ausgesprochen hässlichen Umhängetasche erregte sich nun, und zwar in Richtung des Daunenmantel-Paars. „Der Kerl ist ja sowas von abstoßend. Muss man sich das wirklich bieten lassen. Ich würde ihm am liebsten eine runterhauen, wenn mir nicht so grausen würde." Herr Daunenmantel nickte energisch: „Sie haben vollkommen Recht, gnädige Frau. Man hat sich ja an so vieles gewöhnt mittlerweile, aber der da schlägt dem Fass den Boden aus. So ein niederträchtiger, ekelerregender Mensch. Ich sag' es Ihnen, dass der genetisch minderwertig ist, das sieht ein Blinder. So einer ist ein Störeinfluss in der Gesellschaft. Jawohl, allzu viel Zeit bleibt uns nicht mehr, irgendwann gibt es nicht mehr genug gesunde Zellen im Volkskörper, um mit dem Bakterienbefall fertig zu werden, dann ist es aus, vorbei. Wir müssen jetzt handeln, bevor es zu spät ist. Was lebensunwertes Leben ist, muss beseitigt werden."

Otto, der bisher aufgeregt alles verfolgt hatte, aber äußerlich ganz unbewegt und ohne ein Wort zu sagen, Otto setzte sich aufrecht hin und rief in Richtung von Herrn Daunenmantel: „He, Sie, mein Herr, passen Sie auf Ihr Vokabular auf, der Nationalsozialismus ist das Letzte, was hier gefragt ist!" „Ach was, Nationalsozialismus", schrie der Daunenmantel zurück, „das Letzte, was hier gefragt ist, sind Wortklauber und Oberlehrer. Genau Leute wie Sie sind es, die diese ganze Misere heraufbeschworen haben, immer korrekt, wo die Korrektheit sinnlos ist, und immer untätig, wo gehandelt werden müsste. Was wir brauchen ist Entschlossenheit, und Mut! Das ist das Gegenteil von Ihnen!" Hier mischte sich die Dame mit der rosabunten Umhängetasche ein, berührte Herrn Daunenmantel leicht am Ellbogen: „Kommen Sie, mein Lieber, man darf doch nicht unbedacht sein. Sonst erreichen wir gar nichts. Die alten Wörter brauchen Sie hier nicht. Mit der Zeit von damals wollen wir ja alle nichts zu tun haben. Aber ich bin ja so froh, dass Sie es wie ich als notwendig empfinden, hier einzugreifen." „Ja, man muss eingreifen, genau!", zeterte Frau Daunenmantel.

„Raushauen muss man ihn", brüllte eine Männerstimme.

„Raus, raus, Sandler raus", riefen zwei Jugendliche amüsiert.

Daraufhin meldete sich der Sandler, der schon zuvor sein Geschimpfe kurz unterbrochen hatte, um der allgemeinen Diskussion über seine Person zuzuhören, soweit das zu lohnen schien: „Na ihr seid mir ein schönes Pack. Darf man hier nicht einmal sein Recht auf Meinungsäußerung ausüben? Das passt euch wohl nicht, unterm Hitler war das ja auch nicht gefragt, oder wie? Womit ich nicht sagen will, dass der Hitler alles falsch gemacht hat, er hat schon in vielem Recht gehabt."

„Lebensunwertes Leben!", kläffte Herr Daunenmantel.

Neben Otto erhob sich die Breithüftige von ihrem Sitz, formte die Hände vor dem Mund zu einem Trichter und rief: „Weg mit ihm! Weg mit ihm!" Dabei dehnte sie das „ihm" sehr lang, es kam Otto wie ein indianischer Kriegsruf aus einem schlechten Western vor. Im Waggon entstand eine ansteckende Unruhe, Passagiere standen auf, andere setzten sich auf die frei werdenden Plätze oder bewegten sich von einem Ende des Waggons zum anderen. „Nächster Halt: Alser Straße", verkündete die Tonbandstimme und der Zug begann zu bremsen.

Aus der Sitzgruppe gegenüber von derjenigen, in der noch immer der Sandler, die menstruierende Studentin, der zeitunglesende Angestellte und der Jugendliche mit Kopfhörern saßen, erhoben sich zwei Männer in der verschmutzten Arbeitskleidung von Handwerkern. Einer von ihnen war groß und dünn, der andere vergleichsweise dick. Sie hatten bisher kaum ein Wort zu dem Aufruhr beigesteuert, doch nun packten sie den Sandler zu beiden Seiten unter den Achseln, zogen ihn aus seinem Sitz hoch und drängten ihn zügig zum Ausstieg. Der Zug rollte gerade in die Station Alser Straße ein. Da der Waggon im hinteren Zugteil gelegen war, erreichte er das Stationsgebäude nicht, sondern blieb noch im Bereich der hinteren Bahnsteige stehen, die an dieser Stelle fünfzehn Meter hoch über den nördlich und südlich der U-Bahn-Trasse laufenden äußeren Stadtring, den Gürtel, gebaut waren. Die Türen öffneten sich, einige in der Sache besonders engagierte Passagiere applaudierten den beiden Rauswerfern und diese bedeuteten dem wieder vor sich hin schimpfenden Sandler, er solle jetzt den Wagen verlassen. Es sah jedoch nicht so aus, als würde er der Aufforderung Folge leisten. Stattdessen bezeichnete er jetzt die Passagiere als Lynchmob und drohte ihnen für die Zukunft mit Vergeltung. Die beiden Handwerker zuckten mit den Schultern und ließen von ihm ab, als sei ihr Interesse an der Sache plötzlich erloschen. Für einen Augenblick wusste niemand, wie es hier weitergehen sollte. Da trat ein Mann um die Vierzig, der wie ein mittlerer Angestellter aussah, schweigend an den Sandler heran, der ihn interessiert musterte. Plötzlich duckte sich der Angestellte und streckte seine Arme in Bauchhöhe nach vorne, die Ellbogen durchgedrückt, die Handflächen gerade nach vorne gerichtet. So brachte er seinen Schwerpunkt hinter die Schultern und hinter den zwischen die Oberarme gesenkten Kopf, und stieß mit großer Kraft und dem gesamten Gewicht seines Körpers die Handflächen nach vorne in die Magengrube des Sandlers. Der konnte sich nicht halten und begann nach hinten aus dem Wagen zu torkeln. Der Angestellte rückte nach, und Schritt für Schritt drängte er den Sandler rückwärts auf die Plattform des Bahnsteigs hinaus. Unten brauste der morgendliche Verkehr. Die Passagiere applaudierten. „Heh", sagte der Sandler überrascht. Er wurde noch immer weiter nach hinten gedrängt, über die ganze Breite des Bahnsteigs und auf das mit Grünspan bedeckte, schön verzierte, aber nur hüfthohe Geländer zu. Er stieß dagegen. Der anschiebende Angestellte zog die Arme zurück und der Sandler kam zu stehen. Doch dann stieß der Angestellte beide Arme unvermittelt in Schulterhöhe wieder nach vorne, und erneut legte er sein ganzes Körpergewicht in diesen Angriff, der den darauf nicht vorbereiteten Sandler völlig aus dem Gleichgewicht bringen musste. Der Sandler sank ein bisschen in die Knie, doch sein Schwerpunkt lag noch immer recht hoch und so wurde sein Kopf nach hinten geschleudert, seine Wirbelsäule bog sich nach hinten und langsam begann er rückwärts über die Reling zu kippen. Überrascht riss er die Augen auf und versuchte sich an seinem Gegner festzuhalten. Doch dieser war bereits einen Schritt zurückgetreten und so griff der Sandler ins Leere, er ruderte kurz mit den Armen in der Luft, und dann kippte er nach hinten weg über das Geländer in den freien Raum.

Er stieß einen Entsetzensschrei aus und fiel. Das war nun alles außer gut, die Station lag viel zu hoch über der Straße. Wie hatte ihm das nur passieren können. Woher war der Kerl plötzlich gekommen und warum? War es der Teufel? War der Teufel persönlich gekommen, um ihn zu holen? Blitzartig wurde ihm klar, dass es hier keine Rettung mehr gab. Zu spät hatte er nach dem Kerl gegriffen, der nun sein Mörder werden sollte. Bis zuletzt hast du ihnen eingeschenkt, hast nicht klein beigegeben, dachte er. Bist ein Prophet gewesen, den sie loswerden wollten, eine Kassandra. Hättest mehr Glück gebraucht, bessere Eltern, auch ein paar schöne Erinnerungen, Andrea war dein Schicksal, das war nicht zu überleben. Hast immer das Maul aufgerissen und

Jemand hatte die Notbremse gezogen, dann auf dem Bahnsteig den Notruf ausgelöst. Der Zug stand. Die Stationslautsprecher entlang der gesamten Fahrstrecke der U6 verkündeten, dass nach der Erkrankung eines Fahrgasts in der Station Alser Straße der Fahrbetrieb Richtung Floridsdorf unterbrochen sei, es zu unregelmäßigen Zugsfolgen und längeren Wartezeiten komme. Die meisten Passagiere drängten aus dem Waggon, viele beugten sich über das Geländer und sahen hinunter auf die Leiche in zerfetzten Kleidern. Die Beine waren verdreht, aber nicht so grotesk, wie man vielleicht vermutet hätte. Das Allgemeine Krankenhaus war nur ein paar hundert Meter entfernt, nach fünf Minuten traf der Krankenwagen ein. Weitere zwölf Minuten später teilten die Stationslautsprecher mit, dass der ungestörte Betrieb auf der Linie U6 wieder hergestellt war.

Thaliastraße

Am nächsten Morgen erwachte Otto mit Kopfschmerzen. In der U6 saß er später auf der rechten Wagenseite auf einem Fensterplatz, schräg gegenüber von ihm ein ebenfalls kränklich aussehender Mann. Nach der Station Längenfeldgasse fuhr der Zug ins Tageslicht. Der Schmerz wogte für einige Sekunden durch Ottos Kopf, dann hatte er sich an das Sonnenlicht gewöhnt. Er konnte sich später nicht erinnern, wo sie eingestiegen war. Natürlich erst nachdem die beiden dummen Frauen weg waren, Mutter und Tochter, die Mutter auf dem Platz, wo gerade noch der kränkliche Mann gesessen war. Die Mutter freute sich lauthals darüber, dass ihr Sitz angenehm warm war. Sie glaubte an eine Sitzheizung und wieherte schadenfroh, weil der Sitz der Tochter kalt war. Otto überlegte, wie es wäre, zu der dummen Mutter etwas zu sagen. Aber es war nicht notwendig, die Tochter geiferte sie gleich an, die waren sich gegenseitig genug Strafe. Also das Mädchen später, jedenfalls nach dem Westbahnhof, wo die dummen Frauen ausgestiegen waren. Otto glotzte die meiste Zeit aus dem Fenster. Das Mädchen, vielleicht Anfang zwanzig, hörte mit Ohrstöpseln Musik aus einem weißen Mobiltelefon, vielleicht auch iPod, den sie in der Hand hielt. Sie hatte sich gegenüber von Otto mit dem Rücken seitlich gegen das Fenster gelehnt und die Beine überschlagen, schräg an seinen Knien vorbei. Otto dachte, dass ihre Augen unförmig und fehlgestellt waren, leicht schräg ins Gesicht gesetzt. Die Nase war etwas zu flach, aber am Nasenrücken konnte Otto deutlich eine Narbe sehen. Eine Narbe wie von einem Schlag ins Gesicht, von einer harten Kindheit, dachte er. Während eines Stationsaufenthalts erkannte er den Song, das Mädchen hörte Russian Roulette von Rihanna. Die leise Musik an der Grenze zur Hörbarkeit war es wohl, die Otto aufmerksam werden ließ, er war ja in dieses Lied geradezu verliebt, aber wenn eine Frau das hörte – sie musste es anders hören, trauriger, trostloser, ohne den Ausweg, sich mit Gedanken an das Gesicht von Rihanna über die depressive Stimmung weg zu trösten. Otto schaute in das Gesicht des Mädchens, interessiert, und einmal trafen sich ihre Blicke, nur für einen Augenblick. Die Vierernische war inzwischen voll besetzt, neben Otto saß eine Gestalt in einem dunklen Mantel und neben dem Mädchen saß eine blasse und magere Studentin. Das Mädchen hatte daher die überschlagenen Beine näher an Otto gerückt und ihre Stiefelsohle berührte leicht seinen linken Unterschenkel. Otto spürte, wie seine Lunge mehr Sauerstoff aufnehmen wollte. Er glotzte nicht mehr aus dem Fenster, sondern schaute unauffällig zu dem Mädchen. Sie sah ihn nicht an. Aber es war jetzt nicht mehr die Stiefelsohle, sondern Otto konnte ihren Unterschenkel spüren, der leicht den seinen berührte, wahrscheinlich das Leder des Stiefels, aber es war eine Berührung auf einer großen Fläche, ein leichter Druck. Otto spürte seinen Schwanz und seine Hoden. Wie konnte so etwas sein. Machte sie das absichtlich? Ihre leicht unförmigen Gesichtsmerkmale, die Narbe am Nasenrücken, glatte, lange blonde Haare, und sie war jung. War sie eine Professionelle? Und wenn schon? Sie bewegte ihr Bein nicht, aber Otto spürte den Druck. Dann blieben nur noch wenige Sekunden bis zu seiner Aussteigestelle, er hatte einen Termin in einem Kaffeehaus in der Währinger Straße. Suchte sie einen Ritter, der sie aus der Traurigkeit ihres Rihanna-Songs holen würde? Spielte sie den Song, um einen Mann an Land zu ziehen? Einen neuen Beschützer. Otto musste zu seinem Termin und natürlich war alles völlig aussichtslos, was blieb also noch zu tun? Er hatte seine Hände über seinen schwarzen Lederhandschuhen gefaltet, jetzt konnte er die anziehen. Das tat er langsam und sorgfältig, er wusste, dass seine Hände in diesem Moment kräftig aussehen würden. Das Mädchen sah seinen Händen zu, das war es, was sie von ihm bekommen würde, mehr nicht, diesen Blick auf seine Hände in schwarzen Lederhandschuhen. Er stand auf, sie machte ihm Platz, er stieg aus. Er dachte an sie, bis er seinen Gesprächspartner in dem Kaffeehaus traf, und dann einige Stunden später wieder. Die Kopfschmerzen hielten die ganze Zeit an. Er sah nicht scharf, vor seinen Augen tanzten Schlieren in der Tränenflüssigkeit. Er schickte eine Textnachricht an Petra und telefonierte mit ihr. Er schrieb einen kleinen Liebesbrief an Charlotte und sie schrieb ihm zurück. Otto dachte an die Frauen, die er begehrte, und liebte sie alle. Trotz der Kopfschmerzen war er glücklich.

Das alles fiel ihm sofort wieder ein, als er einige Wochen später – es war nun Februar – dasselbe Mädchen vor sich hatte. Sie war in der Burggasse zugestiegen und hatte sich ihm gegenübergesetzt. Sie sah ihn an.

Petra schaltete ihren Notebook-Computer aus. Es war Zeit, die gröbste Unordnung in der Wohnung aufzuräumen und sich selbst etwas anderes anzuziehen als ihr Nachthemd, in dem sie ihren Frühstückstee getrunken und sich dann gleich an den Computer gesetzt hatte. Petra hatte viele Freunde auf Facebook, aber oft kam ihr vor, dass man seine Zeit hier vergeudete. Heute hatte sie keine Vormittagsschicht, da ging das ja. Sie dachte daran, wie Charlotte an dem Drachen in der Märzstraße vorbeikommen würde. Sie stellte sich Charlotte als eine Jeanne d'Arc vor, in silbern glänzender Rüstung auf einem weißen Pferd, ein riesiges Schwert über den Sattel gelegt. In geheimer Mission ritt sie hierher in die Stättermayergasse. Es war ein kleines Rätsel, warum sie vorgestern angerufen hatte. Sie waren zwar miteinander befreundet, aber doch vor allem wegen Richard und Otto. Petra erinnerte sich an den Sex mit Otto letzte Woche, wischte die aufsteigenden Bilder aber gleich wieder weg, wie mit dem Scheibenwischer. Hatte er Charlotte etwas erzählt? Nein, das war undenkbar. Otto war zwar jemand, der große Inszenierungen brauchte, aber dumm war er nicht. Mit einem Dummkopf hätte sie sich nie auf so etwas eingelassen. Wahrscheinlich würde ihm die Vorstellung gefallen, dass seine Jeanne d'Arc auf ihrem Streitross zu seiner Geliebten reiste. Aber Petra hatte hier keine Lust auf eine Otto-Inszenierung, dies war die Stättermayergasse – ihr Reich. Sie hatte für Charlotte einen Schokoladekuchen gekauft. Zucker schien ihr angebracht. Draußen auf den Dächern glänzten ein paar Zentimeter Schnee in der Sonne.

Der Lift ging nicht, wie ein handgeschriebener Zettel mitteilte, der mit Klebeband schief auf die grau gestrichene Schiebetür geklebt war. Also rauf in den vierten Stock zu Fuß, verdammt. Mussten die Leute immer in Dachgeschoßwohnungen leben. Charlotte machte sich auf den Weg, zwei Stufen auf einmal, und versuchte zu vermeiden, dass die Wodka-Flasche im Plastiksack ans Stiegengeländer schlug. Zwischen zweitem und drittem Stock war von kühler Souveränität nicht mehr viel übrig, schließlich stand sie keuchend vor der Wohnungstür. Warten kam nicht in Frage. Sie läutete. Petra öffnete in Jeans und einer figurbetonten Bluse. Sie sagten Hallo und küssten sich auf die Wange. Charlotte zog die Flasche aus dem Sack und überreichte sie mit förmlicher Geste: „Ich bring dir was Hartes gegen die allgegenwärtige Verweichlichung."

„Au ja, Wodka am Vormittag", sagte Petra. „Ich muss aber heute Nachmittag arbeiten, wie ich dir schon am Telefon gesagt habe."

„Das werden wir noch sehen", drohte Charlotte. „Du musst ja nicht alles austrinken. Und ich muss wieder zu Kräften kommen. Euer Lift…"

„Der geht schon seit ein paar Tagen nicht. Tut mir leid."

„Kein Hindernis konnte mich zurückhalten", sagte Charlotte.

Wenig später saßen Sie auf dem Wohnzimmersofa, die Flasche auf einem kleinen Couch-Tisch vor sich und Gläser in der Hand. Charlotte trug ein dunkles Businesskostüm über einer grauen Bluse. Ihre Schuhe waren im Vorzimmer geblieben, jetzt hatte sie die Beine übereinander geschlagen und wippte mit einem schwarz bestrumpften Fuß, der in Petras Richtung zeigte, vor dem Sofa auf und ab. Petra hatte sich in den Kissen zurückgelehnt und ein bloßfüßiges Bein angewinkelt und untergeschlagen, so dass sie ihrer Besucherin ganz zugewendet war.

„Schön hast du es hier", sagte Charlotte.

„M-hm", machte Petra mit dem Glas an den Lippen.

„Ich frage mich, was du hier den ganzen Tag tust, wenn du allein zu Hause bist."

„Das fragst du dich?", sagte Petra überrascht. „Und was magst du jetzt hören?"

„Einfach nur die Wahrheit", sagte Charlotte.

„Ja klar", sagte Petra, „das meine ich nicht. Ich meine, wofür interessierst du dich da? Weil das meiste, was ich mache, ist total uninteressant, besonders hier zu Hause. Über meine Arbeit mit den Alten könnte ich dir wahrscheinlich mehr erzählen."

„Sag mir einfach, was du so tust", sagte Charlotte, „ob es interessant ist oder nicht, ist mein Problem."

Petra schwieg einige Sekunden und sah zu Charlottes wippendem Fuß. Dann sagte sie: „Zum Beispiel schneide ich meine Zehennägel. Ungefähr alle zwei Wochen."

Charlotte unterbrach sie: „Zeig her." Sie beugte sich schnell nach vorn, fasste Petra am Unterschenkel und hob und zog ihren Fuß auf ihre eigenen übereinandergeschlagenen Knie. Dann griff sie fest zu und drückte Petras Fuß so nach unten, dass sie die Zehennägel gut sehen konnte. Mit dem Zeigefinger der zweiten Hand fuhr sie an der Vorderkante der Nägel entlang. „Recht ordentlich", sagte sie. Dann stellte sie den inspizierten Fuß zurück auf das Parkett.

Otto erwiderte den Blick des Mädchens. „Hallo", sagte er dann, „Sie sind mir schon einmal genau so gegenübergesessen, erinnern Sie sich?"

„Ja", sagte sie, „vor zwei Wochen ungefähr?"

„Es ist schön Sie wiederzusehen", sagte Otto. „Entschuldigen Sie, aber hätten Sie vielleicht gerade etwas Zeit? Dann würde ich Sie sehr gerne auf einen Kaffee einladen", und weil sie nicht gleich antwortete, setzte er fort, „ganz in der Nähe, vielleicht im Café Hummel in der Josefstädter Straße."

„Ich muss zu einem Kurs", sagte sie, „aber eine halbe Stunde hätte ich schon Zeit."

„Das ist toll." Sie schwiegen. Die Josefstädter Straße war schon der nächste Halt. Otto fühlte die missgünstigen Blicke einiger Passagiere, er wollte ihnen keine weiteren Aufschlüsse geben. Aber so dehnte sich ihr Schweigen bis zum Aussteigen. Sie sahen sich an, dann wieder verlegen weg. Als der Zug endlich stehen blieb, flüsterte Otto, wobei seine Stimme fast versagte: „Kommen Sie!" Sie erhob sich und verließ vor ihm den Wagen. Draußen blieb sie stehen und sah zu ihm.

„Ich habe letztes Mal noch lang an Sie denken müssen", sagte Otto und versuchte ein Lächeln.

„Wie lang denn?", fragte sie.

„Einige Stunden."

„Ach so."

Petra sagte nach einer Pause: „Oder ich räume auf. Nicht dass ich ein besonders ordnungsliebender Mensch wäre. Aber ich glaube, ich verbringe recht viel Zeit damit, Dinge in der Wohnung herumzutragen. Von einem Ende zum anderen. Ich frage mich oft, wie sie an einen bestimmten Ort gekommen sind, und nicht immer ist Richard dafür verantwortlich. Es sind oft Sachen, die ihn überhaupt nicht interessieren. Manchmal fällt mir im Nachhinein wieder ein, wie etwas an einen bestimmten Platz gelangt ist. Zum Beispiel hatte ich in der Küche gerade ein Stück Vollkornbrot in der Hand, als im Schlafzimmer das Telefon geläutet hat, und dann finde ich eben das Brot auf einer Hose am Kleiderständer. Manchmal erinnere ich mich aber auch gar nicht. Ich bin vergesslich. Aber ich glaube, das war ich schon als Kind."

„Soweit du dich erinnern kannst."

„Eben", sagte Petra. „Deswegen ist es merkwürdig, wenn du mich fragst, was ich mache, weil meine Erinnerung wahrscheinlich voller Lücken ist. Ich glaube, andere Menschen können sich besser an ihre Erlebnisse erinnern als ich. Dabei würde ich mich schon gern erinnern, aber es klappt einfach nicht. Oder zumindest nicht immer."

„Und woran liegt das, Petra, wenn du Dinge vergisst?"

„Das weiß ich doch nicht. Meinst du, ob ich manche Dinge verdränge oder so? Glaubst du an so etwas?"

„Nein."

„Ich auch nicht. Aber was meinst du dann damit? Willst du sagen, dass ich bösartig bin und mich absichtlich nicht erinnere? Ich habe dir doch schon gesagt, dass ich mich sehr wohl erinnern mag. Vielleicht bin ich ein Trampel – bin ich dumm?"

„Habe ich das gesagt?"

„Nein – aber vielleicht magst du, dass ich es selbst sage?"

Charlotte hob die Augenbrauen. „Was ist denn das jetzt? Willst du mich ärgern? Petra? Ich halte dich nicht für dumm und will auch nicht, dass du etwas sagst, das du nicht sagen willst. Ist das klar."

„OK"

Otto und das Mädchen – sie hieß Maria – gingen die Josefstädter Straße hinunter, vorbei an der Zentrale der Bundesversicherungsanstalt, bis zum Café Hummel. Auf der anderen Straßenseite war die Auslage des kleinen Schallplattengeschäfts Red Octopus. „Hier habe ich als Sechzehnjähriger einige meiner ersten Schallplatten gekauft", sagte Otto, „auf Vinyl." Maria schaute nur ganz kurz hinüber. Wahrscheinlich fiel ihr ein, dass ihre Eltern auch Vinyl-Schallplatten besaßen.

„Ich mache die HAK-Matura am zweiten Bildungsweg", sagte sie. „Deswegen der Kurs." Sie sah geradeaus nach vorne. Es war gut, dass sie von sich erzählte, dachte Otto. Er durfte sie nicht verschrecken mit Blödheiten wie Vinylschallplatten, er hätte sich ohrfeigen können. Und nicht nur deshalb.

„Machen Sie das öfter, dass Sie junge Frauen in der U-Bahn anmachen?", fragte sie und schaute in sein Gesicht.

„Es ist das erste Mal", sagte Otto schnell. „Ich bin sonst eher schüchtern."

„Aha. Und warum bei mir nicht?"

Sie steckte voller Skepsis. Seit dem Moment, als er sie angesprochen hatte, dachte er. Vielleicht war das ein Schritt zu viel gewesen, zu schnell, vielleicht hätte er abwarten müssen, bis er sie drei, vier oder fünfmal zufällig getroffen hatte. Aber wie wahrscheinlich wäre das gewesen? Schon ein drittes Treffen? War es nicht genug, sich einmal wieder zu begegnen und sich an die Anziehung bei der ersten Begegnung zu erinnern?

„Ist das schlimm? Und außerdem: Bei Ihnen bin ich noch viel schüchterner. Ich wollte nicht wieder aussteigen und danach bereuen, dass ich sie nicht kennengelernt habe. Das ist alles."

„Gut. Und jetzt? Haben Sie mich jetzt kennengelernt?"

„Jetzt lade ich Sie einmal auf ein warmes Getränk ein. Das Café ist gleich da vorn, sehen Sie das Schild da an der Ecke? Das ist mein ganzer Plan."

„Darf ich auch einmal eine Frage stellen?", sagte Petra.

„Aber ja, Schätzchen."

„Warum wolltest du mich besuchen."

„Musst du das wissen?"

„Bitte."

„Ich wollte dich eben einmal in deinen eigenen vier Wänden treffen, ohne Richard und Otto."

„Ich freu' mich ja, dass du gekommen bist. Übrigens, ich habe einen Schokoladekuchen gekauft. Magst du ein Stück?"

„Und du?"

„Wenn du eines nimmst, esse ich auch eins."

„Dann essen wir nachher gemeinsam deinen Kuchen. Aber du musst noch ein bisschen warten, ja?"

„Wie du magst, Charlotte. Du bist heute ein bisschen komisch, nimm es mir bitte nicht übel, dass ich das sage. Es kommt mir eben vor."

„Was findest du denn komisch?"

„Ich weiß auch nicht – du tust immer so geheimnisvoll. So kenne ich dich gar nicht. Du bist doch sonst eine praktische Frau, genau wie ich. Die beiden Männer träumen und wir handeln, so war es doch immer."

„Nein, Petra, da irrst du dich aber. Du bist von uns die allergrößte Träumerin. Das weiß ich seit der Geschichte mit der Hochzeit. Aber egal, es geht um etwas anderes. Hier geht es darum, welche Rolle du überhaupt spielen kannst. Diese Rolle musst du dann nämlich auch ordentlich spielen. Sag nicht, dass du das nicht weißt. Vielleicht vergisst du deine Rolle manchmal. Das kann passieren, das kann dir keiner ernsthaft vorwerfen. Aber dann musst du wieder zurück. Wenn es nicht anders geht, musst du eben in deine Rolle zurückgezwungen werden."

„Gezwungen werden?"

„Ja", sagte Charlotte.

Sie schauten in die Getränke- und Speisekarte und schwiegen schon wieder. Otto fragte, ob Maria vielleicht eine Torte oder einen Apfelstrudel wollte. Sie wollte weder das eine noch das andere. Otto bestellte eine Melange und Maria einen Grünen Tee. Zwischendurch sah sie ihn an, doch ohne Neugier.

„Maria, Sie haben mir in der U-Bahn in die Augen gesehen, heute und beim letzten Mal auch. Warum tun Sie das jetzt nicht?", fragte Otto.

„Entschuldigen Sie", sagte Maria. „Es war nicht bös gemeint."

„Habe ich etwas falsch gemacht?", fragte Otto.

„Nein. Entschuldigen Sie bitte."

„Ich würde alles entschuldigen, Maria, wirklich alles, nur das nicht. Das dürfen Sie mir nicht antun, dass Sie da eine Wand aus Glas zwischen uns aufbauen und zu mir herüberschauen wie zu einem Tier im Zoo."

„Gehen Sie gern in den Zoo?", fragte Maria interessiert.

Otto riet, dass er nicken musste.

„Ich liebe den Zoo", sagte Maria. „Sie haben Recht, die Tiere hinter Glas sind so unendlich weit weg. Wie in einem Fernsehbildschirm kommt mir das vor. Eigentlich hat jedes Tier dort seine eigene, ganz bestimmte Entfernung von den Besuchern. Im Streichelzoo kann man die Ziegen und Schafe sogar streicheln, aber das ist ja langweilig. Große Tiere wie die Elefanten sind durch einen tiefen Graben von den Zuschauern getrennt. Und die richtig gefährlichen, wie die Raubtiere, sind hinter Glas. Vielleicht sehe ich Sie an, als wären Sie ein Raubtier?"

„Ich bin nicht sehr gefährlich", sagte Otto leise.

„Was für ein Tier sind Sie denn?", fragte Maria lebhaft.

„Mir ist es so vorgekommen, letztes Mal, als ob Sie mich mit Ihrem Unterschenkel berührt haben. War das absichtlich? Dann wäre ich ja fast im Streichelzoo gewesen?"

„Stimmt!", kicherte Maria. „Ein kleines Lämmlein!" Sie dachte kurz nach, während sie sich Tee nachschenkte. „Hören Sie, ich habe Sie wirklich bei den Raubtieren eingeordnet, wo Sie gar nicht hingehören. Aber Sie waren auf einmal so alt, verstehen Sie, und quatschen mich da so an."

Otto rührte in seinem Kaffee und starrte auf den Löffel. Er hatte Angst, dass es plötzlich in ihm still werden würde, und die Angst war schon der Beginn davon, dass es passierte. Er spürte die Leere in sich aufsteigen, vom Magen her griff sie nach seiner Lunge und dem Herz, floss ins Rückenmark und schoss von dort in Sekundenbruchteilen hinauf in sein Gehirn. Die Leere breitete sich aus, die spiegelglatte Oberfläche eines herbstlichen Waldsees. Er bemühte sich, den Löffel weiter kreisen zu lassen, denn wenn er jetzt aufhörte sich zu bewegen, dann wäre er wohl gelähmt, für Stunden, würde sich weder bewegen noch ein Wort sagen können. Nur nicht aufhören, auf keinen Fall aufhören.

Maria redete nicht mehr. Wahrscheinlich beobachtete sie ihn und überlegte, warum er sie nicht ansah oder etwas sagte. Er konnte die Augen jetzt nicht vom Löffel wegnehmen und zu ihr aufblicken, sonst hätte er womöglich sofort vergessen mit dem Umrühren weiterzumachen. Schließlich musste sie seine missliche Lage verstanden haben, denn sie begann nach einer Weile wieder zu sprechen.

„Vielleicht sind Sie gar kein Lamm. Gefällt Ihnen meine Narbe? Die meisten finden sie geil. Wenn Sie wollen, gehe ich mit Ihnen auf die Toilette. Sind die Toiletten hier sauber? Sie müssten mich an der Hand hineinführen und uns in einer Kabine einschließen. Ich würde vor Ihnen auf die Knie fallen und Ihre Hose öffnen. Sobald ich Ihren Schwanz sähe, würde meine Narbe sich rot färben. Sie würden mir ins Haar fassen und meinen Kopf zu sich hochdrehen, damit Sie die Narbe besser sehen könnten. Ich würde Ihren halb erigierten Schwanz herausnehmen. Sie würden glauben, dass ich Ihnen einen blase und würden die Eichel gegen meine Lippen drücken. Aber damit hätten Sie kein Glück. Meine Narbe würde Ihnen jetzt etwas größer vorkommen und sie würde in einem immer helleren Rot leuchten. Sie würden feststellen, dass die vernarbte Haut leicht zu pulsieren beginnen würde, während die Narbe immer größer würde. Sie sind nicht sehr schnell von Begriff, aber schließlich würden Sie aufhören, Ihr Glied gegen meine verschlossenen Lippen zu drängen, und Sie würden es, nur probeweise, an meine Narbe halten. Da würde sich die Narbe noch weiter dehnen, und schließlich würde sie aufklaffen. Das sieht aus wie eine kleine Vagina an der Stirn. Noch nie konnte ein Mann diesem Anblick widerstehen. Sie würden ohne zu zögern die Spitze Ihres Schwanzes an den Eingang dieser

Stirnvagina halten. Ich könnte Ihnen nun nicht mehr in die Augen sehen, aber das wäre Ihnen egal. Sie würden Ihre Hüften nach vorne schieben, meine Narbe würde sich noch ein Stück weiter öffnen und Ihr Glied würde mich penetrieren. Es würde in mein Vorderhirn eindringen, aber dann noch weiter bis an den Hirnstamm. Ich wäre jetzt zur Hälfte oder ganz ohnmächtig, denn es ist trotz allem recht ungewöhnlich, einen Penis im Gehirn stecken zu haben. Aber Ihr Interesse wäre es ja nicht, mit mir Smalltalk zu machen, sondern für Sie wäre eigentlich nur die Penetration wichtig, Ohnmacht hin oder her. Mit Ihrer Eichel in meine grauen Zellen gebettet, würden Sie sich zuerst vorsichtig bewegen, um keinen Schaden anzurichten. Mit zunehmender Vertrautheit würden Sie aber Ihre Zurückhaltung ablegen und ordentlich zulangen. Wer weiß, ob ich bleibende Schäden davontragen würde, möglich wäre es schon. Für Sie wäre die Sache schnell abgetan, immerhin hätten Sie mich befruchtet. Also könnten Sie sich nun wieder zurückziehen. Mit einem leise schmatzenden Geräusch würde sich die Narbe wieder schließen. Nach ein paar Augenblicken würde ich aufstehen und wir würden uns freundlich voneinander verabschieden. Sie könnten Ihre Kleidung zurechtrücken und sich auf den Weg machen. Wäre das in Ihrem Sinn?" Sie sah Otto freundlich ins Gesicht. Er wusste nicht, was dazu noch zu sagen war.

„Wieso denken alle, dass ich träume?", sagte Petra. „Das ist doch Unsinn."

„Wer hat es dir denn noch gesagt, außer mir", fragte Charlotte.

„Richard", log Petra.

Charlotte sagte, das würde schon seinen Grund haben.

„Stell dir vor", sagte Petra, „jemand trifft sein ganzes Leben lang immer nur Menschen, die ihm sagen, dass er gerade träumt. Aber er träumt gar nicht. Nach einer Weile hört er nicht mehr zu, wenn ihm das gesagt wird, weil es ja keinen Unterschied mehr macht. Was wäre denn anders, wenn er den Leuten zufolge nicht träumte?"

„Ich denke mir, wenn du nicht träumst, übernimmst du mehr Verantwortung für dein Leben", sagte Charlotte. „Als Träumerin hast du keine Verantwortung, dir stößt ja alles nur zu. Du handelst nicht, sondern du erlebst. Du musst dich daher auch nicht damit beschäftigen, was richtig und was falsch ist, weil du ohnehin nie etwas entscheidest."

Petra stand auf und kehrte mit einer kleinen Schüssel Kekse zurück, die sie zwischen Charlotte und sich auf das Sofa stellte. „Und bist du sicher, dass du nicht selbst träumst?", sagte Petra. „So wie du das beschreibst, träumen überhaupt alle. Wir träumen von einer Stadt und von der Stättermayergasse und von einer Wohnung mit Einrichtungsgegenständen, und nichts davon hast du gemacht, Charlotte, das sind alles nur Dinge, die du erlebst. Ich erlebe deinen Besuch, so wie auch du ihn erlebst und selbst nicht verstehst, warum du eigentlich hier bist. Ich gehe in ein Geschäft und kaufe mir Kleider und weiß nicht, warum sie mir eigentlich gefallen, ich kaufe mir Winterstiefel, weil sie in einer Auslage stehen – ich bin fest entschlossen mir heuer wirklich neue Stiefel zu kaufen, die alten habe ich schon lang genug gehabt – aber warum ist es so klar für mich, dass jetzt der richtige Zeitpunkt dafür ist? Ich weiß nicht, wie es dir geht, aber manchmal irritiert mich das richtig. Ich merke, dass gerade etwas geschieht und dass das etwas in mir auslöst, aber ich bin eigentlich gar nicht beteiligt, ich durchschaue nicht, was da in mir passiert, aber plötzlich bin ich in einer anderen Situation, habe einen neuen Wunsch oder einen neuen Plan.

Meint du das, wenn du sagst, dass ich träume? Wenn es das ist, dann träumst du aber genauso, und alle anderen auch."

Als Petra das ziemlich schnell gesagt hatte und schwieg, sah Charlotte sie kurz schweigend an, dann begann sie fröhlich zu lachen. „Petra-Mäuschen, ich glaube so lang hab' ich dich noch nie am Stück reden gehört, seit ich dich kenne. Worüber du dir den Kopf zerbrichst! Und du irrst dich doch. Denn ich träume ja nicht. Das versuch' ich dir die ganze Zeit klar zu machen. Du bist die Träumerin und ich besuche dich in deinem Traum. Du glaubst, ich weiß nicht, warum ich eigentlich hier bin? Das kann ich dir nicht vorwerfen, denn dir kommt alles immer so vor. Aber du solltest aufhören deine Maßstäbe auf mich anzuwenden. Das mag ich nämlich nicht. Ich verbiete es dir ab jetzt, hörst du? Ich bin nicht so wie du. Und damit du das begreifst, möchte ich, dass du jetzt einmal aufstehst." Charlotte erhob sich selbst und blieb vor dem Sofa stehen. Sie strich ihren Rock glatt.

Auch Petra stand auf und sah Charlotte an. „Gut", sagte Charlotte und hob ihre Hände zu Petras Schultern. Sanft schob sie Petra nach hinten. Sie gingen einige Schritte auf eine freie Wand zu. Als Petra an die Wand stieß, ließ Charlotte sie los. „Bleib so stehen", sagte sie.

„Und jetzt?", fragte Petra. Charlotte holte schnell aus und donnerte ihre geballte Faust mit aller Kraft in Petras Magengrube. Petra stieß einen überraschten kleinen Schrei aus, dann bekam sie keine Luft und klappte auf dem Boden zusammen. Sie stöhnte, rollte sich zusammen und schnappte nach Luft. Charlotte ging zurück zum Sofa, nahm sich ein Keks und verließ das Zimmer. Als Petra wieder besser atmen konnte, hörte sie, wie die Wohnungstür in Schloss fiel.

Josefstädter Straße

Morgendlicher Hochnebel lag bleiern über der Stadt. Sieben Uhr neununddreißig, Wochenende. Trotzdem waren sie beide schon seit einiger Zeit wach und hatten die träge Morgendämmerung beobachtet. Gelegentlich hörten sie durch das gut isolierte Schlafzimmerfenster das Geräusch, wenn eine sicher fast menschenleere U-Bahn-Garnitur in der schallverbauten Mulde vor der Reihenhausanlage vorbeiratterte. Otto hatte schließlich einen Arm über Charlotte gelegt und begonnen ihre Brust zu streicheln. Mittlerweile lag er auf ihr und sein Schwanz steckte in ihrer gutmütig feuchten Möse. Noch immer war seine Wirbelsäule vom Schlafen steif. Um Schmerzen zu vermeiden, bewegte er sein Becken nur zurückhaltend. Unter sich spürte er Charlottes Handgelenk, das wie ein zweiter erigierter Penis fest gegen seinen Unterbauch drückte, während sie mit den Fingern hartnäckig ihre Klitoris bearbeitete. Seit er Charlotte kannte, missfiel ihm dieses Druckgefühl an seinem Bauch, das ihn von seinem Schwanz ablenkte. Aber bei den wenigen Gelegenheiten, als er das Thema angesprochen hatte, war Charlotte ernsthaft wütend geworden. Darin lag ein Vorwurf, der schwerer wog als sein eigener, also war es besser, die Sache auf sich beruhen zu lassen. Er richtete sich auf den Handballen auf und streckte die Arme durch. Sie hatten damals harte Matratzen gekauft und so sanken seine Hände nicht zu tief ein. Die Stellung tat zwar im Rücken weh, hatte aber den Vorteil, dass Charlotte seinen Oberkörper anschauen musste. Ihre Augenlider waren geschlossen, aber er war zuversichtlich, dass sie ab und zu ein bisschen blinzelte.

Dann war es vorüber und er rollte von ihr herunter und säuberte sich mit einem Papiertaschentuch. Er versuchte noch einmal einzuschlafen, aber bald lagen sie wieder beide mit offenen Augen und schauten in das Grau des Hochnebels vor dem Fenster. Es vergingen einige Minuten, in denen es möglich gewesen wäre, etwas Freundliches zu sagen, aber es fiel ihnen nichts ein. Schließlich begann Charlotte.

„Dir auch guten Morgen, Otto."

„Guten Morgen, meine Schöne", sagte er.

„Alles in allem, Otto, ist es das wert?"

„Klar, Charlotte. Es ist gut. Und du bist gut. Ich wache gern neben dir auf. Das ist der richtige Platz für mich. Es ist der Anker."

„Ja", sagte sie. Und dann: „Der Anker für was?"

„Es ist ein Ankerplatz... am Schnittpunkt aller Wege, auf denen ich kreuz und quer laufe."

„Du läufst hin und her", sagte Charlotte nachdenklich. „Ich reite eher. Ich bin der letzte Ritter. Ich trage ein riesiges Schwert."

„Das ist schon in Ordnung. Es gibt ohnehin zu wenig Heldinnen und Helden. Ich bin jedenfalls keiner."

„Ist mir bekannt", sagte Charlotte.

„Dabei glauben wir doch beide nicht an die heilende Kraft von Psycho-Metaphern", sagte Otto.

„Danke für die Erinnerung. Aber erkläre mir doch einmal: Warum gerade du für mich? Warum nicht jemand anders?"

„Oh. Du und deine Fangfragen. Du weißt ja selbst, dass ich es nie schaffen werde, das zu rechtfertigen. Ich kann mir nicht verdienen, dass du mich liebst. Ich kann nur hoffen, dass du es tust. Und ich hoffe es, weil ich selbst dich liebe. Wenn du mich auch liebst, dann hoffst du ebenfalls, dass ich dich liebe. Und wenn wir beide so hoffen, dann entsteht gleich ein ordentlicher Druck, uns auch tatsächlich zu lieben, damit all diese Hoffnungen erfüllt werden."

„Aber angenommen, du liebst mich gar nicht, Otto. Oder ich dich nicht. Angenommen, wir lieben uns beide gegenseitig nicht. Vielleicht erinnern wir uns nur daran, dass wir uns früher einmal möglicherweise geliebt haben. Und aus dieser Erinnerung heraus bilden wir uns ein, dass es noch immer so wäre, obwohl das nicht stimmt."

„Ja", sagte er, „das ist möglich. Es ist wohl so, dass die geistige Trägheit hier helfend eingreift. Die Leute sind geneigt anzunehmen, dass sie in fast allen Belangen jetzt gerade die gleiche Meinung haben und das Gleiche fühlen wie gerade eben noch. Sonst wäre das Leben auch viel zu anstrengend, das geht sich im Überlebenskampf der Evolution überhaupt nicht aus, ständig alles in Frage zu stellen."

„Warum trennen sich Paare dann überhaupt jemals?", fragte Charlotte. „Warum wird da nicht ein Schalter umgelegt, wenn du einen Partner kennenlernst, und das war es dann, bis dass der Tod euch scheidet?"

Otto verschränkte wohlig die Hände hinter dem Kopf und spielte weiter die Rolle, die sich Charlotte wünschte: „Weil wir eben keine biologisch determinierten Zombies sind, sondern reiche Zivilisationsparasiten, die vom Überlebensdruck befreit an der Friedensdividende knabbern. Weil wir in der Mitte des Lebens so viele überschüssige Ressourcen haben, dass wir nicht wissen wohin damit. Wir sitzen in unserem goldenen Käfig und schlagen gelangweilt mit dem goldenen Löffelchen an die Gitterstäbe und fordern mehr Unterhaltung." Otto sah aus dem Augenwinkel, dass Charlotte grinste, und freute sich darüber.

„Sehr schlau, du Parasit. Und warum sind wir dann nicht einfach Hippie-Bonobos und leben alle den freien Sex?"

„Siehe oben, die Biologie. Also in Summe suchen wir alle die passende Balance zwischen dem, was uns die Gene sagen, und dem, wie wir durch den materiellen und kulturellen Überfluss degeneriert sind, im wahrsten Sinn des Wortes de-Generiert. Und außerdem, schlag nach in Houellebecq's Elementarteilchen, vielleicht ist der Überfluss gerade am Markt der sexuellen Attraktivität kleiner als anderswo und wir leiden unter sexueller Knappheit, die uns zur Sparsamkeit zwingt."

Charlotte hatte eine kurze Vision, in der sie als Pooh der Bär am Boden saß und sich mit beiden Händen Honig aus einem runden Topf ins Maul schob. Auf dem Honigtopf stand in ungelenker Handschrift: „Petra". Zu Otto sagte sie: „Viel ist das nicht, Liebling. Wir glauben uns zu erinnern, dass wir uns vielleicht einmal geliebt haben, wir erzeugen daraus einen gegenseitigen romantischen Erwartungsdruck, und obwohl wir eigentlich im Überfluss leben als Erwachsene, versuchen wir uns monogame Knausrigkeit einzureden, aus Gründen irgendeiner vagen Ausgeglichenheit, an die man glauben kann oder nicht. Das ist es dann für dich, die Essenz unserer großen Liebe?"

„Hast du mehr erwartet? Hast du mehr zu bieten?", sagte Otto.

„Schön wäre es, wenn du mir die eine oder andere Geschichte für kalte Wintertage erzählen könntest", sagte Charlotte und kuschelte sich an seine Schulter.

Otto seufzte. „Warum ich? Du bist doch der Schreiberling von uns beiden."

„Faulpelz", sagte sie, aber dann: „In Kassel damals, am Tag bevor ich dich kennenlernte, bin ich vom Hauptbahnhof zur Kunsthalle Fridericianum hinunter gegangen, über diese lange Fußgängerrampe, erinnerst du dich, die Treppenstraße."

„Ja, wirklich eine ganze Straße aus Stufen, das hat mich auch beeindruckt."

„Das war Freiheit für mich, ich glaube nicht, dass ich seither jemals so frei gewesen bin wie an diesem Tag. Aus freien Stücken in diesem deutschen Nachkriegsensemble über die Treppen hinab zu schweben zur documenta, mit offenem Geist, wie ich hoffte, und zu wissen, dass die Treppen am Nachmittag wieder da sein würden und ich hinaufschweben würde in Richtung der Jugendherberge, dort schräg hinter dem Bahnhof. Mir war bewusst, dass ich schwerelos war. Aber diese Empfindung ist auch die erste starke Erinnerung, die ich an dich habe, obwohl du darin nicht vorkommst. Niemand sonst außer mir ist da in meinem Bewusstsein und gerade deswegen war Platz für dich, für einen anderen Menschen, den ich in Freiheit wählen konnte."

„Manche deutsche Jugendherbergen strahlen so ein beruhigendes Gefühl von Ordnung und Wohlstand aus", steuerte Otto bei, „und die in Kassel tat das auch. Frisch geduscht und ausgeschlafen bin ich in diesen hellen Frühstücksraum getreten, die Morgensonne fiel durch die Fenster und allein an einem Vierertisch saß dieses dünne Mädchen, dem man ansah, dass es für die documenta in der Stadt war. Ich konnte ja nicht ahnen, dass du aus Österreich warst, sonst hätte ich mich sicher nicht zu dir gesetzt." Sie lachten.

„Da kommt also dieser ernst blickende, schlecht angezogene Typ auf mich zu und fragt schüchtern, ob er sich zu mir setzen darf. Der österreichische Akzent war dir in so einem kurzen Satz nicht anzumerken und schon hast du dein Tablett mir gegenüber abgestellt. Ich war schon ein bisschen neugierig. Du warst nicht der Schönste, aber auch nicht der Hässlichste, der mir über den Weg gelaufen ist. Dass du unbedingt über Kunst reden wolltest, hat aber nicht geholfen. Mir war sofort klar, dass das einfach eine ziemlich lahme Masche war. Und dann warst du auch noch aus Wien. Ich glaube, du hast etwas schrecklich Dummes gesagt darüber, dass eine solche Ausstellung in Wien nicht möglich wäre oder in der Art, sehr anbiedernd. Dass wir beide aus Wien waren, hat uns sehr ernüchtert, obwohl wir abgesehen davon ja viel gemeinsam hatten, was schon an unserer bloßen Anwesenheit in diesem Frühstücksraum zu sehen war."

„Es fiel uns schwer, uns von diesem ganzen Identitätsbalast zu befreien", sagte Otto. „Das hat uns frustriert, denn um unsere Identitäten durchzuexerzieren, sind wir nicht nach Kassel gefahren."

„Schon damals habe ich auf dir herumgehackt, oder?"

„Schon damals habe ich dich mit meinen eitlen Neurosen genervt."

„Am nächsten Tag hast du mich gefragt, ob wir gemeinsam diese monströse Ungeheuerlichkeit von einem Wahrzeichen, diesen Herkules ansehen sollten."

„Ich wollte dich aus dem Dünkel der ganzen Kunstsache herausholen, um zu sehen, ob wir uns dann weniger auf die Nerven gehen würden."

„Aber ich wollte zurück in die Ausstellung. Und du warst es ganz und gar nicht wert, davon wieder abzukommen. Kunst schlägt falsches Leben, habe ich mir gedacht."

„Ich hatte meine Antwort und bin noch am Vormittag zum Bahnhof getrottet und abgefahren", sagte Otto. „Leider habe ich dann die nächste Woche lang fast ununterbrochen an dich denken müssen. Es war ein sehr ernster Fall."

„Für mich nicht, ich hatte dich schon fast vergessen, als du mich dann in Wien angerufen hast."

Nun folgte der Kern ihres Ursprungsmythos, den sie im Lauf der Jahre unzählige Male wiederholt, erinnert und belacht hatten, aber Otto war auch diesmal wieder mit Feuereifer dabei. „Als ich dich in Wien angerufen habe mit der Einladung auf die Donauinsel, hast du aber doch nicht so uninteressiert geklungen. Jedenfalls war ich nach dem Auflegen auf Wolke sieben."

Charlotte suchte unter der Bettdecke seine Hand und verschränkte ihre Finger mit seinen. „Ich war ja frei, zum Erbarmen frei sogar. Und deine Stimme am Telefon war völlig verrückt und gleichzeitig verzweifelt. Als wir eine Weile herumgeredet hatten, klangst du dann etwas weniger verzweifelt, das hat mir gefallen. Obwohl es trotzdem eine Wahnsinnsidee war, sich für ein erstes Date gerade auf der Donauinsel zu treffen, wo wir beide nicht hinpassen würden. Fast wäre ich im letzten Moment nicht hingegangen."

„Dann hätte ich dich einfach noch einmal angerufen."

„Das ist dir zuzutrauen. Aber für mich war es doch unangenehm meine Wohnung zu verlassen, um mich mit einem Halbverrückten auf der Donauinsel zu treffen. Darin lag schon eine erste Unfreiheit. Das habe ich wohl verstanden, ohne es in Worte fassen zu können. Später, als wir dann tatsächlich in diesem widerwärtigen Strandlokal diese unsäglichen Pommes Frites gegessen haben – auf deinen Wunsch, was sonst – war das eigentlich schon nur noch Resignation."

„Wie immer übertreibst du an dieser Stelle", sagte Otto, während Charlotte ihm ihre Hand wieder entzog. „Für mich waren diese allerdings schrecklichen Pommes Frites ganz wichtig, obwohl mir an einem anderen Ort wahrscheinlich etwas anderes in der Art eingefallen wäre, das weniger gesundheitsgefährdend gewesen wäre. Aber wir waren eben auf der Donauinsel, es war ein heißer Sommertag, aus den Lautsprechern der Bars kam schlechte Musik. Du und ich waren am Nullpunkt und hatten etwas aufzubauen, ein Projekt zu starten. Ich hätte auch mit dir einen Baum gepflanzt, aber dort am windigen Flussufer wächst ja keine Pflanze, die etwas auf sich hält.

Du hättest die Pommes Frites niemals akzeptiert, wenn du es nicht für mich getan hättest. Das war das Geschenk, das wir uns gegenseitig gemacht haben. Ein Versprechen – in guten Kasseler Zeiten wie auch in schlechten auf der Donauinsel sozusagen."

„Darin besteht ja die Katastrophe", sagte Charlotte, „dass wir uns von Anfang an im Schlechten eingerichtet haben. Wie konnte ich das bloß nicht durchschauen? Ich hätte schreiend davonlaufen sollen vor jemand wie dir. Aber ich Trampel verliebte mich noch in das Tragische dieses Menschen, dabei gab es hier gar keine Tragik, sondern nur Depression."

„Wenn ich depressiv war, was warst dann du? Du warst ja diejenige, die vor lauter Freiheit nichts mit sich anzufangen wusste. Du hattest jede Menge ,Freiheit von', aber warst fürchterlich arm an ,Freiheit zu'. Du hast einen feschen jungen Mann wie mich gebraucht, der dich unterhält und dich aus deiner Studierstube hinaus in die Welt zerrt."

„Ha-ha!", sagte Charlotte, „und dafür warst gerade du ja nun wirklich der Falscheste unter den Falschen. Die Studierstube war dein Biotop, außerhalb davon warst du völlig hilflos."

„Hilflos vielleicht, aber in diesem Augenblick doch sehr engagiert. Ich habe wohl verstanden, dass du so gut zu mir passt wie niemand sonst, den ich kannte. Diese Frau wollte ich nicht mehr loslassen. Vielleicht habe ich damals viel falsch gemacht, indem ich mich an dich geklammert habe. Aber ich wollte dich eben ganz unbedingt."

„Das behauptest du, ja. Allerdings hast du mir noch nie befriedigend erklären können, wofür du mich eigentlich wolltest. Dass es nicht fürs Bett war, wissen wir beide mittlerweile. Da du also keine Vorstellung hattest, was du mit mir anfangen solltest, hast du mich mehr oder weniger gezwungen, die lächerlichsten Dinge mit dir gemeinsam zu tun. Wenn ich nur daran denke, wie wir damals noch im selben Sommer durch die Innenstadt spaziert sind, ich im Bikini und du in der Badehose! Es wundert mich bis heute, dass uns kein Polizist angehalten hat. Ich glaube, mit diesen Aktionen wolltest du einfach Zeit gewinnen, bis dir doch noch einfallen würde, was aus uns werden sollte. Inzwischen mussten wir uns nur ausreichend genieren und blamieren, das würde die große Leere zwischen uns schon übertönen. Dass ich mich dabei nur schrecklich fühlen konnte, war dir aber egal."

„So siehst du das aus der Distanz der Jahre, Charlotte. Aber wenn alles so schlimm für dich gewesen wäre, hättest du ja nicht mitmachen müssen. Aber du hast nie nein gesagt, obwohl mir das manchmal sehr recht gewesen wäre. Ich habe eigentlich immer darauf gewartet, dass du sagst: Es ist genug, das nicht, das mag ich nicht. Doch du hast immer ja gesagt, auch bei der Badehosen-Geschichte, und so war ich mir sicher, dass du gerade wegen all des Aufruhrs bei mir bliebst."

„Ich bin nicht deswegen geblieben, sondern trotzdem", sagte Charlotte.

„Das wusste ich damals nicht. Ich dachte, ich muss hier Clown spielen, das ist es, was sie sehen will. Für mein Selbstvertrauen war das nicht gut, denn zum Clown hätte sich jeder Beliebige machen können. Also wurde aus meinem Gefühlsüberschwang allmählich so ein Zwang, eine Rolle zu spielen. Dabei ist das Glück natürlich kleiner und kleiner geworden."

„Ist ja klar, für dich war alles meine Schuld. Ich bin schuld an deiner Gefühllosigkeit mir gegenüber, weil ich dir nicht rechtzeitig gesagt habe, dass du dich nicht zum Affen machen solltest. Das bildest du dir doch nur ein. Du hattest am Anfang überhaupt keine echten Gefühle für mich, nur Affekt. Darum hast du dir auch nicht die Mühe gemacht aufzupassen, wonach ich mich etwa wirklich sehnte. Dabei hatte ich doch schon vom

166

ersten Tag auf der Donauinsel an resigniert. Ich habe meine Freiheit weggeworfen, um mit diesem Mann zusammen zu sein. Ich habe meine Freiheit weggeworfen aus keinem anderen Grund als einfach, weil ich es konnte."

Für eine Weile schwiegen sie. Dann sagte Otto: „Am Anfang waren unsere Wünsche zu stark, um uns auch einmal entspannen zu können. Erst später, als sich schon Gewohnheit eingestellt hatte, haben wir begonnen offen miteinander zu reden. Richtig kennengelernt haben wir uns erst ab dieser Zeit. Ich bin froh, dass wir damals noch zusammen waren und dass wir uns schließlich so nahe gekommen sind wie heute."

„Wir sind uns niemals nahegekommen", sagte Charlotte erregt, „in Wahrheit war diese ganze Beziehung von Anfang an ein großes Missverständnis."

„Du weißt doch, dass ich so etwas nicht gern höre. Warum sagst du es also so gern?", sagte Otto. „Wieso Missverständnis? Du tust immer so, als gäbe es da zwei Arten von Beziehungen, die einen, die auf einem korrekten gegenseitigen Verstehen beruhen, und die anderen, die auf einem Missverständnis errichtet sind und daher vom ersten Tag an hoffnungslos. Das ist doch Unsinn. Eine Beziehung wie unsere geht immer weiter, jeden Tag und jedes Jahr immer weiter. Wenn wir uns gestern missverstanden haben, könnten wir einander heute dennoch wunderbar ergänzen. Wenn ich dir heute unerträglich bin, könntest du mich morgen trotzdem großartig finden. Wir müssen nur bereit sein, einander immer wieder neu zu entdecken. Das ist eine Frage der Neugier, und ich glaube, Neugier war immer eine unserer gemeinsamen Stärken, findest du nicht?"

„Das sind eben deine Gehirnwäsche-Sätze, Otto, deine Weltflucht-Sätze, mit denen du dir alles zurechtlügen kannst, nur damit deine Bequemlichkeit nicht gestört wird und du jede

Veränderung abblocken kannst. Ich bin ja selbst schuld, dass ich jahrelang deine Lügengeschichten über uns geglaubt habe. Aber je länger ich darüber nachdenke, desto besser verstehe ich, wie blutleer all deine Erfindungen über uns sind. Was haben sie uns denn gebracht? Glücklich sind wir nicht geworden, nur älter. Das ist das Einzige, was jeden Tag zwischen uns beiden passiert: Älter werden. Dabei haben wir nie viel erlebt. Immer wieder hast du es geschafft, dass ich mich in deinen Geschichten verlaufen habe, dass ich deinen Harmoniebeschwörungen geglaubt habe. Äußerliche Clownereien haben wir aufgeführt, um von unserer inneren Leere abzulenken. Ich habe gehofft, dass wir uns irgendwann ohne Verstellung begegnen würden, dass es mir gelingen könnte dich glücklich zu machen. Aber das war ja unmöglich. Ein Mensch wie du ist für das Glück überhaupt nicht empfänglich. Ich glaube, es interessiert dich nicht einmal."

„Glück ist ein brüchiger Zustand, Charlotte. Wer versucht, ihn zu erzwingen, wird am Abend mit leeren Händen dastehen. Wenn mir jemand sein Glück verkaufen will, werde ich vorsichtig. Dir steht ein solches Sonderangebot auch nicht besonders gut. Ich glaube eher an ein unscheinbares Glück, das sich nicht groß ankündigt, sondern das manchmal aufblitzt, wenn man ihm die Chance dazu gibt. Darin sind wir beide ziemlich erfolgreich gewesen, in der Einrichtung solcher Glückschancen, finde ich, nämlich immer dann, wenn wir uns offen aufeinander eingelassen haben. Ich habe das immer an dir geschätzt, deine Wachheit, deine Aufmerksamkeit, und ich glaube, ich kann das auch recht gut. Darin liegt doch eine Art von Nähe, oder?"

„Das ist nicht Nähe, sondern Gefühlskälte", sagte Charlotte und drehte sich im Bett von Otto weg auf die Seite. „Wer so distanziert seinen Partner beobachtet, interessiert sich in Wahrheit nur für sich selbst. Und wer sich zu sehr für sich selbst interessiert, der wird nicht glücklich, sondern einsam. Einen Menschen wie dich könnte man in einen vollgepackten U-Bahn-Waggon stecken und du wärst trotzdem einsam."

„In dem Punkt hast du wahrscheinlich sogar Recht", sagte Otto, der weiter zur Zimmerdecke hinaufsah.

„Und du würdest dich vor irgendetwas fürchten, damit dir nicht langweilig wird", sagte Charlotte.

Alser Straße

Meine Wohnung ist zu groß für mich, aber ich werde hier so-lange ich lebe nicht mehr ausziehen. Ich werde nur mehr selten aus dem Haus kommen, denn das Gebäude, in dem meine Wohnung liegt, hat keinen Lift und ich wohne im zweiten Stock. Seit einigen Jahren bin ich schwer gehbehindert. Bevor sie an ihrem Brustkrebs gestorben ist, hat meine liebe Frau für uns eingekauft, sie war ja noch gut auf den Beinen und fast zehn Jahre jünger als ich. Am Schluss ging es dann nicht mehr.

In der Wohnung stehen schöne alte Möbel, das meiste aus massivem Kirschholz. Die Kommode im großen Kabinett wäre heute unerschwinglich. Manchmal sehe ich auch aus den Fens-tern, aber gegenüber stehen schmucklose Neubauten, es gibt eigentlich nicht viel zu sehen, bis auf den Himmel weiter oben über dem Dachfirst. Es kommt vor, dass ich eine Weile den Wolken zusehe, wie sie vorbeiziehen, aber öfter sitze ich auf einem Stuhl und schaue einfach nur auf die Möbel, oder auf die Familienfotos an der Wand. Oder ich lese etwas. Fernsehgerät habe ich keines.

Vierzig Jahre lang bin ich im Klassenzimmer gestanden, Mathematik, Physik und Geographie. Am Wochenende haben wir lange Wanderungen gemacht, ich war nicht immer ein Invalide wie jetzt im Alter. Heute bin ich froh, wenn ich es mit den Krücken in die Küche schaffe und zurück.

Mit meinen Kollegen und Schülern gibt es keinen Kontakt mehr. Die letzten haben mich vergessen, seit ich nicht mehr gut gehen kann. Mit den Verwandten – eine Nichte und ein Neffe haben Familie – tausche ich zu den Feiertagen Postkarten aus.

Die Leute von der Gemeinde Wien wollten, dass ich mit an-deren Invaliden in eine gemeinsame Wohnung ziehe, damit sie uns einfacher pflegen können. Sie haben mir Fotos gezeigt. Da habe ich mit Hungerstreik gedroht. Frau Petra war sehr nett. Sie hat sich dafür eingesetzt, dass ich hier bleiben konnte. Sie beteiligt sich nun auch an meiner Betreuung. Dienstag und Freitag Vormittag sind ihre Termine. Sie ist bei diesem Sozialverein, Altenwohl ist der Name, ha-ha. An anderen Tagen kommen andere Pflegerinnen und Pfleger, auch Beamte von der Gemeinde. Petra ist mir eine von den liebsten. Ich könnte nicht einmal mit Sicherheit sagen, dass die Besuche von Petra während ihrer Dienstzeit stattfinden. Vielleicht macht sie das in ihrer Freizeit, um mir zu helfen in der Wohnung zu bleiben. Einmal habe ich sie danach gefragt, aber sie hat mich abgewimmelt und mir verboten darüber zu sprechen. Wenn sie kommt, macht sie das Gleiche wie die anderen Pfleger. Sie sieht nach, ob in der Wohnung alles mit rechten Dingen zugeht oder ob ich die Badenische überflutet, Teile der Kücheneinrichtung zertrümmert oder meinen verfluchten Körper in eine Lage gebracht habe, aus der ich nicht mehr aufstehen kann. Leider ist das alles tatsächlich schon vorgekommen. Sie muss mich auch waschen und mein Bett in Ordnung bringen, ich schaffe das selbst nicht mehr. An manchen Tagen geht es, aber man kann sich nicht darauf verlassen. Ich muss mich damit abfinden, dass sie mir von Monat zu Monat weniger zutrauen. Es ist schon so weit gekommen, dass ich auf Anordnung tagsüber Windeln trage.

Petra ist eine schöne, sinnliche junge Frau. Ich darf ihr allerdings keine Komplimente machen, selbst das hat man mir verboten. Ich bin froh, dass ich sie ansehen kann, wenn sie in der Wohnung ist. Leider weiß ich nicht, wie sie riecht, denn mein Geruchssinn funktioniert nicht mehr. Wenigstens bin ich nicht schwerhörig. Sie sagen, dass sie darüber froh sind. Viele Patienten können ihnen zufolge nicht verstehen, was man ihnen sagt. Ich verstehe die Pfleger manchmal besser, als mir lieb ist. Ich leide auch nicht unter Demenz.

Petra betritt die Wohnung, ich höre zuerst ihre Schritte draußen im Stiegenhaus, dann den Schlüssel. Sobald sie die Wohnungstüre hinter sich geschlossen hat, ruft sie mir einen Gruß zu. Sie hängt ihren Mantel über einen Kleiderhaken, die Schuhe lässt sie an, wenn sie bei mir ist, ich habe es ihr erlaubt. Das Parkett knarrt unter ihren näherkommenden Schritten. Sie findet mich im Schlafzimmer, auf dem Zimmerklo sitzend, das sie neben mein Bett gestellt haben. Ich hatte gerade Stuhlgang und versuche mühsam mich zu reinigen. Mein Rücken ist nicht beweglich genug, um mich wirksam abzuputzen. Sie sagt mir, dass ich einen Augenblick Geduld haben soll und zieht sich Einweghandschuhe an. Dann nimmt sie das Klopapier und beginnt mir den Arsch auszuwischen. Es ist erniedrigend, aber ich habe mich daran gewöhnt. Ich für meinen Teil hätte keinen Respekt vor einem erwachsenen Menschen, dem ich den Arsch auswischen muss, daher erwarte ich es auch nicht von den Pflegern. Manche sind grob und drücken so ihren Ekel aus. Das nehme ich hin, ich kann es ihnen doch kaum vorwerfen. Petra greift fest zu, wie es erforderlich ist, aber grob ist sie nicht. Ich spüre ihren Atem im Genick und einmal streift ihre linke Brust meine Schulter. Wenn sie wüsste, was diese Berührung für mich bedeutet! Vielleicht weiß sie es.

Danach sitze ich auf der Bettkante und sie wäscht mich mit einem feuchten Lappen. Wie die meisten Pflegerinnen kleidet sie sich unauffällig, heute trägt sie einen weiten grünen Pullover und Jeans. Die Kirchlichen haben manchmal ein Kettchen mit einem Kreuz-Anhänger um den Hals, aber Petras Verein kommt aus der sozialdemokratischen Ecke ohne Kettchen. Sie trägt auch keine Ohrringe. Mir ist es egal. Wir machen Smalltalk. Sie ist freundlich. Mir kommt vor, dass sie heute etwas geistesabwesend ist. Ich frage sie, ob sie Sorgen hat, aber sie verneint es und bittet mich die Arme zu heben, damit sie mich unter den Achseln waschen kann. Ich denke an Otto im Floridotower. Als Gymnasiallehrer habe ich wahrscheinlich eine naive Vorstellung von der Privatwirtschaft, aber warum ein graduierter Ingenieur wie Otto in seinem Beruf betriebswirtschaftliche Studien für staatliche Stellen verfasst, übersteigt mein Verständnis. Ich stelle mir vor, wie er mit seinen Zimmerkollegen Susanne Fiala und Erich Schwaiger über die neueste diplomatische Krise zwischen China und den USA diskutiert. Fiala war als Studentin beim Kommunistischen StudentInnenverband, Schwaiger organisierte Veranstaltungen für das marktradikale amerikanische Cato Institute. Man unterhält sich leidlich. Dann wenden sich alle wieder ihren Bildschirmen zu.

In der Pubertät verfolgte Otto über einige Tage das Projekt, sein Bewusstsein zu spalten. Er legte sich auf den Fußboden, starrte minutenlang zur Zimmerdecke und versuchte in seinem Bewusstsein in immer schnellerer Folge zwischen zwei Vorstellungen hin und her zu wechseln, bis es ihm gelänge beide gleichzeitig zu denken. Er ist davon überzeugt, dass ihm bei diesen Experimenten die Bewusstseinsspaltung einmal tatsächlich gelungen ist, dann aber nie wieder, so sehr er sich auch bemühte.

Außerdem erinnert sich Otto beim Lesen seiner E-Mails an seine Versuche, bei der Erledigung seiner beruflichen Aufgaben gleichzeitig auch auf einer Meta-Ebene aktiv zu sein, die sich dann über die aktuelle Tätigkeit schiebt, also sich immer in mehreren Strängen fortzubewegen, wenn auch ohne vollständig gespaltenes Bewusstsein. So ist es etwa gerade jetzt durchaus möglich, während man einen administrativen Zwischenbericht für den Auftraggeber einer Studie verfasst, über den ganzen Systemkontext dieser Studie nachzudenken, also über die Systemfunktionen des Auftraggebers, die Funktion des Technologie Management Instituts selbst, der Interviewpartner, der zukünftigen Empfänger der Studienergebnisse. Welchen Interessen folgen sie? Welchem Druck halten sie stand? Verfügen sie über gestaltbare Handlungsoptionen? All dies lässt sich analysieren, während man recht flott an dem Bericht schreibt. Am Ende gibt es den bestellten Bericht und zusätzlich als Mehrwert Ottos private Schlussfolgerungen. Die sind zwar nicht zur Veröffentlichung geeignet – Otto schreibt sie nicht auf und hat sie nach wenigen Tagen wieder vergessen – aber sie verschaffen ihm etwas Befriedigung. Hier findet er jene Selbstbestätigung, die er in der ordnungsgemäßen Erledigung der bezahlten Studienaufträge schon lange nicht mehr erlebt hat. Ich glaube, hier befindet sich der äußere Bezugspunkt für Ottos Motivation, so wie der sichtbare Erfolg, den der Ingenieur im hergestellten Artefakt findet, oder der Gymnasiallehrer in der neu gewonnenen Einsicht eines Schülers, oder Petra, wenn sie weiß, dass ich wieder sauber bin. Kann ich Ottos Berufsalltag also doch verstehen? Nein, genauso wenig wie sonst jemand einen fremden Beruf verstehen kann, den er nicht selbst in genau der gleichen Weise und vielleicht auch für die gleiche Anzahl von Lebensjahren erlebt hat. Denn wenn Otto seine E-Mails kontrolliert – wie viele hunderte, wie viele tausende Male hat er gleichartige E-Mails schon bearbeitet? Wie oft die gleichen Gedanken gedacht, die notwendig waren, um die Antwort-E-Mail zusammenzustellen? Wie viele Studien zu gleichförmigen Fragestellungen hat er geschrieben, und wie viele mehr gelesen? Wie kann ich mir das vorstellen, oder es beschreiben, ohne ihm in jeder Stunde über die Schulter geblickt zu haben? Man könnte einwenden, dass ein gnädiger Gott an die Seite der Monotonie das Vergessen gestellt hat, dass gerade die Stunden, in denen wir nichts Neues erfahren, keine ernsthaften Spuren in unserer Persönlichkeit hinterlassen. Damit wollen wir uns also vorläufig trösten.

Petra und die anderen Pflegerinnen sind die einzigen Menschen, die mir noch in Fleisch und Blut begegnen. Überhaupt sind Körperflüssigkeiten, so scheint es, das Medium, das mich noch an die Gesellschaft kettet: Mein Schweiß ist mit dem Lappen zu entfernen, so wie Petra gerade meinen Rücken schrubbt, die Ausscheidungen sind zu entsorgen und ausreichend Nahrung und Flüssigkeit sind nachzufüllen, damit ich nicht austrockne. Ich revanchiere mich für diese Fürsorge, indem ich mit schwarzer Tinte – Petra kauft sie nach, wenn ich sie darum bitte – meine Aufzeichnungen führe. Allerdings darf Petra diese Aufzeichnungen nicht lesen, zu viel ist darin von ihr selbst die Rede und zu rücksichtslos sind meine Beschreibungen. Ich notiere sorgfältig alles, was ich an ihr beobachte und was ich ihr durch geschicktes Fragen entlocke. So bin ich auch über die anderen im Bilde, Richard, Otto und Charlotte. Obwohl ich es nicht riechen kann, weiß ich, dass Petra ins Schwitzen kommt, wenn sie mich reinigt. Manchmal habe ich an ihrer Stirn einen Schweißfilm entdeckt und an anderen Tagen drücke ich plötzlich ihre Hand und spüre die Feuchtigkeit in ihrer Handfläche ebenso wie an ihrem Handrücken. Daraus folgere ich, dass unter ihrem grünen Pullover und unter ihrer Unterwäsche noch mehr Schweißspuren zu entdecken wären. Ich wüsste gern, wie ihre Schamhaare aussehen. Aber ich weiß nicht einmal, ob sie ihre Achseln zur Gänze rasiert, sie hatte bei ihren Besuchen noch nie etwas Ärmelloses an. Als ich sie einmal danach gefragt habe, hat sie nur gelacht und mich dann gebeten solche Fragen nicht mehr zu stellen.

Petra möchte wissen, ob ich heute schon etwas gegessen und getrunken habe, und was. Ich beichte ihr, dass ich weder gegessen noch getrunken habe. Meine Absicht war, Petra dadurch länger in der Wohnung zu halten. Sie geht in die Küche, um mir ein Butterbrot, Käse und ein großes Glas verdünnten Saft herzurichten. Doch zu meiner Enttäuschung bleibt sie nicht, um mir beim Essen Gesellschaft zu leisten.

Ich bin nicht der letzte Invalide auf Petras Dienstag-Tour. Nach mir besucht sie zwei Gruppenwohnungen. Ich bin sehr eifersüchtig, wenn ich mir vorstelle, wie die Kommunarden dort um einen großen Tisch sitzen und mit Petra Tee trinken. So hat sie es mir erzählt. Lieber möchte ich tot sein. Doch ungefähr um zwölf Uhr dreißig ist sie mit der Tour fertig und hat den Nachmittag frei. Gleich als sie aus dem Gebäude tritt, in dem sie den letzten Wohnungsbesuch gemacht hat, tut Petra etwas Ungewöhnliches: Sie ruft Otto auf seinem Mobiltelefon an. Auch Otto ist gerade auf der Straße – er macht in seiner Mittagspause einen kleinen Spaziergang vom Floridotower in den nahegelegenen Wasserpark, um sich die Beine zu vertreten. Es ist ja März, Vorfrühling.

„Schön deine Stimme zu hören", sagt Otto.

„Danke, ebenfalls", sagt Petra, „ich musste heute ein paarmal an dich denken, während ich meine Altenwohnungen besucht habe. Du Schakal streifst durch mein Leben und meldest dich nicht."

„Ich bin ja da", sagt Otto. „Du weißt, dass ich immer gern deine Stimme höre", lügt er. „Nur manchmal schreitet mein Leben einfach ruhig voran, ohne dass es viel Neues gibt, das ich dir erzählen könnte. Dann melde ich mich eben einige Zeit nicht."

„Schon gut, ich wollte nicht, dass du dich rechtfertigst. Wir sind uns ja nichts schuldig."

„Woran hast du denn heute gedacht, mich betreffend?"

176

„An deinen Schwanz."

„Ja, okay. Das ist sehr okay", sagt Otto. Die Parkwege sind jetzt zur Mittagszeit verlassen, es ist kühl und windig. Am Himmel halten sich nur einige dünne Wolkenbänder, aber es ziehen auch niedrige Nebelschwaden träge den Fluss entlang, die sich nur langsam in der Sonne auflösen. Die Zeit scheint sich unter dem Einfluss der dahinkriechenden Nebelschwaden ebenfalls auszudehnen.

„Aber nicht, dass du denkst, dass ich den ganzen Tag von dir träume, so ist es nämlich auch wieder nicht."

„Ich träume schon von dir, immer wieder", sagt Otto. „Von deinen Lippen zum Beispiel."

„Du musst das nicht sagen, um dich zu revanchieren."

„Doch, es stimmt aber. Sind deine alten Leute nett zu dir? Sicher."

„Die meisten schon. Manche sind sehr anhänglich. Das gefällt mir. Ist eigentlich Charlotte eine anhängliche Frau?"

„Charlotte? Wie kommst du denn auf Charlotte?"

„Stört es dich, dass ich dich nach ihr frage?"

„Nein, warum denn auch. Es war nur ungewohnt im ersten Moment, weil wir sonst doch nie über sie reden. Charlotte – ach das ist schon kompliziert zwischen uns, aber das weißt du ja. Ich weiß nicht. Ich würde sagen, ja, sie ist anhänglich, aber in einer enttäuschten Art. Sie ist so enttäuscht von mir, dass sie sich erst recht an mich klammert, um doch noch mehr aus mir herauszupressen. So würde ich es beschreiben."

„Okay, wirklich, entschuldige die Frage."

„Warum denkst denn du über Charlotte nach?"

„Ich weiß es nicht, einfach so."

„Hast du sie getroffen?"

„Nein."

„Bist du eifersüchtig?"

Petra lacht. „Was du dir einbildest."

„Aber wenn wir schon über sie reden, sag doch. Wie kommen wir dir so vor, Charlotte und ich, als Paar? Was für ein Bild geben wir ab?" Auch Otto lacht, aber er meint die Frage ernst.

Die Leitung bleibt kurz still, dann hört er Petras Stimme, etwas zurückhaltend zuerst. „Otto, also, ihr seid zwei merkwürdige Menschen für mich. Ihr seid euch sehr ähnlich, und doch auch ganz verschieden. Das muss romantisch sein. Ich weiß nicht, ob Richard und ich das auch haben: So eine tiefe Gemeinsamkeit hinter all den Unterschieden. Darauf bin ich vielleicht ein bisschen neidisch. Schwierig seid ihr beide, du und Charlotte auch. Dich kann ich besser verstehen, Otto. Du bist nicht ohne Schwächen, entschuldige, aber bei dir weiß ich wenigstens, woran ich bin, zumindest wenn du nicht wieder irgendwo herumstreunst und nicht von dir hören lässt. Charlotte ist mir ein bisschen unheimlich."

„Unheimlich? Das ist witzig. Ich finde, Charlotte ist der am wenigsten unheimliche Mensch der Welt. Madame Transparenz, die noch das kleinste Mysterium in tausend Wörter zerlegt. Und die angebliche Ähnlichkeit ist auch erstaunlich, ich glaube Charlotte und ich sehen die beide nicht. Aber vielleicht sind wir einfach aus Gewohnheit blind dafür. Naja genug davon, oder? Da erzählst du mir, dass du an meinen Schwanz denkst, und ich ersuche dich um eine Ferndiagnose meiner Stammbeziehung."

„Frei von Schwächen bist du eben wirklich nicht, Otto", sagt Petra vergnügt.

„Treffen wir uns bald einmal?", sagt Otto.

„Oh je, jetzt denkst du mit deinem Schwanz."

„Ist das schlimm?"

„Ein bisschen wenig ist es schon."

„Es tut mir leid, dass ich dich enttäusche."

„Schon gut, Otto. Ich muss jetzt aufhören, meine Straßenbahn kommt. Bis bald und mach's gut."

„Ja bis bald", sagt er schnell und schon ist die Verbindung unterbrochen. Otto kürzt seine Runde ab, fürs Erste ist ihm die Lust am Spazierengehen vergangen. Was hat sie denn von ihm erwartet? Die Zeit für große Geständnisse und Liebesschwüre haben sie wohl schon verpasst, irgendwann im letzten Jahr hat sich dieses Möglichkeitsfenster unbemerkt geschlossen. Was übrig bleibt, ist aber doch auch nicht zu verachten? Er denkt an ihren Körper – den er besser kennt als ich, dafür weiß er nicht, was für Kleider sie heute trägt – und spürt zwar nicht Verlangen, aber zumindest solide Nostalgie.

Als Petra im Dachgeschoß der Stättermayergasse aus dem Lift tritt, sitzt Charlotte vor der verschlossenen Wohnung auf der Türschwelle. Auch sie trägt heute Jeans und hat ihre Beine an den Oberkörper gezogen – entschlossen, sich nicht von der Stelle zu bewegen bis Petra eintrifft. Wie sie so am Boden hockt, sieht sie einigermaßen elend aus, ein Häuflein Mensch. Sie bemüht sich möglichst rasch auf die Beine zu kommen, gerät dabei aber fast aus dem Gleichgewicht und muss sich torkelnd am Türgriff festklammern. Als sie endlich nach dem Entknoten ihrer Gliedmaßen ihre volle Größe erreicht hat, grinst sie schief, sagt aber nichts. Petra und Charlotte starren sich an. Schließlich geht Petra die paar Schritte vom Lift zu ihrer Wohnung, schiebt sich an Charlotte vorbei und sperrt auf. Als Petra durch die geöffnete Tür tritt, sagt sie noch immer nichts, aber da sie die Tür nicht gerade hinter sich zuknallt, schafft es Charlotte locker, hinter ihr in die Wohnung zu huschen. Was soll aber nun geschehen? Ich lege die Füllfeder neben das Notizbuch und lehne mich in meinem Schreibsessel zurück. Schon am Vormittag kam mir Petra etwas geistesabwesend vor und sie hatte es eilig meine Wohnung zu verlassen. Danach hat sie mit Otto telefoniert. All das deutet darauf hin, dass der erneute Besuch von Charlotte nicht völlig unerwartet kommt. Gewünscht hat ihn sich Petra nicht, aber er schien unvermeidlich. Zu viel wurde bereits vorbereitet, um dieser Zwangsläufigkeit noch entgehen zu können. Die gesamte Architektur ist so angelegt, dass sich an dieser Stelle ein Loch befindet, das dort nicht umsonst gewesen sein darf. Irgendein Opfer wird kommen und von diesem Loch verschlungen werden. Petra ist dieses Opfer und Charlotte ist der Drache.

„Wirst du mich wieder schlagen?", fragt Petra.

„Ich glaube nicht, dass das nötig sein wird", sagt Charlotte, „ich bin nicht so wie du." Sie fasst Petra an der Hand und führt sie ins Wohnzimmer. Aus ihrer Jackentasche zieht sie eine DVD. „Selbst gebrannt, beziehungsweise zusammenkopiert", sagt sie, „ich habe letztes Mal gesehen, dass ihr hier einen Player dafür habt." Charlotte deutet in Richtung des großen Fernseh-Bildschirms, der einen Ehrenplatz in Richards und Petras Wohnzimmer hat.

Petra nimmt die DVD und schaltet die Geräte ein. Charlotte setzt sich auf das schwarze Wohnzimmersofa, das sie schon vom letzten Mal kennt, und zieht Petra neben sich. Das Video beginnt mitten in einer billig produzierten Spielfilmszene, in der zwei Frauen in einer Villa auf Französisch eine Unterhaltung führen. Petras Schulfranzösisch ist schlecht und sie versteht fast nichts. Die Schauspielerinnen sind schön, eine ist etwas älter und konservativ gekleidet, die andere trägt eine dünne weiße Bluse, die halb aufgeknöpft ist. Die Ältere redet auf die Jüngere ein. Die macht Bambi-Augen und schüttelt manchmal den Kopf. Schließlich wird sie auf ein Sofa gezogen. Die Ältere beginnt sie zu entkleiden. Nachdem sie ihr den BH ausgezogen hat, fasst sie ihr an die Brust und beginnt sie zu küssen.

„Was ist das, Emmanuelle, Teil 9?", sagt Petra.

„Ein kleiner Softporno, nur zum Aufwärmen", sagt Charlotte, „es wird bald härter." Sie legt ihren Arm um Petras Schultern. „Ich dachte, vielleicht hilft dir das Anschauungsmaterial in deine Rolle zu finden." Charlottes Hand wandert von Petras Schulter zu ihrem Kopf, sie streicht zweimal über Petras Locken. Dann fasst Charlotte Petra ans Kinn und dreht sie mit sanftem Druck zu sich. Sie sieht ihr in die Augen, nähert sich ihrem Gesicht und beginnt ihr tiefe Zungenküsse zu geben. Charlotte achtet darauf, dass Petra das Video immer im Blick behält. Wenn sie merkt, dass Petra die Augen schließt oder vom Bildschirm wegsieht, murmelt sie: „Sieh hin, Kleines!"

Petra verfolgt jetzt eine Szene zwischen einer Englisch sprechenden Domina und ihrer magersüchtigen Sklavin, die mitleiderregend wimmert, wenn sie von der Peitsche getroffen wird.

„Das ist ja widerlich", sagt Petra. „Auf solche Sachen stehst du? Ich mag das überhaupt nicht. Komm hör doch auf mit dem Blödsinn."

Charlotte wirft einen kurzen Blick auf die Filmszene, dann legt sie Petra kurz den Finger auf die Lippen, sagt „sch-sch" und fährt mit der Küsserei fort.

Petra wird es ganz heiß. Sie wirft ihre Arme um Charlottes Nacken und lässt sich nach hinten fallen. Sie schließt ihre Augen, während Charlottes warme und nasse Zunge in ihrem Mund einmarschiert. Das ist nun doch schöner, als sie gedacht hätte. Daran könnte sie sich schon gewöhnen. Aber leider kommt Charlotte viel zu rasch auf neue Ideen, jedenfalls befreit sie sich aus Petras Umarmung und sieht sie streng an.

„Komm zurück", gurrt Petra und streckt die Arme nach Charlotte aus.

„Das könnte dir so passen, du kleiner Schmusebalg. Zieh dir die Hose aus, aber ein bisschen plötzlich", sagt Charlotte.

Petra ist ein bisschen schockiert. „Ich will lieber schmusen", sagt sie. Aber Charlotte ist unerbittlich.

„Ich werde dir was zeigen von wegen schmusen. Zieh dir die Hose aus, oder soll ich dir doch noch eine scheuern."

„Dann gehen wir wenigstens ins Schlafzimmer, dort ist es gemütlicher", sagt Petra, um Zeit zu gewinnen. Charlotte sieht sie so böse an, dass Petra liegen bleibt und nervös die Knöpfe ihrer Jeans aufmacht. Sie hebt die Hüften und schiebt die Hose nach unten. Charlotte steht auf, erwischt einen Zipfel von jedem Hosenbein und zieht kräftig an, bis die Hose ausgezogen ist und mit Schwung gegen die nächste Wand fliegt. Charlotte setzt sich auf Höhe von Petras Oberschenkeln auf das Sofa und greift links und rechts nach dem Gummiband von Petras schmalem Höschen.

„Ich mag das nicht", sagt Petra und greift nach Charlottes Handgelenken.

„Untersteh dich mich aufzuhalten", zischt Charlotte. „Das würde dir sehr schnell sehr leidtun."

„Bitte", sagt Petra.

„Hände weg!"

„Oh Gott", sagt Petra. Aber sie lässt los, verschränkt stattdessen die Arme vor dem Gesicht, um nicht hinsehen zu müssen.

Charlotte zieht das weiße Höschen über Petras Hüften und Knie, streift es ihr von den Fußgelenken. Petra überkreuzt die Beine, zieht sie an den Körper und dreht sich von Charlotte weg zur Rückenlehne des Sofas. Doch Charlotte greift sich Petras Fuß und drückt mit den mittleren Fingergelenken von

Zeigefinger und Mittelfinger einer Hand stark von beiden Seiten auf Petras Achillessehne. Das tut weh und Petra schreit kurz auf, schafft es aber nicht den Fuß freizubekommen.

„Petra-Mäuschen, sei still und hör mir zu", sagt Charlotte, und ich notiere es gleich mit. „Du gehörst ab nun mir. Erst später werde ich dir erklären, warum das so sein muss und was es für dich bedeutet. Jetzt ist es noch zu früh dafür. Du musst keine Angst haben, du darfst trotzdem weiter bei Richard bleiben. Aber wir beide, du und ich, wissen, dass du mir gehörst. Später werde ich dir Regeln beibringen, wie du dich in meiner Anwesenheit verhalten musst. Du wirst sehen, dass dir alles leichtfallen wird, auch wenn du dir das jetzt noch nicht vorstellen kannst. Heute wirst du nur eine erste Sache lernen: Wie sehr du dir gewünscht hast mir zu gehören, und wie glücklich es dich macht, dass ich dich jetzt zu mir genommen habe. Deswegen wirst du jetzt deine hübschen Beine schön wieder ausstrecken und sie ein bisschen öffnen, denn ich will dir etwas zeigen." Sanft zieht Charlotte die Arme von Petras Gesicht weg und Petra macht die Augen auf und sieht Charlotte an. Wehren will sie sich nun nicht mehr. Sie lässt ihre nackten Beine auf das Sofa zurücksinken und dreht die Füße leicht nach außen.

Charlotte legt ihre linke Hand flach auf Petras Bauch. Mit der rechten Hand streichelt sie Petra an der Innenseite der Oberschenkel, die sie allmählich ein Stück weit auseinander schiebt. Dann spuckt sie auf die Finger ihrer rechten Hand und beginnt ohne weitere Vorbereitungen in Petra einzudringen. Zunächst nur mit einem Finger, dann, als sie merkt, dass Petra keinen Widerstand leistet, mit zwei, drei und vier Fingern. Petra ist feucht und atmet schnell. Charlotte schiebt den Daumen zwischen die anderen vier Finger, beugt sich vor zu Petras Ohr und flüstert zwischen schnellen Küssen: „Achtung, ich komme jetzt zu dir Kleines, mach ganz weit auf für mich."

Dann beginnt Petra zu keuchen und schließlich zu stöhnen, als Charlottes Hand bis weit über das Handgelenk in sie einfährt und sie mit einem Trommelwirbel wütender Stöße fickt, dass es Petra schwarz vor Augen wird und sich unter Heulen und Fluchen ihr ganzer Unterleib um Charlottes Arm zusammenkrampft. Nie wieder will sie ohne diese fremde, ungeheuerliche Kraft auskommen.

„Das musst du auch nicht", flüstere ich in ihr Ohr.

Michelbeuern AKH

Otto hatte beschlossen, wieder einmal den langen Rundweg zu gehen. Es war Sonntag und es gab sonst nichts zu tun. Charlotte wollte lang ausschlafen und würde wohl erst am Nachmittag aus dem Bett steigen. Jener vertrauteste Rhythmus durchdrang Ottos Bewusstsein, eins-zwei, eins-zwei, eins-zwei. Ein wichtiger Teil der Rundweg-Erfahrung bestand darin, von zuhause bis zum Wienerwald zu Fuß zu gehen, kein Fahrzeug für die Anreise zu benutzen. Erst am Ende würde er für den Rückweg die U-Bahn nehmen, von Hütteldorf mit der U4 bis Längenfeldgasse, dann bergauf mit der Rolltreppe vom Bahnsteig zur Passage, und zwanzig Meter weiter gleich wieder hinunter über die Stufen zum Bahnsteig in der gegenüberliegenden Richtung, von dort mit der U6 bis zu seiner Aussteigestelle. Dann würde er mit bleiernen Füßen die paar Schritte zurück zum Reihenhaus gehen und sich erschöpft auf das Wohnzimmersofa fallen lassen. Die Gassen und Straßen waren noch vom eben erst vertriebenen Winter staubig und versalzt. Ein kühler Wind blies Otto ins Gesicht. Er steckte die Hände in die Jackentaschen. Außer den Girlanden der geparkten Autos war niemand auf der Straße. Bald erreichte er die Hetzendorfer Straße und die Straßenbahngleise der Linie 62, mit der man bequem ein gutes Stück des Weges zum Lainzer Tiergarten fahren konnte, aber Otto versagte sich ja gerade diese Bequemlichkeit. Als ihn die erste Straßenbahngarnitur ratternd überholte, war es ihm gleichgültig. Er unterquerte die Schnellbahnbrücke, die links und rechts der Straße auf dunklen Betonsockeln ruhte, so massiv wie Luftschutzbunker aus dem Zweiten Weltkrieg. Von diesem tiefsten Punkt aus wand sich die Straße in drei langen Schwüngen den Hetzendorfer Hügel hinauf, eingefasst von zwei lückenlosen Zeilen von Wohnhäusern, bis sie schließlich

an der Kreuzung mit der Atzgersdorfer Straße ihren höchsten
Punkt erreichte. Dort konnte man bereits auf die Ausläufer des
Waldes in Speising hinüberblicken. Durch die breite Speisinger
Straße ging es bergab, auch hier wenig Verkehr, vorbei an
Straßenbahnremise, Supermarkt, Volkshochschule, Polizeistation und Solarium. Die Stadt präsentierte ihre zivilisatorischen
Errungenschaften im Bauchladen, doch an einem Sonntag wie
heute gab es dafür keine Interessenten. Die ersten vierzig Minuten Gehzeit lagen nun schon hinter Otto, und noch immer
war rundum Beton. Er überquerte die begrünte Verkehrsinsel
am Speisinger Platz und bog links vom weit ausladenden Ge-
bäudekomplex des Krankenhauses in die Hermesstraße ein.
Vom Krankenhausgelände blickte der unverputzte Ziegelschlot
der Großwäscherei herüber, aus dem wie immer weißer Was-
serdampf nach oben stieg: Die Krankenstationen waren gut
ausgelastet. Die Straße verlief nun am Fuß eines steilen Hanges
in einer Talsenke. Links und rechts lagen Gartengrundstücke
mit Einfamilienhäusern. Doch hier unten am Gehsteig waren
davon nur die Gartenzäune zu sehen, die auf hüfthohen Mauer-
sockeln hockten und vorbeistreunende Spaziergänger auf ihren
Platz verwiesen. Natürlich sehnte sich Otto bereits an das Ende
dieser schnurgeraden eineinhalb Straßenkilometer, die bis zum
Lainzer Tor reichten, bevor der Weg dann ins Grüne führte,
aber er hatte gelernt geduldig zu sein, die Fußgängertugend.
Wer so langsam vorankommt wie ein Fußgänger, der lernt
harte Bretter zu bohren, dachte Otto. Der Fußgänger geht unbe-
irrt seinen geraden Weg voran, auch wenn er mit grauem Beton
gepflastert ist. Er weiß, dass die Erfüllung schließlich immer
nur eine begrenzte ist, er drängt sich am Lainzer Tor durch die
Mauer, die den Lainzer Tiergarten umgibt, der ja kein Tierpark
ist, sondern ein ehemaliges kaiserliches Jagdgebiet, in dem
jetzt allerdings einige Arten von Paarhufern in Gehegen gehal-

ten werden, und wo eine kleine Population von Wildschweinen in den Wäldern umherläuft, und auch innerhalb der Mauer geht man zunächst noch lange auf asphaltierten Fahrwegen und zwischen sumpfigen Wiesen. Erst später dann senkt sich der Wienerwald über diese Wege und beim Schwitzen in den Anstiegen stellt sich endlich ein Waldgefühl ein und ein Naturgefühl. Doch vorläufig bewegte sich Otto noch schnellen Schrittes die Hermesstraße entlang. Zwischen den Kronen der Bäume, die als Allee die Straße säumten, schimmerte das Blau des Himmels. Auch hier in der Talsenke wehte der Wind böig und lebhaft. Otto fluchte still über die endlose Reihe der hässlichen Autos, die hier überall geparkt standen, offenbar weil die Gartengrundstücke so beengt und steil waren, dass die Besitzer keine ausreichend großen Garagen errichten konnten und ihre Fahrzeuge auf der Straße stehen ließen. Auf diesen Feind, das Automobil, konnte er sich verlassen. Überall rief sich die verfehlte Verkehrspolitik in Erinnerung und lud ein zu Beschimpfung und Verachtung. Otto achtete auf seinen Atem und auf effiziente Bewegungsabläufe, seine Schultern spannten etwas und er versuchte sie durch leichtes Kreisen und wiederholtes Anspannen der Armmuskulatur zu lockern. Er bemühte sich, nicht verbissen zu sein. In seinem Alter hatte der Körper sein Potenzial zur Effizienzoptimierung der Gehbewegung sicher bereits ausgeschöpft, große Durchbrüche waren nicht mehr zu erwarten, also empfahl sich vor allem anderen Gelassenheit. Er wollte ruhig, wenn auch vielleicht zügig, seinen geplanten Weg entlanglaufen, so wie er es in Zukunft seinen Schülern und Schülerinnen raten würde, die zur politischen Fuß-geh-Bewegung stoßen und sich unter seiner Anleitung in Gruppenwanderungen mit den politischen Perspektiven auseinandersetzen würden. Den Plan mit den Gruppenwanderungen hatte Otto schon seit einigen Jahren, aber bisher hatte er fast nichts davon auch so umgesetzt, wie er es sich schon oft vorgestellt hatte. Er hatte gezögert und gezaudert, ja.

Vor dem Lainzer Tor traten die Gartenmauern zurück. Hier befand sich die Endstation der von Otto verschmähten städtischen Buslinie 60B und dahinter ein Parkplatz für die motorisierten Spaziergänger, die später unmittelbar vor oder nach dem Verzehr ihres sonntäglichen Schnitzels einschweben würden, um sich zwischen Kinderspielplatz und Karpfenteich die Füße zu vertreten. Otto durchquerte die schmale Pforte in der Begrenzungsmauer und orientierte sich an der Weggabelung nach rechts auf den Waldlehrpfad, der auf kürzestem Weg zur ehemals höfischen Hermesvilla und dann daran vorbei in die Steigungen hinauf zum Rohrhaus führte. An manchen der Laubbäume sprießten schon die ersten Blätter und aus dem schweren, dunklen Waldboden ragten zarte Frühlingshalme und die letzten Schneeglöckchen. Nach den Kilometern auf Beton war der weiche Untergrund eine Wohltat für die Beine. Die noch kahlen Sträucher zeichneten im schrägen Sonnenlicht verschnörkelte Schatten, die beim raschen Gehen ein leichtes Schwindelgefühl erzeugten. Überhaupt spürte Otto jetzt einen Kopfschmerz im linken Hinterkopf. Der Schmerz reichte bis in den Sehnerv. Otto beschloss nicht darauf zu achten. Der kleine Bach, auch jetzt im Frühling eigentlich nur ein Rinnsal, gluckste friedlich ein paar Meter neben dem Weg. Das Zögernde war der Sache jedenfalls angemessen. Wer sich entschloss, sich politisch mit dem Zu-Fuß-Gehen zu beschäftigen, der schielte nicht auf kurzfristige Ergebnisse. Seit der Adoleszenz hatte sich Otto stark für Politik interessiert, schon Jahre vor seinen fruchtlosen Zivildienst-Debatten mit Richard. Da er zwischendurch den religiösen Glauben seiner Kindheit verloren hatte, war er meistens auf der Suche nach Sinnstiftung, und Politik war dafür immer eine mögliche Antwort gewesen. Aber die

Politik der Parteien, der Fernsehnachrichten, der Jugendverbände kam nie in Frage. Was er suchte, war eine individuelle Form von Politik, in der man nicht Rücksicht auf andere nehmen musste. Gern wäre er libertärer Anarchist gewesen, aber auch diese Spielart gesellschaftlicher Naivität brachte er nicht zustande. So wünschte sich Otto also im Stillen eine Politik des Individuums, die es ihm erlauben würde, gesellschaftliche Zusammenhänge zu gestalten, ohne sich selbst einer Gruppe zu verpflichten. Manchmal stellte er sich eine zukünftige Visitenkarte vor, auf der er seinen Beruf mit „Fuß-geh-Berater" angeben würde. Das war dann allerdings schon nah am Gipfel der Lächerlichkeit, was übrigens ein guter Name für einen der sogenannten Berge im Wienerwald wäre, warum nicht gleich hier im Lainzer Tiergarten. Heute stand allerdings nicht der Gipfel der Lächerlichkeit am Programm, sondern eben das Rohrhaus, dann der Weg hinüber zum Wiener Blick und die Rampe hinunter ins Tal zum Nikolaitor. Otto stapfte über das kurze Stück Fahrstraße am Ausgang des Waldlehrpfads und in unmittelbarer Nachbarschaft der Hermesvilla, das unvermeidlich war, wenn man den ruhigeren Waldweg auf der linken Talseite des Anstiegs zum Rohrhaus erreichen wollte, abseits der betonierten Kinderwagenstrecke auf der rechten Seite mit ihren öden Serpentinen. Klar, die Frequenz anderer Spaziergänger, die einem hier auf dem Weg rund um die Hermesvilla begegneten, war sehr hoch, zu hoch. Das war eben der Preis für ein mit öffentlichen Linienbussen erreichbares Wandergelände auf dem Gemeindegebiet einer großen Stadt. Wenn die Leute, denen man begegnete, nicht gerade weiblich, jung und attraktiv waren – was selten genug vorkam – dann musste man sie einfach ausblenden und sich ein bisschen auf den Waldboden konzentrieren, oder auf die hohen, schlanken Rotbuchen mit ihren Wipfeln, die weit oben im Wind tanzten. Otto passierte den meterdicken, von Schwämmen überwucherten Stamm einer gefällten Eiche, der seit Jahren an dieser Stelle gleich neben dem Weg lag, pittoresk platziert. Kinder schlugen gern mit Stöcken darauf ein. Dahinter öffnete sich noch eine grasbewachsene Lichtung und dann erreichte der nun merklich ansteigende Weg den Wald, wo er nach zwei kurzen Kehren zu einer Tür in dem rostigen Drahtzaun führte, der die Wildschweine von den unteren Teilen des Geländes fernhielt, und wohl auch von den Blumenbeeten rund um die Hermesvilla. Hinter diesem letzten Zaun befand sich Otto endlich in einem geschlossenen Baumbestand, wo es wegen der Steilheit des Anstiegs nun weniger Spaziergänger gab und wo man bei schlechten Wetterbedingungen gelegentlich für einige Minuten allein war. Otto hörte wieder nur den Rhythmus seiner Schritte, eins-zwei, eins-zwei, eins-zwei. Er passte seine Geschwindigkeit der Steigung an, so dass er zwar nicht unterfordert war, aber auch nicht außer Atem kam. Ach, die elendige Erfahrung in all diesen Dingen! Dass nie etwas misslang, man immer richtig vorbereitet war, es keine Überraschungen gab! Eben die Schrecken des mittleren Lebensalters. Natürlich konnte man, wie manche von Ottos Kollegen, Abenteuerurlaube buchen und dann stolz von bestandenen Gefahren in südamerikanischen Wüsten oder auf isländischen Gletschern erzählen. Aber das hatte doch immer etwas von Disney-World. Dann gab es die Bewegungstalente, die jedes Jahr eine neue Extremsportart erlernten und im Urlaub ohne Sauerstoff nach Perlen tauchten, in Hawaii den Triathlon bestanden oder einen Achttausender bezwangen. Vielleicht ernährten sich diese Menschen anders, jedenfalls konnte Otto in sich die Energie für solche Unternehmungen nicht entdecken. Sein Maßstab war dieser hier, das Gehen, und darin fühlte er sich eins mit der Mehrheit der Bevölkerung, zumindest mit jener überwiegenden Mehrheit, die wie er in der zweiten Lebenshälfte stand. Er kam voran. Der Boden war steindurchsetzt und lehmig und an manchen Stellen querten ihn betonierte Abflussrinnen für Regen- oder Schmelzwasser. Auf der Strecke hinauf zum Rohrhaus gab es auch zwei Ruhebänke, die etwas erhöht neben dem Weg standen, so dass Rastende auf die vorbeikommenden Spaziergänger hinunterschauen konnten. Heute waren die Bänke unbesetzt. Otto blickte immer wieder den Hang hinauf nach oben, bis er zwischen den Baumstämmen den Himmel durchschimmern sah – der Hügelrücken war bald erreicht. Noch nie war es ihm gelungen, an dieser Stelle nicht die Schritte zu beschleunigen, als wäre es eine Art von Errettung, aus der Steigung hinauszukommen, als wäre hier ein Gipfelsieg erreicht, der rechtfertigte, nach links die Kurve in den Gaststättenbetrieb des Rohrhauses zu nehmen und sich mit Erbsensuppe oder Linsen mit Knödeln wiederherzustellen. Otto blieb stehen und ließ den Blick über die Spiel- und Lagerwiese hinüber zu den bewaldeten Abhängen drüben auf der anderen Seite der Westautobahn gleiten. Der Wind blies hier oben noch kräftiger und kleine Wolken zogen schnell über den Himmel. Er wendete sich nach rechts und ging langsam weiter.

Ein Bürger mittleren Alters, der in seiner Freizeit allein durch den Wald geht – war das nicht die elementare Grundeinheit für ein funktionierendes demokratisches Gemeinwesen? Wenn auch das Politiksystem wucherte, sich mit Wirtschaft und Massenmedien in unheilvollen Abhängigkeitsverhältnissen verschränkte, bestand hier nicht noch immer die unauslöschliche politische Hoffnung, in ihm selbst, so wie in hunderttausenden anderen Fußgängern und Fußgängerinnen, die in Muße, selbstbestimmt und nachdenkend durch die Landschaft zogen? Otto war davon überzeugt wie eh und je, und wieder einmal überfiel ihn diese uneingeschränkt optimistische Stimmung, dieser Tatendrang, diese Überzeugung, dass für ihn nur politisches Handeln wirklich erfüllend sein konnte und dass man mit dem Zu-Fuß-Gehen anfangen musste, unbedingt. Von unten musste er sich dem Politiksystem nähern, barfuß, bescheiden, machtlos, und durch geschickte Interventionen in allen möglichen Medien, aber vor allem mit dem Wort als Waffe, die Dinge ins Laufen bringen, nach Schneeball-Logik. Dann würde er sich mit Gleichgesinnten zusammenschließen und vom Gehsteig aus zu den Fenstern des Kanzleramts hinaufrufen. Otto spürte, dass er dem Harndrang nicht mehr lange widerstehen konnte. Er hätte doch die Toilette im Rohrhaus aufsuchen sollen, aber zurückgehen wollte er nicht. Auf dem Wegstück, auf dem er sich jetzt befand und das in einer Viertelstunde leicht ansteigend vor zum Wiener Blick führte, war die Fußgängerdichte recht hoch, denn der Forstweg war kinderwagentauglich. Keine guten Voraussetzungen, um unbemerkt hinter einem Baum zu pinkeln, aber Otto war fest entschlossen, vielleicht im Schwung seiner politischen Visionen. Er eilte also zwanzig, dreißig Meter vom Weg hinunter zu einer dicht stehenden Baumgruppe. Er schaute links und rechts den Weg entlang und vergewisserte sich, dass inzwischen niemand um die Wegbiegungen gekommen war, riss sich die Hose auf und pinkelte hastig. Von fern hörte er Kinderstimmen. Gern wäre er jetzt zurück oben am Weg gewesen, aber der Strahl versiegte nur langsam, während Otto schon wieder die hellen Rufe hörte. Wie sollte einem bei so viel sozialem Stress denn die Entleerung der Blase echte Erleichterung verschaffen? Nur kurz schüttelte er die letzten Tropfen ab und ließ den Gummi seiner Unterhose wieder hochschnalzen, hatte auch schon die Hose geschlossen und ging mit raschen Schritten zwischen den Bäumen zurück zum Weg. Er merkte, dass er sich zu sehr beeilt hatte: In der Unterhose spürte er einen unangenehmen nassen Fleck. Otto schauderte vor Scham, der gleichen Scham, die er empfunden hatte, wenn er als Kind und Jugendlicher eine unsaubere Unterhose zusammengeknüllt im Schmutzwäschekorb vergraben hatte. Eine Windböe fuhr ihm von hinten ins Genick. „Die Fratze des Systems pfeift uns kalt um die Ohren", sagte sich Otto befriedigt und ging weiter den Forstweg entlang. Seine Schritte knirschten leise, wenn er auf Kieselsteine trat. Ein älteres Ehepaar in Wanderkleidung kam ihm entgegen. „Grüß Gott", sagte die Frau und Otto grüßte zurück. Für Fuß-geh-Politik waren die beiden verloren. Wie viel Prozent der Fußgängerinnen und Fußgänger könnte man denn überhaupt erreichen mit einer solchen Kampagne. Sicherlich nur eine Minderheit. Das war ja überhaupt die Schwierigkeit, dass die Menschen sich so stark voneinander unterschieden. Einfacher wäre Politik in einer Kolonie von Klonen. Was für ein Unsinn. Die Verschiedenheit der Menschen war wundervoll. Otto hatte gelernt, dass er bei anderen sehr wenig voraussetzen konnte. Nicht nur, weil sie andere Erfahrungen gemacht hatten als er und zu anderen Einsichten und Schlussfolgerungen gelangt waren, sondern vor allem, weil diese anderen Erfahrungen schon die Folge waren von anderen Voraussetzungen, und zwar nicht nur Voraussetzungen des familiären und gesellschaftlichen Umfelds, in dem jeder Einzelne aufwuchs, sondern auch von Voraussetzungen des persönlichen Denkstils, der wohl angeboren war. Inzwischen wusste er, dass seine eigene Art zu denken ungewöhnlich war. Es war dies für ihn eine Selbsterkenntnis erst der letzten Jahre, gewonnen an vermischter kognitionspsychologischer Lektüre, und etwas, das für ihn nicht leicht zu akzeptieren gewesen war. Die meisten Menschen konnten mit Ottos Konzentration auf das Handeln des Einzelnen in einer unbelebten Umwelt grundsätzlich nicht viel anfangen. Für sie war wohl die Gruppe immer schon vorausgesetzt, sie dachten in Gruppenzusammenhängen – Familie, Freunde, Nation. Trotzdem, gerade diese Unterschiede zeigten doch, dass Ottos Ansatz der bessere war, denn wenn die Menschen so verschieden waren und verschieden dachten, dann musste man sich ja gerade dem Einzelnen in seiner Unverwechselbarkeit zuwenden, wenn man allen gerecht werden wollte. Man musste mit dem Zu-Fuß-Gehen beginnen, auch wenn keiner etwas davon hören wollte. Es war fast zum Verzweifeln. Otto bückte sich, hob einen kleinen Stein auf und schleuderte ihn in den Wald, dann lachte er sich selbst aus dafür. Was hatten sie denn erreicht mit ihrem Fokus auf die Masse und die Mehrheiten? Ein unerträgliches Gebräu politischer Machinationen und Manipulationen, das den politischen Eliten selbst schon unheimlich wurde. Eine ausdifferenzierte Demokratie, deren verbindende Legitimation immer löchriger wurde. Respekteinflößend war das nicht. „Nur keine falsche Ehrfurcht vor überkommenen Autoritäten", dachte Otto und beschleunigte seine Schritte. Er war nun an die Stelle gekommen, an der es sich auszahlte, den Weg zu verlassen und sich nach links zwischen den Bäumen einen kurzen Steilhang hinauf durchzuschlagen, um dann weglos am oberen Ende der Leiten herauszukommen, von wo man über die ganze Breite dieses Kahlschlags nach unten sehen konnte, und sich eben der sogenannte Wiener Blick über die westlichen Bezirke der Stadt und darüber hinaus nach Osten auftat. Hier muss im Jahr 1925 die Malerin Maria Rosanka aus Heimito von Doderers Strudlhofstiege gestanden sein, als sie im Lainzer Tiergarten ihr „Ölbildchen im Formate 20 x 20" entwarf: „Man sah darauf die Kuppe, jedoch zugespitzt. Es war ein Spitzkopf und zwar der eines alten Mannes, oben ohne Haar, den Haarkranz aber bildeten bei näherem Zusehen viele Pärchen, minutiös gemalt, alle in den tollsten und widerlichsten Verrenkungen." Otto sah die nackten Pärchen aus der Wiese wachsen, mit den Fingern auf dieses oder jenes Gebäude in der Stadt zeigen und lustig plaudernd kopulieren. Und natürlich fiel ihm bei Doderer auch gleich die „spinatgrüne Erhabenheit mugel-auf und mugel-ab" ein, die er „als anständiger Mensch positiv zu bewerten" hatte. Er tat also, was man von ihm erwartete. Der Wind ließ heute nicht zu, dass das Panorama im Dunst versank, und Otto konnte sogar am anderen Ende des Wiener Beckens das Leithagebirge an der Grenze zur Slowakei einwandfrei erkennen. Er machte eine kleine Verbeugung, um sich bei den Nackten aus der Zwischenkriegszeit für die Vorstellung zu bedanken, dann schnippte er im Weitergehen leicht mit den Fingern und ließ die Erscheinung wieder im winterfeuchten Boden verschwinden. Sicher waren sie zu ihrer Zeit alle gute Fußgängerinnen und Fußgänger gewesen, ganz sicher.

Nun aber hieß es von diesem Ort möglichst rasch wegzukommen, bevor all die übersinnlichen Kräfte zu einer ernsten Gefahr für Ottos vorbildlich nüchternes Sonntagsprogramm werden konnten. Fast im Laufschritt überquerte er die Wiese talwärts und erreichte schließlich den Weg, der hier am Waldrand unter den ersten Bäumen zunächst noch sanft abfallend dahinlief, bald aber zu einer steileren Rampe wurde, die über die Hänge des Nikolaiberges nach unten Richtung Wiental führte. Nach einiger Zeit würden die hoch in den Hang gebauten ersten Wohnhäuser zwischen den Bäumen auftauchen, das würde es dann gewesen sein mit der Natur, es war also der Moment gekommen, noch schnell ein paar Worte an die Weggefährten der imaginären Gruppenwanderung zu richten. „Liebe Aktivistinnen und Aktivisten, ihr müsst euch eine harte Schale zulegen, wenn ihr den Rechten der Fußgängerinnen und Fußgänger zum Durchbruch verhelfen wollt. Niemand sonst wird unseren Kampf für uns ausfechten. Auf der Straße muss sich jede und jeder einzelne von euch den eigenen Platz erkämpfen, ihn verteidigen und bewahren. Es gibt Anliegen, denen leicht mehr Raum eingeräumt wird als unserem. Niemand wird verächtlicher gemacht als der, der ohne technische Hilfsmittel sich im Schritttempo fortbewegt. Doch keine gesellschaftliche Basis ist breiter als unsere, kein Thema betrifft wie unseres jeden Einzelnen. Wir fordern keine Privilegien vor anderen Bürgern, sondern nur dies: Dass der Mensch und nicht das Fahrzeug im öffentlichen Raum Vorrang hat. Dass Lebewesen und nicht Maschinen im Zentrum stehen. Dass jede Maßnahme der Stadtplanung ihren Nutzen für die Fußgängerinnen und Fußgänger erklären muss. Das ist der Anfang." An einer besonders abschüssigen Stelle verfiel Otto kurz in einen selbstzufriedenen Laufschritt, ließ sich von der Schwerkraft nach unten tragen. „Denn wenn wir Erfolg haben, wird sich unsere Initiative nicht mit Fragen der Raumplanung und Verkehrspolitik zufrieden geben. Dann werden wir weiterfragen: Sind denn die Fußgängerinnen und Fußgänger eine kollektive Größe wie der Automobilverkehr? Nein, das sind sie keineswegs. Denn der Zu-Fuß-Gehende hat keine technischen Zurüstungen bei sich, er ist nichts weiter als der Bürger, die elementare Größe der Demokratie. Deshalb lässt er sich auch niemals in Kategorien des Gruppennutzens auflösen, sondern pocht auf seinen ganz individuellen Geltungsanspruch. Die Fußgängerin bedeutet das Ende der massenpolitischen Nutzenoptimierung. Damit wird sie auf lange Sicht zur größten Herausforderung für unser überdehntes, erschöpftes, ausgehöhltes politisches System, indem sie es zwingt, sich auf die Fürsorge für den Einzelnen zurückzubesinnen. Ihr merkt schon, liebe Aktivistinnen und Aktivisten, wir fangen zwar klein an, aber unsere Ziele sind umso ehrgeiziger. Wir sind nicht mehr und nicht weniger als die Zukunft einer erneuerten Demokratie."

Nicht schlecht, dachte Otto, der den ganzen Redeschwall in pathetischem Tonfall sich selbst vorgetragen hatte. Hier in der Nähe des Talbodens, durch den sich auf der Westautobahn der Sonntagnachmittagsverkehr der Ausflugsrückkehrer in die Stadt hineinwälzte, wuchsen zu dieser Jahreszeit die würzigen, hellgrünen Blätter von Bärlauchpflanzen in großen Matten zwischen den Bäumen und verbreiteten einen starken, fast unangenehmen Geruch. Einzelne ältere Frauen standen mit Plastiksäcken breitbeinig zwischen den Pflanzen und sammelten die schönsten Blätter, um sie später wie Spinat zu verarbeiten. Sie mussten beim Pflücken sorgfältig vorgehen, damit sie nicht die ähnlich aussehenden giftigen Blätter von Maiglöckchen erwischten, die jedes Jahr für einige von den Zeitungen kolportierte Vergiftungsfälle sorgten. Es ging nun in Spitzkehren die letzten steilen Hänge hinunter bis zu einer kleinen Kapelle, zu einem unsinnigen und wenig frequentierten Kinderspielplatz mitten im Wald und schließlich vorbei am unbesetzten Kontrollhäuschen der Parkaufsicht zur hölzernen Pforte des Nikolaitors an diesem untersten Abschnitt der Begrenzungsmauer. Otto trat hinaus in die stark verparkten Gassen des schmalen Streifens von Villen und modernen Mehrfamilien-Wohnhäusern, der sich, eingezwängt zwischen den steilen Waldhängen und dem Bett des Wienflusses, über einige hundert Meter bis zur U-Bahn-Station Hütteldorf erstreckte. Von der mehrspurigen Einfallstraße herüber dröhnte dumpfer Motorenlärm.

Als er dann den oberirdischen Bahnsteig des Hütteldorfer Bahnhofs erreichte, waren in nächster Nähe die eingeschalteten Flutlichter des Hanappi-Stadions zu sehen, wo etwas später das Sonntagnachmittagsspiel der österreichischen Fußball-Bundesliga zwischen dem SK Rapid Wien und Admira Wacker beginnen würde. Einzelne verfrüht angereiste Fans mit grünweißen Schals schlichen durch den Bahnhof. Eine Garnitur der U4, die hier ihren Endbahnhof hatte, stand schon mit offenen Türen bereit. Laut der elektronischen Anzeige über dem Bahnsteig würde der Zug in zwei Minuten abfahren. Otto stieg ein, setzte sich auf einen Fensterplatz und lehnte sich müde an die orange lackierte Wagenwand. Zwölf Minuten bis zur U6 in der Längenfeldgasse, schätzte er, von dort noch einmal so weit bis zu seiner Station. Aussteigen, nachhause gehen, den Sonntagabend überleben.

Währinger Straße

„Schneller, schneller!", riefen alle zusammen. In der Mitte drängten sich Menschen an die beiden Fenster, die endlich zerbrochen waren. Doch noch immer waren die Öffnungen nur klein, und spitze Zacken des Fensterglases ragten weit in die Mitte und machten es für ältere, schwächere oder weniger mutige Passagiere schwer hinauszugelangen. In der flackernden Notbeleuchtung konnte man gerade noch erkennen, dass der Rauch im Waggon immer dichter wurde. Während sie warteten, stampften die Menschen rhythmisch mit ihren Schischuhen auf den Boden. Alle paar Sekunden begann eine Frau schrill zu schreien, dann fielen die anderen im Chor ein, alle, Männer, Frauen und Kinder, ein ohrenbetäubendes Gekreische hob an und brach gleich darauf plötzlich wieder ab, so dass für kurze Zeit wieder nur das schwere, gleichmäßige Trampeln der Schischuhe zu hören war, das Quietschen der in den Flammen schmelzenden Kunststoffverschalung und das Ächzen jener beiden Passagiere, die gerade an der Reihe waren, durch die Fenster nach draußen zu klettern. Zunächst vereinzelt, dann immer häufiger und lauter mischte sich auch Husten in den Lärm, ein rasch anschwellendes Husten, Keuchen und Um-Luft-Ringen.

Links bewegte sich der Rauch nur leicht, einige Menschen standen in geordneter Formation auf einer Eisenstiege und schwenkten synchron ihre Arme und Beine. Bis auf das Aufschlagen ihrer Schischuhe auf den Stufen war es hier ruhig, allerdings zerriss zwei- oder dreimal ein kräftiger Ruf das Schweigen: „Wir sind die Glücklichen", riefen dann diese Menschen, „wir könnten gerade noch einmal davongekommen sein."

Auf der rechten Seite war es am finstersten. Eine große Windmaschine blies dichten, dunklen Rauch über eine Stiegenkonstruktion nach oben, in den Rücken einer zusammengedrängten Menschenmenge, die so wie die linke Gruppe synchron ihre Glieder schwenkte. „Schneller, schneller", wurde hier gerufen, „wir müssen hinauf, wir müssen ganz nach oben!"

Von der Mitte kam die Antwort: „Schneller, schneller!" und „Schneller, schneller, nichts wie raus hier!" Dann begann wieder das Kreischen.

So wiederholte sich der Wechselgesang der drei Gruppen einige Male. Wer durch die geborstenen Fenster ins Freie gelangte, schloss sich jeweils der linken oder rechten Gruppe an und fiel ein in das „Wir könnten gerade noch einmal entkommen sein" oder in das „Wir müssen hinauf, wir müssen ganz nach oben". Vereinzelt sank im Waggon in der Mitte auch jemand zu Boden und blieb liegen, während auf der rechten Seite das Stampfen allmählich zaghafter klang und immer mehr der aufsteigenden Schifahrer sich auf den Stiegen niederließen und lautlos in sich zusammensackten.

Da wurde von oben ein bedruckter Bühnenvorhang herabgelassen, auf dem ein Kapruner Bergpanorama mit tief verschneiten Gipfeln, strahlend blauem Himmel und einer gleißenden Sonne zu sehen war, dazu erklang die Marschmusik einer Blasmusikkapelle, die das Geschrei übertönte. Im Vordergrund des Panoramas klebten wuchtige Schneepölster auf den Ästen einer Fichte, die kerzengerade auf einem Steilhang stand. Nach einigen Takten wurde die Marschmusik leiser. Der Vorhang wurde wieder in die Höhe gezogen und dem Publikum präsentierte sich erneut das vorige Tableau, jedoch in veränderter Form:

In der Mitte lagen die im Waggon Verbliebenen bewegungslos am Boden. Im linken Bereich der Bühne saßen die Schifahrer breitbeinig auf den Stufen und tranken Wasser aus großen Plastikflaschen, die sie zwischen tiefen Schlucken vom Mund absetzten und in ihren Schoß sinken ließen, während sie gedankenverloren ins Parterre starrten. Auf der rechten Stiege, wo die Flüchtenden versucht hatten, durch den langen Tunnel der Zahnradbahn nach oben zu entkommen, gab es fast nur noch Tote, die durch Rauchgasvergiftung umgekommen waren und zusammengekauert oder in grotesken Stellungen hingestreckt auf den Stufen lagen. Hier bewegte sich ein ausgestreckter Arm langsam, dort schlenkerte ein Unterschenkel über den Rand der Stiege. Es war das große Sterben, aber dennoch erst der zweite Akt der Uraufführung im Volkstheater. Charlotte, die beruflich hier war, um eine Kritik für den HORIZONT zu schreiben, sah dem Rest des Abends mit wenig Hoffnung entgegen. Wenn schon der dramaturgische Höhepunkt des Stücks so plakativ ausfiel, würden wahrscheinlich auch die folgenden Teile wenig erkenntnisreich vorbeiziehen, in denen es laut der Rezensionseinladung um das Nachspiel vor den Gerichten ging, inklusive der Verwicklungen um den New Yorker Staranwalt, der die Hinterbliebenen der Opfer mit einer Sammelklage um sich scharte.

Der Stoff war ja interessant: Das Hochgebirge mit seinen Gletschern, das für die unterirdische Bergbahn angebohrt worden war, um die Wochenendschifahrer ohne Zeitverlust auf die schneesicheren Hänge transportieren zu können, übte seine Rache am industriellen Fremdenverkehr, an den erlebnishungrigen Touristen und den selbstbewussten Ingenieuren. Der Weg ins alpine Schneeparadies endete in der Feuerhölle des Tunnels. Doch die Zivilisation der Täler schlug sogleich zurück mit Bildberichten der Tageszeitungen aus dem rußgeschwärzten

Tunnel, mit inszenierten juristischen Vernichtungsfeldzügen vor den Kameras der Weltmedien und mit findigen Geschäftsideen, wie der Unfall von Kaprun kommerziell zu verwerten wäre. Es war die Art von tagesaktuellem, oberflächlich politischem Theater, die sich einem unterhaltungsorientierten Theaterpublikum ganz anständig verkaufen ließ. Charlotte spürte, dass sich in ihren Fingerspitzen ein gnadenloser Verriss zusammenbraute. Nervös trommelte sie mit den Fingern auf der Stuhllehne. Sie hatte Lust auf eine Zigarette, aber sie rauchte ja nicht mehr und außerdem war sie im Theater. In Gedanken saß sie unterdessen schon am Computer und trat mit heftigen Fußtritten ihren Text zusammen. Tatsächlich hatte sie häufig starke Aggressionen gegen die Texte, die sie für die Zeitschrift schrieb, oft wartete sie vor dem ausgeschalteten Computer noch eine halbe Stunde, bis sich genug Wut aufgestaut hatte für einen Artikel. Der Zorn war ihr stärkster Verbündeter. Charlotte hatte gelernt, dass sie sich mit Zorn bei den Kollegen Respekt verschaffen konnte, und bei sich selbst Vergebung und Vergessen. Sie war ja, überlegte sie, selbst das am hellsten lodernde Feuer der Redaktion, die Furie von der Kultur. Sie war ein mittelalterlicher, unerbittlicher Drache, na bitte, sehr schön, weit hatte sie es gebracht. Es konnte eigentlich nur eine Konsequenz daraus geben: Um in ihrer Rolle authentisch zu bleiben, musste sie sich weiter steigern, noch härter werden und noch unerbittlicher. Zufrieden kaute Charlotte an ihrer Unterlippe, während auf der Bühne ein beeindruckendes bengalisches Feuer abgebrannt wurde.

Der Abend duftete schwach nach den blühenden Ziersträuchern in den städtischen Parks, aber es hatte mittlerweile zu nieseln begonnen. „Das Föhnen nach der Dusche hätte ich mir also sparen können", dachte Richard. Er kam zu Fuß die Burggasse herunter, nachdem er mit der Fußballrunde im Plutzer Bräu am Spittelberg noch ein paar schnelle Gläser Bier getrunken hatte. Er gab die Sporttasche von der linken in die rechte Hand und hob die jetzt freie Linke vors Gesicht, so dass der Ärmel seines leichten Frühlingsmantels die wuchtige Armbanduhr freigab. Die Zeiger standen auf 22 Uhr 50. Er wechselte auf die linke Straßenseite, um am Volkstheater vorbei zur U-Bahn zu gelangen. Aus dem hell erleuchteten Eingang des Theaters, über dem ein roter elektrischer Neonstern thronte, kam das Theaterpublikum in Grüppchen über die Stiegen herunter und zerstreute sich zu den verschiedenen Straßenbahn-Stationen und in die Stiegenabgänge zur U-Bahn, manche überquerten auch die mehrspurige Straße in Richtung der Cafés im gegenüberliegenden Museumsquartier. Auf einem großen Schild war der Titel der Vorstellung zu lesen: „Gletscherfeuer". Richard dachte an den letzten Schiurlaub mit Petra und ihre überstürzte Abreise aus dem Hotel, eine widerwärtige Erinnerung. Da lobte er sich das risikolose wöchentliche Fußballspielen mit den Kollegen. Den Alpen blieb man besser fern, vor allem ihrer kannibalischen Bevölkerung. Es war im Leben wichtig zu wissen, welche Spiele man spielen sollte und bei welchen man gelangweilt abwinkte. Es war wichtig zu wissen, mit welchen Frauen man schlafen sollte und bei welchen man gelangweilt abwinkte. War Petra noch den Beischlaf wert? Zur eigenen Freundin muss man großzügig sein, also ja. Warum nicht, nach dem Nachhause-Kommen und einer schnellen Mahlzeit, er war zwar körperlich müde vom Fußball, aber eine langsame Nummer, nichts übertrieben Ehrgeiziges, lag im Bereich des Möglichen. Wie immer bei Kunstevents waren Frauen in der Mehrheit. Es waren auch einige Jüngere dabei, die beiden da drüben mit langen glatten Haaren, die eine hell, die andere dunkel. Und dort, die dünne Großgewachsene – das war doch nicht – Charlotte! Er machte ein paar schnelle Schritte, um sie einzuholen.

„Hallo! Wo kommst du denn her?"

„Na sowas! Richard! Ich habe im Gletscherfeuer geschmort. Du auch? Wohl eher nicht."

„Wieso nicht? Bin ich zu ungebildet für das Stück?"

„Aber nein – die Sporttasche? Ich kenne wenige Leute, die mit einer Sporttasche ins Theater gehen, außer Balletttänzern. Und ich glaube nicht, dass die Komparsen in dem Stück eine Ballettausbildung hatten. Mit Schischuhen stampfen kann jeder. Und dass du beim Ballett bist, wäre mir auch neu."

„Mir auch, allerdings. Wo ist Otto? Hast du ihn nicht mitgenommen?"

„Keine Ahnung, wo der ist. Vermisst habe ich ihn jedenfalls nicht. Nein im Ernst, ich bin beruflich hier. Ich habe die Ehre, das Stück für den HORIZONT zu verreißen."

„War es denn so schlecht? Der Titel klingt kitschig."

„Schlecht trifft die Sache gut, über kitschig muss ich nachdenken. Vielleicht sollte ich dir noch ein paar Minuten zuhören, dann habe ich alle Stichwörter, die ich brauche."

„Ja, als Zufallsgenerator bin ich vielleicht geeignet", sagte Richard und lachte. Charlotte lachte mit, er hatte gute Zähne, man muss ihn zum Lachen bringen.

„Um ehrlich zu sein, meine Sehnsucht nach meinem Schreibcomputer hält sich gerade in Grenzen. Gehst du mit mir schnell noch etwas trinken?"

„Warum muss jedes einigermaßen spektakuläre Ereignis von der Öffentlichkeit endlos wiederholt werden?", fragte Charlotte. Richard war klar, dass von ihm keine Antwort erwartet wurde. „Reicht es nicht aus, wenn es genau einmal passiert? Woher dieser Verdoppelungszwang? Ist es nicht genug, die

Dinge einmal geschehen zu lassen und dann das verdammte Maul zu halten?"

„Der Gentleman schweigt und genießt", sagte Richard lahm und war froh, ignoriert zu werden. Offenbar begann ihnen der Alkohol inzwischen zuzusetzen. Seit einer Stunde tranken sie resolut.

„Ich habe manchmal den Eindruck, mir ständig den Mund fusselig zu reden oder zu schreiben, vielleicht eine Journalistenkrankheit, aber das ist doch auch kein Trost. Oder was meinst du? Sag doch auch einmal etwas, du schweigst die ganze Zeit. Langweile ich dich? Entschuldige bitte, du solltest wahrscheinlich längst zuhause sein und ich halte dich hier auf mit meinem Redeschwall."

„Mir gefällt das, wenn du redest. Du bist witzig."

„Ich bin witzig? Das ist lieb von dir, Richard, das höre ich selten. Die meisten finden mich wohl eher zu ernst für mein eigenes Wohl."

„Ernst oder nicht, immerhin hast du etwas zu sagen. Das kann man von den meisten Leuten, mit denen ich zu tun habe, nicht behaupten."

„Au ja, Richard, ich sage lauter bedeutungsschwangere Sätze. Wenn man es genau nimmt, bin ich ein Sprachschwergewicht. Wer meine knochendürre Gestalt so sieht, würde das zunächst nicht vermuten. Doch dann öffnet sich langsam mein Goldmund und die Wortkaskaden schweben hernieder zu den Menschen. Das Licht ändert sich unmerklich, ein zauberhafter Glanz legt sich über die Welt, neue Einsichten erschließen sich, nie geschaute Bedeutungen werden begreifbar, Gelehrte erfassen mit meiner Hilfe verzweigteste Zusammenhänge. Meine Sprache transzendiert meine schwache körperliche Hülle und entfaltet ihr segensreiches Wirken, erschließt uns allen in Symbolen die Zukunft. Doch was bleibt mir selbst? Nur das

Schweigen, ein Nichts. Wenn ich alles gesagt hätte, was ich jemals in diesem Leben gut sagen kann – und vielleicht gibt es tatsächlich den einen oder anderen Satz, den vor mir niemand gesagt hat und den außer mir niemand sagen könnte – was hätte ich dann gewonnen? Wäre ich glücklicher? Wäre ich unsterblich? Ich glaube es einfach nicht. Weißt du, Fragen dieser Art sind genau der Grund, warum ich Textarbeiterin werden wollte, warum ich am Ende des Architekturstudiums draufgekommen bin, dass ich keine Häuser bauen, sondern lieber Texte schreiben will. Inzwischen weiß ich, dass das der größte Fehler meines Lebens war, denn ein Haus hat noch nie einen Architekten aufgefressen, aber Texte tun das, manchmal, die richtigen Texte, nicht die für die Zeitung."

„Ach so, Texte", sagte Richard, „vorher habe ich verstanden, dass du Sexarbeiterin werden wolltest." Sie lachten. „Ich habe mich schon etwas gewundert."

„Du bist einer der sympathischsten Trottel, die ich kenne", sagte Charlotte und legte ihre Hand auf seine.

„Ich kann dir jedenfalls sagen, dass geformte Blechteile auch noch nie jemanden aufgefressen haben", sagte Richard. „In meiner Firma verwandelt sich selbst der größte Autonarr in wenigen Jahren in einen prestigebewussten, sicherheitsorientierten Ingenieur, der jede Überstunde auf den Cent genau verrechnet. Dabei hab' ich den Job gern. Aber mehr als ein Job ist es nicht."

„Das ist gut, darüber solltest du froh sein. Wenn ich bei der Zeitschrift nicht in der Kultur sondern in der Chronik oder im Reiseteil wäre, würde ich das vielleicht auch schaffen. Vielleicht würde ich aber auch dort eine existenzielle Komponente reinbringen, mir ist da wirklich alles zuzutrauen. Und am Abend würde ich Gedichte schreiben, blöd wie ich bin." Sie ertappte sich bei einem devoten Augenaufschlag, der Schlafzimmerqualitäten hatte. Oh Gott, war sie so ausgehungert? „Weißt du, worüber ich mich am meisten ärgere? Dass ich so ein verdammtes Mängelwesen bin. Ich kann mich nicht anders wahrnehmen als in den Dingen, die mir fehlen. Weil mir immer etwas fehlt, flüchte ich in die Welt der Worte, wo ich nahezu allmächtig bin, oder zumindest schaffe ich es manchmal, mir das vorzulügen. Hier fehlt mir dann seitenweise endlich gar nichts, fließt ein Text ganz nach meinen Bedürfnissen aus den Fingerspitzen. Dann klappe ich das Notebook zu und sofort geht das Gejammere wieder los: Ich bin eine dürre Textsuse, unsinnlich, wahrscheinlich frigide, wo ist das pralle Leben, wo ist der Schweiß", (und das Sperma), „wo sind laute Musik und Tanz, Einkaufen und hysterisches Kreischen mit Freundinnen. Also klappe ich das Notebook wieder auf und mache weiter, was meistens dem Text von vorhin nicht gut bekommt, weil er jetzt die Bodenhaftung verliert und durchdreht, oder wenn es eine Theaterkritik ist, dann lege ich noch etwas nach, die Regie wird einfallsloser, die schlechten Schauspieler werden zu Dilettanten, das Stück oder die Bearbeitung versinken im Mittelmaß. Dann denke ich, dass die anderen auf die gleiche Weise zu ihren Urteilen gelangen, dass wir alle Affekt-Opfer sind, und ich überlege, wie ich die anderen in ihrer Aggression noch übertrumpfen kann, und ziehe die Daumenschrauben noch etwas fester an. Voilà, Richard, so funktioniert meine Kulturkritik und so funktioniere ich."

„Ich habe nicht gewusst", sagte Richard vorsichtig, „dass du dich so sehr über deine Arbeit definierst. Du warst für mich immer eine leidenschaftliche Frau, deine Intensität sieht man dir an. Ich hätte allerdings eher gedacht, bei deiner Intensität ginge es um Beziehungen. Die meisten Frauen in unserem Alter, die ich kenne, verstehen sich selbst doch über ihr Liebesleben."

„Das tue ich auch, Richard. Aber mit Otto stößt du damit eben an Grenzen. Otto ist ja nicht gerade ein Beziehungsmensch. Hat er mit dir schon jemals über andere Menschen als sich selbst gesprochen?"

„Lass mich überlegen – wahrscheinlich nicht. Aber was heißt das schon?"

„Das heißt schon einiges. Stell dir einmal vor mit so jemandem eine Familie zu gründen."

„Willst du das denn, eine Familie, Kinder inklusive?"

„Verdammt noch einmal, ja, will ich, obwohl es schon fast zu spät ist für mich. Wieso erzähle ich dir das eigentlich, entschuldige bitte. Aber jetzt habe ich schon angefangen. Gleichzeitig hasse ich mich dafür, das alles haben zu wollen, als wäre ich irgend so ein Heimchen. Es kommt vor, dass ich es mir monatelang verbiete, daran zu denken, bis ich mich schon fast als geheilt betrachte, eine souveräne, erwachsene Frau. Und dann sehe ich in der U-Bahn ein Schulkind mit seiner Mutter und fange fast zu weinen an vor Eifersucht. Dann schäme ich mich, dann werde ich wütend und so weiter. Es ist ein großer Jammer. Wie kann man nur so unfrei sein?"

„Freiheit ist wichtig, aber nicht entscheidend", sagte Richard und fühlte sich beinahe weise.

„Ich weiß, was du meinst, Richard, aber ich bin nicht deiner Meinung. Wer diese innere Freiheit nicht hat, der lebt für mich gar nicht. Jedenfalls habe ich, seit ich denken kann, meine Entscheidungen immer mit dem Ziel getroffen, meine Freiheit zu maximieren."

„Habt ihr nicht auf Kredit ein Reihenhaus gekauft?"

„Das kann man auch wieder verkaufen. Mit Geld kannst du mich nicht fangen, das weiß auch Otto. In dem Punkt sind wir uns auch ähnlich. Nur bin ich die radikalere von uns beiden."

„Ja, das ist offensichtlich. Du bist schon eine wilde Frau, Charlotte, das habe ich mir schon öfter gedacht."

„Zum Fürchten, nicht?"

„Aber nein, warum denn. Ich finde das eher attraktiv, dieses Unverwurzelte."

„Unverwurzelt hast du schön gesagt, Danke. Ich glaube das könnte man auch über dich sagen, oder?"

„Das sagst du zu jemand, der gerade vom Fußballspielen kommt und bei einem Autobauer arbeitet? Ich bin doch ein Urgestein. Höchstens ein modernisiertes Urgestein, vielleicht."

„Du stehst halt mit beiden Beinen fest auf der Erde", sagte Charlotte und zwinkerte Richard zu.

„Immerhin mit zwei Beinen und nicht mit vier, das ist eben das Moderne an mir."

„Du hast Recht", sagte Charlotte, „zu viel Modernität ist bei Männern ohnehin nicht sexy. Siehe dazu: Otto."

Nußdorfer Straße

Wieder machen wir uns auf in die Stättermayergasse, diesmal schleichen wir uns unter den Alleebäumen der Hütteldorfer Straße an. Der Mai ist jetzt ins Land gezogen, es ist angenehm warm draußen, die Abendsonne wirft ihr schräges Licht über die Hausfassaden, kleine Wolken flattern rasch über den Himmel. Der Lift des Hauses in der Stättermayergasse funktioniert heute, die Schiebetüren gleiten im obersten Stock geräuschvoll zur Seite. Wir zoomen zum Schlüsselloch und gleiten unbemerkt in die Wohnung. Richard und Petra treffen wir auf der schon bekannten Ledergarnitur in ihrem Wohnzimmer, sie sehen fern. Das Sofa ist groß genug, dass zwei Personen darauf bequem ausgestreckt liegen können, ohne sich zu berühren oder einander in die Quere zu kommen. Jeder hat seinen Stammplatz: Petra hat den Rücken auf ein paar Pölstern abgestützt und sieht über ihre Fußspitzen hinweg direkt zum Bildschirm. Richard liegt eigentlich quer zum Fernsehgerät, aber dafür hat er besonders viel Platz. Meistens liegt er seitlich, auf einen Ellbogen gestützt, und wenn der Arm einzuschlafen droht, setzt er sich auf und legt den Kopf auf das andere Ende dieses Dreierbank-Elements. Für zehn, fünfzehn Minuten ist das dann richtig gemütlich. Keiner von ihnen achtet sehr auf das Programm, es geht eher darum, sich gemeinsam auszuruhen und auch manchmal ein paar Worte zueinander zu sagen. Außer dem Sofa und dem großen Bildschirm samt elektronischen Geräten auf einem mannshohen, verschiebbaren Gestell befinden sich in diesem Zimmer einige moderne Schränke und Kommoden, ein kleiner Couch-Tisch, sowie unter den schrägen Dachfenstern vier Topfpflanzen. Die tönernen Blumentöpfe in kräftigen Farben sind die einzigen runden Gegenstände in diesem Raum. Wegen der Dachschräge laufen die Mauerkanten zwischen den Zimmerecken in teils stumpfen, teils spitzen Winkeln aufeinander zu. An diesen Kanten könnte man Karosserieteile für ein recht futuristisches Sportwagenchassis formen.

„Ich habe dir doch vor ein paar Wochen erzählt, dass ich Charlotte nach einer Theateraufführung im Volkstheater zufällig getroffen habe", sagte Richard.

„Ja, so etwas hast du erwähnt." Petra bemühte sich, gleichgültig zu klingen.

„Sie war wirklich in einer eigenartigen Verfassung an dem Abend. Gestern ist es mir wieder eingefallen."

„Wie eigenartig?"

„Zuerst war sie noch ganz in ihrer elitären Kunstwelt eingesponnen, so richtig schnöselig, und hat sich über meine Sporttasche lustig gemacht. Als sie das dann selbst bemerkt hat, ist sie zur Kompensation eine Zeit lang über ihren Beruf hergezogen, über sich selbst auch, wie sinnlos die ganze Schreiberei ist und so weiter. Du kennst sie ja, das ist eines ihrer Lieblingsthemen. Und wie sie beim Schreiben von ihren Frustrationen angetrieben wird. Im nächsten Moment dann das andere Extrem, wie emotional bedürftig sie sei, dass der Nestbau mit Otto nur schwer möglich wäre, wie beschädigt sie beide seien, wie sehr sie sich nach herkömmlicher Idylle sehne."

„Sie hat schon ein sprunghaftes Temperament", sagte Petra.

„Genau, sie hat es, glaube ich, Radikalität genannt."

„Gefällt dir das?"

„Was?"

„Dass sie so radikal ist? Das macht sie interessant, oder? Wenn du sie mit mir vergleichst, diesem langsamen, zentrierten Wesen, eigentlich völlig unspannend."

„Ach komm schon Petra."

„Ich kann es ja verstehen. Alle suchen doch Unterhaltung, suchen Abwechslung. Leicht verständliche Menschen sind da bloß ein Ärgernis. Ein Spielzeug mit einer kurzen Gebrauchsanleitung, das man bald in die Ecke legt und nicht mehr ansieht."

„Hör auf und rede nicht so blöd daher. Du weißt ganz genau, wie attraktiv du bist. Hm, vielleicht ist es Zeit, es dir wieder einmal zu beweisen?"

„Nein, Richard, ich bin müde."

„In Ordnung. Aber ein bisschen kuscheln könnten wir doch? In unserem Nest? Oder ich könnte dir den Rücken massieren?"

„Später vielleicht, Richard, aber Danke."

Eine Weile sahen sie der Vorabendserie im deutschen Privatfernsehen zu. Schließlich sagte Petra: „Vielleicht sollten wir es doch noch einmal mit der Hormontherapie versuchen. Wärst du bereit dazu?"

Auch sie ein Mängelwesen, dachte Richard. Zuerst war es unwichtig gewesen, eine Sache, die passieren konnte oder auch nicht, aber mit der Zeit nahm das Thema in ihrer Beziehung immer mehr Raum ein. Petra brach manchmal plötzlich in Tränen aus, wollte dann nicht sagen warum, aber sie wusste, dass er auch so verstand, daher war ihr Schweigen die wirkungsvollste Art, wie sie ihren Vorwurf machen konnte. Sie hatten schon lange alle Untersuchungen abgeschlossen und das Ergebnis war eindeutig: Es war seine Schuld. Er hatte eine sehr niedrige Spermienzahl.

Richard sah die Kinderfrage als Managementproblem. Er hatte per se nichts gegen Kinder, doch in der Lage, in der sie sich befanden, verbargen sich hier neben Glückschancen auch große Risiken, die durchaus das Potenzial hatten, seine Beziehung mit Petra in die Luft zu sprengen. Wenn das geschähe, wie groß wäre die Katastrophe? Richard hielt sich für einen

Realisten: Er konnte nicht wissen, ob diese Beziehung ein Leben lang halten konnte, oder ob es überhaupt wünschenswert war, auf lange Sicht mit Petra zusammenzubleiben. Er hielt nichts von krankmachenden Beziehungen, wie sie in ihrem Bekanntenkreis häufig vorkamen. So ließ er die Frage für sich unbeantwortet: Das Ablaufdatum dieser Beziehung – unbekannt. Kinder waren von der Partnerin erwünscht, der Herstellungsprozess wurde jedoch als toxikologisch bedenklich eingeschätzt. Große Anstrengungen, sollten sie unternommen werden, konnten zu seelisch schwer verkraftbaren spektakulären Fehlschlägen führen. Das völlige Unterlassen von weiteren Versuchen war in den Verhandlungen nicht argumentierbar, da es als fehlendes Interesse an der Partnerin interpretiert würde.

„Ja, ich könnte zumindest einen neuen Termin beim Urologen vereinbaren, um mit ihm darüber zu sprechen. Ich wüsste gern, wie er die Erfolgsaussichten einschätzt, nach unserer Vorgeschichte. Vielleicht gibt es inzwischen auch wieder neue Verfahren und wir könnten in ein klinisches Experiment aufgenommen werden."

„Helle Begeisterung höre ich da nicht heraus."

„Ich mache es, Petra, und ich mache es gern."

Er hätte gern gewusst, wie nah sie jetzt den Tränen war, aber so, wie sie auf den Sofas lagen, konnte er ihre Augenbrauen und die Stirn nicht sehen, aus denen er seine Schlüsse ziehen könnte.

Petra spielte mit den langen Fransen eines Zierkissens. Schließlich rollte sie sich auf die Seite, so dass sie Richard ins Gesicht sehen konnte, und sagte: „Stell dir vor, du wärst auf einer Segeltour mit ein paar von deinen Buddies, zum Beispiel mit Walter (der segelt doch?), Josef und Paul. Plötzlich zieht eine tropische Sturmfront auf (denn ihr seid eben in den Tropen), ihr setzt das Sturmsegel und schon geht es los, ein Orkan bricht über euch herein und peitscht die Wellen auf. Eure Yacht ist zwar hochseetauglich, aber für solche Stürme ist sie nicht gebaut. Es ist klar, dass euer Boot kentern wird. Jetzt ist jeder auf sich allein gestellt. Als es nicht mehr anders geht und das Boot längst voll Wasser gelaufen ist und auf der Seite liegt, springst du ins tobende Meer und schwimmst so schnell du kannst in die ungefähre Richtung, in der ihr vor einigen Stunden noch eine Insel am Horizont gesehen habt. Obwohl du eine Schwimmweste trägst, rechnest du dir keine großen Chancen aus. Im hohen Seegang verlassen dich bald die Kräfte, du lässt dich nur noch treiben und verlierst am Ende doch das Bewusstsein. Als du aufwachst, liegst du nackt im flachen Wasser an einem schmalen Sandstrand, die Sonne brennt auf dich herab, hinter dem Strand liegt ein Urwald, der an einem Berghang aufwärts führt. Sogar die Schwimmweste hast du verloren. Wie du überlebt hast, bleibt ein Rätsel. Du streifst durch den Wald und findest genug Essbares, um zu überleben. Du erkundest die Gegend. Es stellt sich heraus, Überraschung, du bist auf einer einsamen Insel gelandet, zunächst siehst du keine Menschenseele weit und breit. Doch nach einigen Tagen gesellt sich eine Ureinwohnerin zu dir, erstaunlicherweise eine Weiße. So wie du ist sie splitterfasernackt. Ich weiß nicht, wen du dir da jetzt gerade vorstellst, aber es bin ich. Jetzt bist du nicht mehr allein, sondern hast eine Gefährtin an deiner Seite, die dir treue Dienste leistet. Du hast dich entschieden, sie als Dienerin bei dir zu behalten, denn sie weiß nützliche Dinge über die Insel, sie führt dich zu den erfrischendsten Quellen und ist sehr geschickt darin, Kokosnüsse von den Bäumen zu holen und für dich zu öffnen. Nach einiger Zeit wird sie immer zutraulicher, sie scheint dich zu mögen. Auch du streichst ihr manchmal flüchtig über ihre struppigen Haare. Eines Tages führt sie dich in einen Teil der Insel, den du noch nie betreten hast. Ihr nähert euch einer kleinen Lichtung an einem Bach. Sie bedeutet dir leise zu sein. Ihr schleicht bis an den Rand der Lichtung und haltet euch hinter Bäumen versteckt. Auf der Lichtung spielen zwei Kinder, sie sind noch ganz klein, vielleicht zwei oder drei Jahre alt. Ihr seht ihnen eine Weile zu. Sie sind fröhlich, doch man sieht auch, dass sie schlecht ernährt sind. Sie sind sehr schmutzig und eines der Kinder, ein Mädchen, zieht beim Gehen einen Fuß hinterher. Also, sie sind verwahrlost, mitten in der Wildnis. Deine Gefährtin sieht dich fragend an. Du überlegst. Wie wirst du dich entscheiden?" Petra machte eine kleine dramatische Pause. Richard grinste verlegen. „Natürlich nickst du und siehst deine Gefährtin ernst an. Da beginnt sie zu strahlen. Sie nimmt dein Handgelenk und zieht dich zwischen den Bäumen auf die Lichtung. Die beiden Kinder hören auf zu spielen, sie sind sehr erstaunt, aber sie laufen nicht davon. Nun hast du eine Familie und bist nicht mehr allein. Du baust ein Blockhaus. Deine Gefährtin macht Kleider für alle, damit ihr nicht mehr nackt seid."

„Wohin magst du auf Urlaub fahren?", fragte Richard.

„Ich will in den Süden wie alle Blondinen", sagte Petra. „Unsere Buchhalterin ist gerade aus Tansania zurückgekommen. Sie sagt, es ist weniger überlaufen als Kenia. Die Ausflüge waren auch gut, nur mussten sie manchmal schon um halb fünf aufstehen, weil die Fahrzeiten so lang waren."

„Hm, das klingt nach einer Gruppenpauschalreise."

„Das war es wohl auch. Allerdings bin ich nicht sicher, ob es sinnvoll ist, in Tansania anders unterwegs zu sein."

„Schon möglich, aber wäre es nicht besser, uns individuell etwas zu organisieren? Ich will mich ja nicht auf ein Prinzip versteifen, und damals auf Kamtschatka hätte ich ungern allein den Bären vertreiben müssen, aber es ist einfach so abgeschmackt, mit Gruppen zu fahren."

„Aber wir müssen ja nicht gerade eine Kaffeefahrt machen, Richard. Also was mich betrifft, wenn ich die Wahl habe zwischen einem schönen Reiseziel, das nur mit Gruppe einfach geht, und der Möglichkeit, mir alles selbst zu organisieren, dann hätte ich es bitteschön lieber gemütlich."

„Wir könnten auch langsam reisen, irgendwo in einer mittelexotischen Weltgegend. Vielleicht sogar auf eine Weise, in der wir weder die Umwelt ruinieren noch die Lebensgrundlagen von einer lokalen Bevölkerung gefährden."

„Darum geht es beim Reisen nicht", sagte Petra und beide schwiegen für eine Weile beleidigt. Sie mochte Richards Ökotourismus-Masche nicht, sie kam ihr unreif und rechthaberisch vor. So viele ihrer gemeinsamen Bekannten reisten intensiv, zumeist exotisch und ohne große Skrupel – Richards Kollegen noch viel mehr als ihre, da die Angestellten in der Privatwirtschaft mehr Geld hatten als die im Sozialbereich: Geld, das einmal im Jahr ausgegeben werden wollte. Erst vor einem Monat waren sie zu einer multimedialen Diashow in einem gemieteten Kinosaal eingeladen gewesen, bei der ein Kollege aus Richards Abteilung, der sich für einige Monate karenzieren lassen hatte, ausschweifend und langatmig von seiner Weltreise erzählte, die ihn, soweit sie sich erinnern konnte, zuerst entlang des Äquators quer durch Afrika, dann durch Indien, Thailand, Vietnam und Japan, und schließlich durch Kanada und über Grönland und Island zurück nach Europa geführt hatte. Um die Entfernungen zu bewältigen, war der Mann offenbar die meiste Zeit im Flugzeug gesessen, wenn er nicht gerade auf geführten Touren afrikanisches Großwild beobachtete oder eine Nacht in einem authentischen Slumhotel in Mumbai verbrachte. Während der bombastischen Fotovorführung hatte das Publikum über den Kitsch und den schlechten Geschmack gelästert, aber im Rückblick, aus dem Abstand von einigen Wochen, war das doch eine beeindruckende Reise gewesen und der Kollege hatte Material für Jahrzehnte, das er sich immer wieder in Erinnerung rufen und aus dem er bei gesellschaftlichen Anlässen unzählige Anekdoten schöpfen könnte.

„Im letzten Südbild-Magazin war ein Artikel über sozial verträglichen Tourismus in Nepal", sagte Richard, „eigentlich erstaunlich, wenn man bedenkt, wie dort seit Jahrzehnten das Sherpawesen so eine strikte Trennung in westliche Herrenmenschen und ihre einheimischen Diener eingeführt hat. Es ist allerdings eine recht unspektakuläre Art, seine Freizeit zu verbringen, was die dort machen. Da wohnst du in einem Dorf und hilfst bei der Feldarbeit mit, zumindest halbtags, die restliche Zeit bekommst du Unterricht in Landeskunde, vielleicht sogar von den Maoisten, und zwei Stunden hast du zur freien Verfügung."

„Toll, und wer bezahlt dabei wen?"

„Na ja, es wird schon der Westler bezahlen, aber ich bin sicher, bei einem solchen Aufenthalt lernt man mehr als auf Safari in Tansania. Insofern gut investiertes Geld, meinst du nicht?"

„Aber Richard, findest du das nicht selbst komisch, dass du deine Reiseideen aus einem Magazin für Entwicklungshilfe beziehst? Ich glaube, du bist da einfach auf einem Irrweg. Ich habe nichts gegen Entwicklungshilfe, aber man muss doch auch genießen können, zumindest im Urlaub. Bei der Spende für das nächste Hilfsprojekt bin ich dann dabei, versprochen."

Richard wusste natürlich, dass sie Recht hatte. Trotzdem war ihm das ganze Thema Reisen mit den damit verbundenen Erwartungen an ihn als Konsumenten zuwider. Er fühlte sich missbraucht und ausgebeutet. Seine Arbeitskraft wurde nicht von den Besitzern des Autozulieferkonzerns ausgebeutet – das waren im Wesentlichen Pensionsfonds, die Sparbeiträge von Angestellten wie ihm selbst vertraten. Der Klassenfeind war vielmehr die gesellschaftliche Vorschrift, seine Erholungszeit dafür zu verwenden, in sinnlosem Kreuz und Quer über den Erdball zu jagen. Dennoch verweigerte er sich nicht. Er wusste, dass die Summe all seiner stärksten Überzeugungen zusammengenommen nicht mehr war als ein Gedanken-Wollknäuel voller haarsträubender Widersprüche und unreifer Revolutionsphantasien. Die Geschichte mit der Entwicklungshilfe war da ein wunder Punkt, den ihm Petra immer wieder gern vorhielt, in ihren schlechteren Momenten. Richard pflegte nämlich seit seiner Jugend eine sentimentale Beziehung zum Südbild, jener vom Außenministerium finanzierten Entwicklungshilfe-Zeitschrift, die sich Bewusstsein-schaffend an die breite Öffentlichkeit wandte. In der Redaktion der Zeitschrift hatte er sich bei einem Vorstellungsgespräch mit schweißnassen Händen um einen Zivildienst-Platz bemüht, aber er hatte eine Absage bekommen. Es gab, wurde ihm versichert, für die zwei Zivildienststellen in der Redaktion eine Warteliste von mehreren Jahren. Damals war er kurz davor gewesen, sein Abonnement der Zeitschrift zu kündigen und einen Schlussstrich unter sein Engagement für die Entwicklungsländer zu ziehen, aber leider hatte er es nicht getan. Inzwischen war das ganze Zeitschriftenkonzept vom Wandel der Informationsbranche überholt worden, im Internet konnte man sich detailliertere und aktuellere Informationen ohne den geringsten Aufwand besorgen, das erforderte nur den kleinstmöglichen Aktivitätsimpuls. Für Richard jedoch war das Magazin wie geschaffen: Jeden Monat landete eine neue Ausgabe in seinem Briefkasten, die er dann flüchtig überflog, weil er noch immer nicht die Energie aufbringen konnte, das Abonnement brieflich zu kündigen. Er erfuhr zeitgerecht von bevorstehenden globalen Sozialforen, von Straßentheaterkursen und unausweichlichen globalen Umweltkatastrophen, obwohl er neben seinem Vollzeitjob für keine dieser sicher sinnvollen und politisch begrüßenswerten Angelegenheiten Zeit aufbringen konnte. Er war aber immerhin so weit im Bilde, wie es das Ministerium für zielführend hielt, und ließ gerne bei passenden Gelegenheiten Blitzlichter seines Wissens aufleuchten, meist jedoch stieß er damit nicht auf den erhofften Zuspruch, sondern auf ehrliches Befremden.

Richard hatte Verständnis dafür, dass seine Freunde an seinen Interessen wenig Anteil nahmen, denn auch ihm war es gleichgültig, welche neuen Themen es in ihrem Leben gab und womit sie sich gerade beschäftigten. Das war nicht Hartherzigkeit, sondern Realismus. Sie alle wussten, dass keiner von ihnen besonders originell war. Wenn Richard über Entwicklungshilfe sprach, so wäre es leichter und effektiver als ihm zuzuhören, wenn man die Vorlage für seine Worte direkt in der Zeitschrift nachläse. Man könnte auch die Zeitschrift überspringen und gleich die akademischen Fachbeiträge konsultieren, aus denen die Redakteure des Südbilds ihre leicht verständlichen Artikel zusammenschusterten. Ebenso hielt es Richard insgeheim für Zeitverschwendung, sich mit den Gedanken seiner Freunde auseinanderzusetzen – es gab immer Vorbilder für ihre Ansichten, die leicht zugänglich und ungleich umfassender recherchiert und durchdacht waren. Es reichte doch, wenn man mit seinen Freunden sozialen Kontakt haben konnte und den männlichen Volkskrankheitszwillingen Autismus und Einsamkeit entging – da war die Auseinandersetzung mit ihren Meinungen ein leicht verzichtbarer Luxus.

Seine Beziehung zu Petra konnte er auch in dieses Schema einordnen: Sie lebten in einer Bedürfnisbefriedigungssymbiose, in der Meinungen und Interessen keine große Bedeutung hatten.

„Es stört mich nicht, dass du dich über Entwicklungshilfe lustig machst", sagte Richard, „nur was ich nicht begreifen kann, das ist, wie du dann andererseits die ganze Tourismuspropaganda so unkritisch aufgesogen hast. Aber auch das ist dein gutes Recht und ich mag nicht mit dir streiten. Trotzdem sollten wir uns überlegen, ob wir diesen Sommer noch einen Urlaub planen und wie wir ihn anlegen wollen."

„Richie, wir könnten nach Myanmar, du weißt schon, der König von Siam und so. Ich habe in einer Zeitung gelesen, dass es dort jetzt politisch besser geworden ist und man daher wieder hinfahren darf. Nur ob es dort auch gute Strände gibt, müssten wir noch herausfinden, aber es ist nicht so weit von Thailand, also müsste es doch was geben, was meinst du?"

„Manchmal machst du mich sprachlos, Petra. Was das für eine Zeitung war, will ich mir lieber nicht vorstellen. Eines sag' ich dir: In den nächsten zehn Jahren bringst du mich dort nur über meine Leiche hin."

„Ach komm schon, schau mich nicht so feindselig an. Nein, ich habe nicht vergessen, dass wir damals für die Flutopfer gespendet haben. Ich weiß auch, dass dort lange Zeit eine Diktatur war. Ich bin nicht blöd. Oder willst du behaupten, dass der Zeitungsartikel gelogen war und die politische Lage nicht viel besser geworden ist? Selbst die Amerikaner sind jetzt wieder dort. Ich finde, man sollte nicht so unflexibel sein. Ich habe mir das immer so schön vorgestellt, wenn dann einmal die Diktatur weg ist und man mit gutem Gewissen in so ein exotisches Märchenland reisen kann, das die letzten fünfzig Jahre einfach verschlafen hat. Richie, um ehrlich zu sein, das ist mir schon wichtig, dass du kein starrköpfiger Dickschädel wirst, der sich so krampfhaft an seinen eingelernten Reflexen festklammert, dass er für schöne Sachen gar nicht mehr zugänglich ist. Bitte Richie, spring ein bisschen über deinen Schatten, mir zuliebe."

Spittelau

Die ersten Julitage waren sehr heiß, die Luft flimmerte über dem Asphalt und an den Hauswänden, viele Wiener hatten die Stadt verlassen. Wer geblieben war, trat nur zögernd aus tröstenden Gebäudeschatten heraus in die stählerne Mittagshitze und schleppte sich unter dem morbiden Azur des Himmels langsam voran. Das alte Haus hielt grimmig durch, doch am Nachmittag, wenn die Sonne tiefer sank und auf die westseitige Fassade brannte, ächzten und knackten die hölzernen Fensterrahmen und die alten Parkettbretter in den sonnendurchstrahlten Zimmern.

Es läutete. Petra lief gleich zur Wohnungstür, das mächtige Haustor unten in der Gasse hatte keine Klingel und stand immer unversperrt. Sie enthakte die altmodische Sicherheitskette und riss die Tür schwungvoll auf. Charlotte lächelte amüsiert. Sie trat ein und schloss die Tür hinter sich mit einem sanften Klicken. Sie zog Petra an sich, stellte einen Fuß zwischen ihre Beine und drückte sie mit einer Hand, die hinters Steißbein gefahren war, an ihren Oberschenkel. Sie küssten sich und atmeten die schwüle Mischung aus ihren Deodorants, Parfüm und Schweiß. Charlotte sah sich um. „Deine Kirschholzmöbel gefallen mir. Wie kommst du an das alles? Ist das die Wohnung deiner Großeltern?"

„Nein, das ist von einem Klienten, der letzte Woche gestorben ist. Ich habe meinen Schlüssel noch nicht abgegeben, ich konnte mich nicht so schnell von der Wohnung trennen. Dann habe ich überlegt, was ich damit anfangen soll, und hab' dich angerufen. Komm mit mir ins Wohnzimmer, dort gibt es ein Sofa. Das Schlafzimmer ist leider in einem abscheulichen Zustand."

„So so, meine Kleine, da muss man sich ja wundern, auf was für Ideen du kommst. Aber du siehst scharf aus."

Petra trug ein armloses weißes Top und eine helle Leinenhose. Ihre Haare hatte sie zu einem blondlockigen Pferdeschwanz gebunden.

„Nächstes Mal ziehst du aber einen Minirock an, das ist zweckdienlicher." Petra, die voran ging, blieb stehen und lehnte sich zutraulich nach hinten gegen Charlottes Schulter. Sie drehte ihr Gesicht, um einen Kuss zu bekommen, aber stattdessen gab ihr Charlotte einen Klaps auf den Hintern. Petra kicherte und ging weiter.

Sie landeten auf einem altertümlichen Sofa mit Streifenmuster und hohen Armlehnen. An den Wänden hingegen schwarzweiße Porträtfotografien von Familienmitgliedern des Verstorbenen.

„Ich wollte dich sehen."

„Wir hatten aber eine Abmachung: Ich entscheide wann, wo und wie. Jetzt schleppst du mich in eine Sterbewohnung unter den Augen von Tante Erni und Onkel Gusti. Hast du noch etwas zu deiner Entschuldigung vorzubringen oder war das schon alles?"

„Sei bitte nicht so grob zu mir. Ich weiß, dass – das dazugehört, aber ich verdiene doch ein bisschen Anerkennung, denn ich – bin es ja, die – verzichten muss, die sich herschenken soll. Ich wollte dich treffen, weil – ich dir sagen wollte – ich bin bereit dazu. Ich habe viel nachgedacht. Ich bin jetzt bereit. Wenn du mich willst. Willst du mich noch? Du willst mich doch?"

Charlotte schwieg. Schließlich sagte sie: „Was steht denn da überhaupt im Angebot? Was willst du denn schenken? Hast du überhaupt etwas, womit ich etwas anfangen könnte?"

Petra senkte betroffen den Blick. „Du weißt nichts anzufangen? Das ist schade. Ist heute ein schlechter Tag? Das tut mir leid. Ich dachte, wenn du die Einladung annimmst, dann wird es schon passen. Aber so, dann weiß ich auch nicht."

„Das hat nichts mit dem Tag zu tun, in einer Woche oder in einem Monat wäre es nicht anders. Du sitzt da in deiner Dachgeschoßwohnung und träumst vor dich hin und glaubst, weil dir irgendetwas einfällt, ist es schon etwas wert. Das reicht nicht, Petra. Ich will etwas Belastbares von dir, eine Referenz, eine Struktur, eine Geschichte. Eine bedingungslose Kapitulation wäre mir zu langweilig, dann wärst du ja nur mehr ein Häufchen Dreck, das ich wegräumen muss. Nein Danke, davon habe ich schon genug in meinem Leben. Also streng dich ein bisschen an, mach dich interessant, erzähl mir was, Petra. Und sei nicht so nervös. Zeig einfach, dass du keine Null bist. Eine Null kann ich nicht lieben."

Zwei Geschichten kann ich dir erzählen. Eigentlich sind das nur Nacherzählungen. Richard und ich haben ein paar erotische Bücher in einer Kommode in unserem Schlafzimmer. Manchmal lesen wir sie gemeinsam, wenn uns beim Sex langweilig wird. Naja, wenn ich darin lese, ist er meistens nicht zuhause. In der einen Geschichte geht ein junges lesbisches Paar in eine Disco. Dort treffen sie zufällig eine Bekannte. Die schwächere von dem Paar geht irgendwann auf die Toilette. Ich stelle mir eine saubere Toilettenanlage vor, mit abgedunkeltem Licht nur, und die Kabinen sind durch dunkelblau verfliese Wände voneinander getrennt. Gerade als sie die Tür verriegeln will, fliegt die mit einem Knall auf und die Bekannte, die sie vorhin getroffen haben, steht da. Die hat nämlich beobachtet, wie sie auf die Toilette gegangen ist, und ist ihr gefolgt. Die Bekannte wird in der Geschichte als etwas grobschlächtig beschrieben.

Also die betritt die Kabine und beginnt sofort die Junge zu küssen. Dann setzt sie sich auf das WC und zwingt die andere, auf ihrem Knie zu reiten. Sie zieht ihr das Höschen runter, schiebt ihr drei, vier Finger rein und dann die Faust und mit der Faust besorgt sie es ihr so lange, bis die Junge schreiend kommt.

Zweitens, das spielt jetzt in einem Café. Die Frau in dieser Geschichte ist älter als in der vorigen, sie geht allein in dieses Café und wird dort von einer anderen Frau angequatscht. Die ist dort Stammgast und sagt nach einer Weile, dass sie der ersten etwas zeigen will. Sie gehen zur Wirtin und bekommen einen Schlüssel ausgehändigt. Mit dem Schlüssel steigen sie in den ersten Stock des Hauses hinauf, dort gibt es einen ganz spärlich eingerichteten, staubigen Raum. Am Boden liegt immerhin eine Matratze. Also gut, sie ziehen sich aus und kommen auf der Matratze zur Sache. Vor allem malträtiert die Frau, die sich hier auskennt, den Arsch von der anderen, schlägt ihn, bis er knallrot ist, dann beginnt sie ihn zu streicheln, dass der die Tränen herunterlaufen vor Erleichterung, und penetriert sie mit einem Vibrator. Am Schluss ziehen sie sich wieder an und gehen munter und erfrischt davon, sozusagen nach dem Dessert.

„Hast du jetzt genug Struktur?", fragte Petra.

„Für den Anfang höchstens", sagte Charlotte. „Trotzdem bin ich dir dankbar, jedes Bisschen hilft." Sie löste das Band in Petras Haar und fuhr ihr mit der Hand einmal kurz durch die Locken. Petra schüttelte ihre Mähne und drehte sich erwartungsvoll zu Charlotte.

„Klar will ich dich haben", sagte Charlotte. „Die Hitze heute ist allerdings wirklich lähmend. Und du schwitzt."

Sie zogen in dem Sonnenzimmer Petras Top und BH aus, auch die Leinenhose, aber der Baumwollslip blieb, verlangte Charlotte, die mit dem Zeigefinger den Spuren der Schweißtröpfchen zwischen Petras Brüsten folgte, und der Feuchtigkeit unterhalb der beiden bleichgesichtigen Hügel. Sie leckte an ihrer eigenen nun von salzigem Film bedeckten, apart duftenden Fingerspitze und ließ auch Petra davon kosten. Sommerhitze versetzte Charlotte manchmal in eigenartige Stimmungen. Das Bewusstsein wurde klein, bis die Stofflichkeit ihres Körpers ganz das Kommando übernahm, sie verwandelte sich in ein blutrünstiges, schwarz gepanzertes Insekt, das in der Sonnenglut eine Wand hinaufkroch, auf der Suche nach schwachen, unterlegenen Beutetieren. Die acht Beine an ihrem Spinnenkörper trugen ihr Gewicht mit Mühe und die abgenutzten Kniegelenke fraßen sich immer wieder für Momente fest und mussten dann unter großer Kraftanstrengung und mit einem schmerzhaften Ruck wieder in Gang gesetzt werden.

Sie legte beide Hände auf Petras weiche Schultern und ließ sie an den schlanken Oberarmen hinuntergleiten, sie machte das zweimal, dreimal, fünfmal. Petra saß aufrecht und bewegte sich nicht. Sie schaute. Sie wartete.

„Wer von uns beiden muss jetzt weitersprechen? Ich glaube, ich bin das. Dein Klient ist ja nicht mehr unter uns, der dir aus seinem langen Leben erzählen könnte. Sind wir beide zusammengenommen so alt wie er war?"

„Ungefähr vielleicht. Wir sind also fast noch jung. Er hat mich sehr begehrt, viele von ihnen tun das. Manchmal ist das schon eine eigenartige Atmosphäre, wenn du unter üblen Gerüchen einen nackten Körper mit schlaffer Haut reinigst und weißt, wie sehr sich dieser Mensch nach einem jungen Körper sehnt. Du, Charlotte, bist im Vergleich so kühl, so undurchdringlich – und ich sehne mich danach, in deiner Inventarliste zu stehen, und weiß selbst nicht genau warum. Wenn du mich zu dir nehmen könntest, wäre ich dankbar und zärtlich, und vielleicht würde ich dich irgendwann auch glücklich machen. Ich würde es versuchen."

Petra hatte diese Erklärung nicht vorbereitet, aber sie hatte in sich verschwommen den Wunsch nach diesem Augenblick wachsen gefühlt. Jetzt war sie froh, wollte in ihrer verschwitzten Nacktheit gesehen und berührt werden, obwohl die Hitze ihr alle Kraft aus den Gliedern saugte. Der Lärm eines vorbei polternden Lastwagens drang von der Gasse herauf. Sie wünschte sich eine einfache Existenz, aufgehoben. Sie wollte ausscheiden aus allen Wettbewerben und Zukunftsplänen. Wenn es dafür einen Preis zu bezahlen galt, so war sie dazu bereit. Ja, sie könnte Charlotte die Geschichten erzählen, die offenbar nötig waren, um sie dauerhaft für sich zu interessieren. Sie würde bedenkenlos ihren Körper einsetzen, an dem Charlotte ein rätselhaftes, hartherziges Interesse zeigte.

Charlotte stand auf und drehte eine Runde durch das Zimmer, wobei sie vor jedem Porträtfoto stehenblieb und es wie ein Bild in einer Ausstellung betrachtete. Sie fragte sich nämlich, wodurch sich diese Unbekannten von den Menschen unterschieden, die sie zu lieben glaubte. Wohl kaum waren sie weniger liebenswert, wie sie da in billige Bilderrahmen gepresst an der Wand hingen, wie Jagdtrophäen in einer rustikalen Gastwirtschaft. Gewiss standen sie ihr weniger nah, aber war diese Ferne nicht gerade ein Vorzug im Vergleich etwa zu den lächerlichen Verrenkungen, die sie aufführte, um mit Otto zusammen bleiben zu können, Otto mit seinen billigen Sonderangeboten der Glückssuche. Und Petra? Petra war ihr eigener Gegenentwurf, ihr idealisiertes Anderes. Das Dumme war nur, dass wenige Meter neben ihr dieses idealisierte Andere in der Unterhose und mit halbgeöffneten Lippen auf einem Sofa hockte und mit sehnsuchtsvollen Bambiaugen zu ihr herüberschaute. Gerade so, wie sie es damals nach der Hochzeit mit Todesfall zu träumen begonnen hatte. Was sollte sie mit Bambi anfangen? Es im Wald spazieren führen? Verstecken spielen? Oder doch der Tierverwertung übergeben? Im Kopf würde sie keine Lösung für ihr Problem finden, sie musste zurück in die Realität.

„Ich glaube, die Leute auf diesen Fotos waren im Großen und Ganzen gute Menschen", sagte Petra. „In keinem von diesen Gesichtern erkennt man ein schlechtes Gewissen oder Scham über einen unentdeckten Verrat am Partner. Was meinst du?"

„Du meinst, diese Dinge könnte man auf einem Studioporträt erkennen? Das ist doch Unsinn. Wer glaubt, in andere Menschen hineinsehen zu können, ist meistens vor allem blind für sich selbst. Zumindest bin ich sicher, dass du nichts von mir weißt. Ich weiß auch nichts von dir. Selbst wenn ich unter Anwendung von Folter die intimsten Geständnisse aus dir herausgeholt hätte: Trauen würde ich dir niemals."

„Wirklich? Das macht mich ein bisschen traurig, warum solltest du mir nicht trauen, Charlotte, ich versuche offen zu dir zu sein."

„Das will ich dir auch geraten haben", sagte Charlotte, während sie zum Sofa zurückkehrte und sich so hinsetzte, dass sie Petra in Reichweite vor sich hatte. Eine längere Beziehung mit Petra würde ihrer Schauspielkunst viel abverlangen, inklusive Clownereien nach dem Vorbild von Ottos Verhalten in den frühen Tagen, im Sommer nach Kassel. Die Situation war an einem toten Punkt angelangt, und da sie die Hosen anhatte, im übertragenen und im engeren Sinn, war es ihre Aufgabe einen Impuls zu setzen. Versuchsweise rutschte sie noch näher zu Petra. Sie legte ihr einen Arm um die Schulter. Petra schmiegte sich an sie und legte eine Hand auf ihren Oberschenkel. Charlotte küsste Petra flüchtig auf die Stirn, während sie weiter Gewissenserforschung betrieb. Als Ritter in glänzender Rüstung ritt sie in einer kahlen Hügellandschaft einen Grat hinauf, melancholisch und gedankenverloren. Oben kam sie an eine Weggabelung. Ein Wegweiser stand da mit zwei hölzernen Richtungspfeilen, doch die Schrift darauf war stark verwittert. Sie stieg ab, um besser sehen zu können, aber selbst aus der Nähe konnte sie die ausgewaschenen Zeichen nicht entziffern. Dennoch schien die Entscheidung von großer Wichtigkeit zu sein, in der einen Richtung warteten Ehre und Ruhm, in der anderen Schande und Untergang. Erkenntnislos kehrte der Ritter zu seinem Pferd zurück und stieg auf. Er griff in die Zügel und das Pferd galoppierte los. Noch einmal küsste sie Petra leicht auf die Stirn, fast ohne Berührung. Petra lächelte, drehte ihr das Gesicht zu und öffnete die Lippen. Charlotte zog Petra an der Schulter rückwärts auf das Sofa, bis sie ausgestreckt vor ihr lag. Sie nahm Petras Handgelenke und legte sie links und rechts an Petras Hüften. Dann kletterte sie selbst auf das Sofa und setzte sich rittlings auf Petras Schambein. Petras Unterarme hielt sie fest unter ihren Oberschenkeln eingezwängt. Sie beugte sich nach vorn, ließ ihre Hände leicht nach oben über Petras Brustwarzen gleiten und weiter hinauf ans Schlüsselbein und an den Hals. Sie strich über die zarte Haut auf beiden Seiten des Halses.

Charlotte drückte zu. Ihre Fingerspitzen berührten sich hinter Petras Genick und die Daumen waren vorne überkreuzt. Sie drückte zu so fest sie konnte. Sofort stöhnte Petra auf und versuchte ihre Hände frei zu bekommen oder Charlotte abzuwerfen, aber es gelang ihr nicht. Ihr Gesicht lief rot an. Der Anblick war schrecklich. Charlotte schloss die Augen und konzentrierte sich darauf, das Gleichgewicht zu halten, während sie weiter die Daumen in Petras Kehlkopf drückte. Der Kampf war ungleich und unfair. Charlotte passte genau auf, wie viel Widerstand Petra leistete. Endlich begann Petras Kraft stark nachzulassen. Charlotte ließ abrupt los und sprang vom Sofa. Sie trat einige Schritte zurück und sah, wie Petra vom Sofa auf den Boden fiel und nach Luft rang, beide Hände schützend an ihren Hals gepresst. Charlotte schrie sie an: „Hör mir zu! Hör mir zu! Ich will dich nie mehr sehen! Ruf mich nie wieder an!" Dann hastete sie so schnell sie konnte aus der Wohnung. Im Stiegenhaus musste sie stehen bleiben, denn ihr Herz raste und Schweiß brach ihr aus allen Poren.

„Hallo Petra, hier ist der unverlässliche Schakal, der durch dein Leben streift und sich nie meldet", sagte Otto.

„Ja, hi Otto, was für eine Ehre. Alles in Ordnung bei dir?"

„Ich antworte darauf mit einem Ja. Ich habe in einem verrückten Moment für morgen unser altes Zimmer im ISIS reserviert, auf gut Glück. Kommst du?"

„Nein, tut mir leid."

„Hast du keine Zeit?"

„Keine Zeit, trotz deiner langen Vorabinformation. Und ich hab' auch keine Lust dich dort zu treffen."

„Oh, das ist schade. Enttäuschend. Aber in Ordnung, ich habe ja selbst gesagt, es war eine verrückte Idee."

„Richtig, das hast du gesagt."

„Bist du sauer auf mich?"

„Nein"

„Willst du mich an einem anderen Tag treffen?"

„Und an einem anderen Ort. Es ist Sommer, wir müssen nicht ins ISIS. Treffen wir uns auf der Donauinsel, in deiner Mittagspause. Da verlierst du nicht viel Zeit."

„Das ist allerdings ein öffentlicher Ort."

„Ja, das passt mir so. Treffen wir uns in drei Tagen, am Donnerstag, um halb eins, da kann ich es mir gut einteilen."

„Und wo?"

„Wir finden schon etwas. Auf der Insel. Warte, wir treffen uns erst um eins und ich suche vorher einen Platz und rufe dich dann von dort an."

Otto fühlt sich nicht wohl. Die Klimaanlage in seinem Büro läuft auf Maximum, es muss draußen weit über dreißig Grad haben. Der Himmel ist wolkenlos, aber ein steter Westwind fährt hinter der Glashaut des Floridotowers lautlos durch die Baumkronen. Zum dritten Mal heute Vormittag geht er auf die Toilette, um seine Blähungen loszuwerden. Obwohl die draußen auf der Donauinsel weniger stören werden als hier im Büro.

Zur Mittagszeit an einem Donnerstag im Juli ist die U6 fast leer. Trotz der Hitze draußen ist es in dem modernen Waggon kalt, nur direkt hinter den südseitigen Fensterflächen, durch die auf den Tageslichtabschnitten die Sonne brennt, kann man die Außentemperatur erahnen. Ein Student mit hüftlangen Haaren hat die nackten Füße auf die gegenüberliegenden Sitze gestellt und liest in einem dicken Vorlesungsskriptum. Petra sieht zu, wie die Reihen von roten Plastikhaltegriffen im gleichen Takt nach links und rechts schwingen. Ihr Kopf pendelt im gleichen Rhythmus mit.

Erst als der Zug über den Fluss fährt, fällt ihr ein, dass dieser Teil der Donauinsel stark zubetoniert ist, sogar ein großer Parkplatz befindet sich hier, die Autos glitzern in der Sonne. Die Station Neue Donau erreicht der Zug nach dem Überqueren des Entlastungsgerinnes auf der nordöstlichen Rückseite der schmalen Donauinsel, also bereits wieder am festen Land.

Petra beeilt sich, über den Steg unter der U-Bahn-Brücke zurück hinüber auf die Insel zu gelangen. Dann läuft sie an den Scheußlichkeiten des Parkgeländes vorbei und macht sich auf, an der schnurgeraden Böschung des Nordufers einen Platz zu finden, der nicht zu einsam ist, aber wo man private Angelegenheiten unbelauscht besprechen kann, solange man nicht zu laut wird. Sie breitet ein mitgebrachtes Badetuch aus und beschwert die Ecken gegen den Wind mit ihren Schuhen und ihrer Handtasche. Dann ruft sie Otto an.

Otto trägt ein Kurzarmhemd in hellblauem Karomuster und eine beigefarbene Hose, daher passt er auf, sich keine Grasflecken einzufangen, als er sich neben Petra auf ihrem Badetuch niederlässt. Es ärgert ihn, dass er bereits auf dem zehnminütigen Fußweg zu schwitzen begonnen hat. Er versucht sich so auf seinem rechten Ellbogen seitlich aufzustützen, dass sich keiner der scharfkantigen Kieselsteine – oder ist es Betongranulat –, die hier überall zwischen den Grashalmen liegen, in seinen Arm bohrt.

„Puh, wirklich recht heiß heute", sagt Otto, „ich fürchte, dir steht die Hitze besser als mir."

„Trotzdem ist es schön, den blauen Himmel über sich zu haben." Der Wind fährt Petra durch die Locken. Unten am Ufer werfen zwei Kinder kleine Steine ins Wasser.

„Sex werden wir hier nicht haben", sagt Otto.

„Nein, tut mir leid."

Eine Weile sind sie still. Otto bemerkt das seidene Halstuch, das Petra über ihrem Spaghettiträger-Top trägt. Er greift mit seiner freien linken Hand nach dem Knoten und versucht ihn zu lösen. Petra legt ihre Hand über seine und sagt, „Lass es doch". Doch er beharrt, zerrt weiter ungeschickt an dem Knoten.

„Hör auf, du tust mir weh."

„Wozu brauchst du bei dreißig Grad ein Halstuch?"

„Meine Sache."

„Bitte gib es runter", er nestelt weiter.

Sie zieht ihre Hand zurück. Warum soll sie sich wehren, in ihrem Kopf ist es leer. Eine Windböe rauscht heftig über sie hinweg. Endlich hat Otto den Knoten geöffnet und nimmt vorsichtig das Tuch von ihren Schultern. Er starrt ihren Hals an, er hat die Druckspuren entdeckt, die inzwischen schon gelblich verblasst sind. Richard hat sie bis heute nicht bemerkt, er hat ihre verschiedenen Verhüllungsversuche in Ruhe gelassen, ein weiterer seiner Vorzüge.

„Was ist denn das, sieht ja aus wie Würgemale?"

„Ich habe doch gesagt, es ist meine Sache. Es geht dich nichts an."

„Klar geht mich das etwas an. Sind das Würgemale oder nicht? Hast du Probleme?"

„Soll ich das Halstuch wieder darüberlegen?"

„Darum geht es doch nicht."

„Vielleicht schon. Otto, du musst nichts tun. Du sollst nichts tun. Ich habe mein Leben im Griff. Ich bin alt genug. Ich brauche keinen Retter."

„Ist das so?"

„Das ist so."

„Warum lässt du es zu, dass dich jemand derart heftig würgt, dass so etwas zurückbleibt? War das Richard? So wild sind eure Sexspiele? Dass er gewalttätig ist, kann ich mir nicht vorstellen."

„Hör jetzt auf, Otto, oder ich geh'. Du hast es dir nicht verdient, dich so in mein Leben einzumischen. Dir geht es doch eigentlich nur darum, dass dein Sexspielzeug unversehrt bleiben muss. Aber wie du siehst, weise ich Mängel auf. Retten

233

lasse ich mich auch nicht mehr. Also was kannst du dann überhaupt noch mit mir anfangen. Ich bin doch wertlos für dich."

„Du bist wichtig für mich, Petra, und du bist sehr schön. Ich fühle mich zu dir hingezogen. Das ist nicht nichts." Aber wie es aussieht, ist es auch nicht viel. Sie schweigen sich enttäuscht an. Ameisen huschen im Zickzack über ihr Badetuch. Die Hitze ist drückend.

„Warum bist du überhaupt gekommen?", fragt Otto.

„Ich hatte keinen Grund, nicht zu kommen."

„Aber du begehrst mich nicht mehr?"

„Es ist nicht so, dass du mir nicht mehr gefällst. Ich weiß auch nicht. Was wir beide miteinander tun, hat einfach keine große Bedeutung mehr für mich. Wir können, aber wir müssen nicht, daher sollen wir nicht."

„Oder bist du derzeit einfach schlecht drauf?"

„Selbst wenn, das macht doch keinen Unterschied."

Er hatte darum gebeten, das hellblaue Badetuch behalten zu dürfen, um nicht gleich in sein Büro zurückkehren zu müssen. Er würde es dort aufbewahren, für nostalgische Ausflüge auf die Donauinsel benützen und ihr im Herbst diskret zurückbringen. Sie hatte ihm zum Abschied achselzuckend diesen Gefallen getan und war davongegangen. Otto blieb. Er rutschte in die Mitte des Tuchs und legte sich auf den Bauch, die Gliedmaßen in alle Richtungen von sich gestreckt, den Kopf auf die Seite gelegt, so dass er über den wulstigen Ziersaum hinweg auf die wenige Zentimeter von seinen Augen entfernten Grashalme starren konnte. Bequem lag er nicht. Manchmal bauschte der Wind sein Hemd über dem Rücken ein wenig auf, das kühlte. Er kam sich vor wie Gulliver in Liliput, von hunderten winzig kleinen Fesseln am Boden festgehalten. Er versuchte einen Arm zu heben, aber es gelang nicht, nur die Finger konnte er bewegen und in das Tuch krallen. Was würden seine Kollegen denken, wenn sie einen unwahrscheinlichen Mittagsspaziergang machten und ihn so vorfänden? Akademiker auf Donauinsel niedergestreckt, Hitzschlag – tot. Er fühlte, wie die Sonne sein Gehirn allmählich zum Kochen brachte. Wenn er jetzt nicht sofort seinen Arm freibekam, war es zu spät, also los, die Muskeln anspannen und dann sollten die Liliputaner ihr blaues Wunder erleben. Vor seinen Augen tanzten kleine Funken. Langsam hob er den Arm vor seinem Gesicht waagrecht in die Höhe, ließ ihn knapp über dem Boden schweben und Zentimeter um Zentimeter nach vorne gleiten, bis sein Unterarm zur Gänze über den Rand des Badetuchs hinausragte. Dann gab er dem Arm den Befehl, kraftlos ins Gras zu fallen. So lag Otto einige Zeit still. Er schloss die Augen. Von fern drangen Wortfetzen an seine Ohren, Kinder warfen sich beim Spielen laute Anfeuerungsrufe zu und immer wieder bellte ein Hund. Wir müssen nicht, daher sollen wir nicht, hatte Petra gesagt. Das könnte auch von ihm stammen. Mit einer solchen Begründung konnte man fast jede Art von Handeln aus der Welt vertreiben. War er nicht als Kind im Volksschulalter manchmal mit ähnlichen Weisheiten der Erwachsenen gequält worden? Alle, die solche Sätzen sagten, hatten immer Recht gehabt und ihn in seine Schranken verwiesen, in die Grenzen seiner Badetuchrepublik. Otto schickte ein Aufwecksignal an die Finger seiner Hand, die bisher spannungslos im Gras gelegen waren. Sie sollten nun den Handrücken auf den Fingerspitzen durchs Gras tragen. Seine Hand marschierte folgsam an zwei Gänseblümchen vorbei. Stopp. Diese Stelle schien geeignet. Otto gab den Auftrag, die Grabung in Angriff zu nehmen, und sogleich begannen seine Finger im Boden zu scharren. Weil es schon so lange nicht geregnet hatte, war die Erde hart, er musste mit den Fingernägeln eine dünne Schicht nach der anderen wegkratzen.

Schon nach wenigen Sekunden schmerzten seine Fingerspitzen, doch Otto verlangte unbeeindruckt, die Arbeiten trotz allen bisherigen und für die Zukunft zu erwartenden Schwierigkeiten fortzusetzen. Er stieß an einen der scharfkantigen Betonsplitter, die bei der Aufschüttung der Insel in die Humusschicht eingemischt worden waren, und spürte ein Brennen unter dem Fingernagel seines Zeigefingers – wahrscheinlich eine blutende Abschürfung –, doch er grub ohne Unterbrechung weiter. Bald war er überzeugt, dass jeder einzelne seiner erdverklebten Finger blutete, doch noch immer grub er weiter. Es ging mühsam voran, nur langsam verschwand seine schmerzende und braun verfärbte Hand in der tiefer werdenden Schürfmulde.

ARBEIT

Jägerstraße

Das Gehgestell steht ordentlich am Fußende von Frau Wagners Bett. So viel Mühe macht sie sich immer damit, es an seinen Platz zu stellen. Für Petra ist es nur eine schnelle Bewegung mit einer Hand. Sie hebt das Gestell hoch und bringt es vor der Bettkante in Position, wo die Kundin sitzt. Aufmunternd redet Petra auf Frau Wagner ein. Heute hat sie einmal genug Zeit, um ihr bei einem Ausflug in die Küche Gesellschaft zu leisten. „Alles bereit?", fragt Petra.

„So gut es eben geht", sagt Frau Wagner. Sie hat die Hände noch im Schoß gefaltet. Sie löst die Finger, hebt den rechten Arm langsam, bis sie die Hand auf den seitlichen Schaumstoffgriff des Gehgestells legen kann. Nun das Gleiche mit dem linken Arm, ebenso langsam und sorgfältig.

Als kleines Kind, die Ausflüge mit beiden Eltern. Einmal, als sie im Wienerwald spazieren gingen, Mama hielt ihre linke Hand und der Vater die rechte, beide Hände hoch oben, über ihrem Kopf, sie hielt lange durch, obwohl die Schultern schon müde waren. Wahrscheinlich mussten sich die Erwachsenen damals dauernd bücken, um überhaupt zu ihren Händen hinunterzureichen. Die Eltern redeten miteinander. Petra musste sehr schnell gehen, sehr schnell.

Später einmal: Mama schrie laut auf und ließ den Telefonhörer fallen. Sie lehnte an der Wand und heulte wie der Hund der Nachbarn. Aber nur kurz, dann bückte sie sich, um den Telefonhörer wieder aufzuheben. Petra traute sich nicht, näher zu Mama hinzugehen, sie blieb auf dem Teppich sitzen und tat so, als ob sie weiterspielte, während Mama ins Telefon redete und heulte. In den nächsten Wochen weinte Mama fast immer, dann weniger. Eine Weile trug sie schwarze Kleidung.

„Das Auto ist in der Werkstatt und ich muss zu einer Firmenfeier in Vösendorf", sagt Richard. „Darf ich mich zu dir setzen?" Er ist bei der Technischen Universität eingestiegen, wo er mit einem alten Professor ein schwieriges Konstruktionsproblem für die Vordertüren eines deutschen SUV diskutiert hat. Es ist verlorene Zeit gewesen, sie werden einen kompetenten Forschungspartner in Deutschland suchen müssen, München oder Stuttgart. Doch jetzt hat er in der fast leeren Straßenbahngarnitur der Badener Lokalbahn Charlotte entdeckt, die auf einem Fensterplatz in einem Roman gelesen hat und zuerst nicht glauben konnte, dass der Autonarr Richard mit diesem langsamsten aller öffentlichen Verkehrsmittel unterwegs ist.

„Ja, bitte setz dich zu mir", sagt Charlotte und strahlt. Was für ein glücklicher Zufall! „Weißt du, es ist so schön mit diesem Bummelzug zu fahren. Besonders wenn wir jetzt gleich in die Wiedner Hauptstraße kommen, wo es doch eine ziemlich hohe Verbauung gibt, aber die Straße im oberen Teil so breit ist, dass man eigentlich immer ein Stück Himmel sieht. Und vor dir hast du eines von diesen kleinen Tischchen mit pastellgelbem Kunststofffurnier, auf denen man sogar recht bequem in einem Notizheft schreiben kann, wenn man Lust dazu hat. Ich sitze da hinter einer Glasscheibe und beobachte, wie draußen Filmszenen vorüberziehen, die ich so ähnlich schon oft gesehen habe, aber vielleicht doch nicht ganz so wie heute, das eine oder andere Detail ist immer neu. Mein Beitrag ist es, das Publikum für diesen Film abzugeben, der sonst nicht vorgeführt werden könnte, wozu auch, ohne Zuseher. In meinem Kopf beschreibe ich, was ich sehe, Satz für Satz, formuliere eine Beobachtung zehnmal um, bis ich mit ihr zufrieden bin. Das macht mich manchmal richtig glücklich, ich komme in einen Flow."

Frau Wagner bemüht sich, in einer einzigen schnellen Bewegung aufzustehen, ihren Beinen diesmal keine Chance zu geben, mitten in der Bewegung ins Stocken zu kommen und in das hilflose Zockeln zu verfallen, das sie so hasst. Beim zweiten Versuch gelingt es ihr ganz ordentlich und sie macht gleich drei, vier schnelle Schnitte, um den Schwung auszunützen, dann kommt sie mit dem Gehgestell nicht nach und muss eine Pause machen.

„Sehr gut Frau Wagner, heute geht es ja", sagt Petra. Sie wirft einen Blick auf das Leintuch an der Stelle, wo Frau Wagner einige Minuten gesessen ist und sich gesammelt hat. Das Leintuch ist trocken.

Der nächste Versuch bringt zwei Schritte ein, dann nach ein paar Sekunden noch einmal zwei. Aber jetzt wird es schlechter, sie kommt nicht vom Fleck und tut so, als hätte sie es nicht ernsthaft versucht, doch die Unterbrechung wird länger und länger. Petra sagt nichts und wartet.

Unter der Woche war Mama nun immer so müde und wollte nach dem Abendessen nicht mit ihr spielen. Petra beschäftigte sich also allein mit ihren Puppen und überlegte, wie sie die Mama zum Lachen bringen könnte, damit es wieder wie früher wäre. Am Wochenende unternahmen sie dafür umso mehr. Meistens trafen sie sich mit Freundinnen von Mama, die auch Kinder hatten. Mit denen konnte Petra spielen. Und als sie in die Schule kam und die Nachmittage im städtischen Hort verbrachte, war sie am Abend selbst so müde, dass sie keine Lust auf weitere Aktivitäten hatte, sondern gern bis zum Schlafengehen neben ihrer Mama auf dem Sofa saß und fernsah.

Richard schaute Charlotte ins Gesicht, über das die Fahrt Licht und Schatten tanzen ließ. Sie lächelten sich an und sahen verlegen aus dem Fenster. Links glitt der Glaspalast der Wirtschaftskammer vorüber, in dem hunderte glückliche Bürokraten ihrer sozialpartnerschaftlichen Tätigkeit nachgingen und ihre präzise abgezirkelten Lebensbahnen abschritten. Charlottes Hand lag einladend neben dem Buch auf dem Tischchen. Richard beugte sich nach vorn und ergriff die schmale Frauenhand mit seinen beiden Händen. Mit den Daumen massierte er Charlottes glatten und feingliedrigen Handrücken. „Ich habe mich in deine Intelligenz verliebt", sagte er.

„Das klingt ja fast paradox. Intelligente Frauen mag doch keiner."

„… nur an deinem Zynismus müssen wir noch arbeiten." Er lachte dieses Lachen mit den wunderschönen Zähnen. Charlotte hatte dem nichts entgegenzusetzen: „Du siehst verdammt gut aus, aber das sagen dir alle. Außerdem bist du ein netter Kerl, soviel ich aus der Ferne erkennen kann."

„Ich würde es zumindest gern versuchen, aus geringerer Entfernung."

Wieder gelangen einige Schritte. Frau Wagner war ganz stumme Konzentration. Petra hatte früher ein paarmal versucht sie durch Geplauder zu entspannen und ihr so zu flüssigeren Bewegungen zu verhelfen, aber Frau Wagner mochte das nicht. Gehen war Schwerarbeit, und Arbeit verdiente ungeteilte Aufmerksamkeit. Sie trug ihren alten Schlafmantel, ein wirklich schönes wattiertes Kleidungsstück mit grünen und braunen floralen Mustern auf dunkelblauem Untergrund, das wie durch ein Wunder alle kleineren und größeren Malheurs der letzten Jahre unbeschadet überstanden hatte. Wenn sie stehenblieb, nützte sie die Zeit, um sich in ihrer Wohnung umzusehen, als wäre sie ihr fremd geworden, jetzt wo selbst eine Kommode auf der anderen Zimmerseite ein schwer erreichbares, selten besuchtes Ausflugsziel darstellte.

Ihre beste Freundin in der Volksschule war Anna, ein großartiges Geschöpf mit schmalem Gesicht und funkelnden Augen, die fast immer lachten. Petra und Anna waren die Klassenbesten, aber es gab keine Rivalität zwischen ihnen. Weil die Lehrerin nicht erlaubte, dass sie nebeneinander saßen, schickten sie sich während der Stunde kleine belanglose Briefchen und in den Pausen tuschelten sie. Die Buben waren ihnen egal, und auch andere Mädchen ließen sie nur ganz selten in ihre Welt. Am Ende der vier Jahre Volksschule übersiedelte Anna mit ihrer Familie nach New York. Sie schrieben sich Briefe, aber die waren genauso belanglos wie die Zettel, die sie zwischen den Bankreihen ausgetauscht hatten. Nach einiger Zeit kamen nur noch Postkarten zu den Feiertagen, und dann nichts mehr.

Wie selbstverständlich blieb Charlotte bei ihrer geplanten Aussteigestelle Philadelphiabrücke sitzen und später, als sie schon durch die Vororte tingelten, fuhr Richard mit ihr an der Station Vösendorf und seiner Firmenfeier vorbei. Erst bei der Endstation in Baden stiegen sie aus und spazierten Arm in Arm bis zum Kurpark, vorbei am protzigen Casino, zwischen den gepflegten Beeten hindurch und über die Stiegen an den ersten Geländestufen, dann weiter über den schattigen Beethoven Wanderweg, der in den Wienerwald hinausführte. Charlotte drückte Richards Arm. „Es könnte sein, dass du in meinem Leben der letzte Mensch bist, in den ich mich verlieben kann", sagte sie. Denn wer sollte da noch kommen? Ein Kollege? Ein interviewter Künstler? Fremde Männer, die sie an einer deprimierenden Hotelbar aufgabelte? War das denkbar? Er küsste sie gönnerhaft auf die Stirn. Das mochte sie nicht so gern. Da war schon etwas Zwangsläufiges zwischen ihnen beiden, dem sie sich nicht entziehen konnten.

„Ich finde das nicht schlimm", sagte Richard, „ich habe auch oft den Wunsch, einen Schlussstrich zu ziehen. Der ganze Jahrmarkt der romantischen Gefühle ist so schrecklich laut und überlaufen. Es kommt mir so vor, als würden alle unter Einkaufszwang stehen: Dich hier brauche ich heute für die Vorspeise, du da bist das Gewürz zum Hauptgang, vielleicht noch den da drüben zum Nachtisch. Schön und gut, aber was, wenn einem der Appetit eigentlich schon lang vergangen ist? Wenn man nur noch aus Gewohnheit einkauft und isst, obwohl einen schon lange ein Magengeschwür quält?"

„Genau, aber, um bei deinem Bild zu bleiben, es gibt eben doch nur wenige Menschen, die ganz ohne Nahrung auskommen können. Was wäre da denn sonst, um uns ab und zu in die Höhe zu heben und dann wieder ins tiefste Loch zu werfen, wenn nicht das Verliebt-Sein. Aber müssen wir denn immer einkaufen? Könnte es nicht ganz in der Nähe von uns ein Schlaraffenland geben, nur für mich allein, das sich bisher in einem toten Winkel vor mir versteckt hat und nur darauf wartet, mir süßen Brei einzuflößen, sobald ich nur den Mund aufmache?" Charlotte blieb plötzlich stehen, so dass Richard unversehens noch einige Schritte weiterging, bis er sich umdrehte und zu ihr zurückkehrte, die mit hängenden Schultern dastand und ihm ihr Gesicht zudrehte. „Küss mich", sagte sie und öffnete leicht die Lippen.

Mama war nicht mehr so lustig, seit Papa tot war. Sie brachte gern die Wohnung in Ordnung und Petra durfte ihr dabei helfen, aber wenn sie fertig waren, ließ sich Mama gleich wieder auf das Sofa fallen, schloss die Augen oder sah fern und wollte nicht spielen. Deshalb begann Petra, ganz allein ihr Zimmer aufzuräumen, damit Mama nicht müde wurde. Als Nächstes fing sie an auch die anderen Zimmer abzustauben, die Blumen zu gießen, und bald konnte sie schon staubsaugen und zerrte den Staubsauger hinter sich her durch alle Zimmer. Wenn es keine schweren Sachen zu tragen gab, konnte sie die

Einkäufe erledigen, zu zweit aßen sie nicht so viel und Mama diktierte ihr manchmal eine Einkaufsliste.

Im Vorzimmer kamen sie am Telefon vorbei, das auf einem kleinen Brettchen an der Wand befestigt war. Frau Wagner hatte tatsächlich noch ein ganz altes Modell mit Wählscheibe. Sie blieb stehen, hob die linke Hand vom Griff des Gehgestells und betastete das Telefon. Sie hob den Hörer ab, hielt ihn ans Ohr, bis sie sich vergewissert hatte, dass die Leitung frei war, und legte den Hörer zurück in die Gabel. „Es ruft halt nie jemand an", sagte sie zu Petra. „Vielleicht ist der Apparat defekt."

Sie drehten um und durchquerten noch einmal den Kurpark. Danach, im kleinen Stadtzentrum mit seinen historischen Straßenzügen, fanden sie ein unauffälliges Café-Restaurant in einem einstöckigen, langgestreckten Gebäude. Jetzt am frühen Nachmittag waren sie die einzigen Gäste. Aus der Musikanlage düdelten hundertfünfzig Jahre alte Walzer und Polkas von Johann Strauß (Sohn). Da die Küche geschlossen war, begnügten sie sich mit Schinken-Käse-Toast und Apfelstrudel. Charlotte beobachtete, wie Richard mit drei Fingern den Walzertakt mitklopfte, eins-zwei-drei, eins-zwei-drei. Es war ein bisschen peinlich, und so legte sie ihre Hand auf seine Finger, um ihn davon abzuhalten.

„So viele Dreiecke, wohin man auch sieht", sagte er. „Du, Otto, ich. Oder auch Petra, ich, du. Ich versuche eine Seite davon im Blick zu halten, aber es gelingt mir nicht, es dreht sich immer alles weiter."

„Aber lass doch die dummen Dreiecke", sagte sie. „Mich interessiert nur die gute alte Paarbeziehung, nenn mich altmodisch. Walzer wird übrigens zu zweit getanzt."

„Stimmt." Er lächelte wieder hypnotisch. „Warum nicht, wenn es uns schon hierher in diese biedermeierliche Kulisse verschlagen hat. Ich habe zwar nie gern Walzer getanzt, aber mit dir könnte ich es mir doch vorstellen. Unsere Nummer wäre so eine Mischung aus einem übernächtigen Tango und einem bürgerlichen Linkswalzer, was meinst du?"

Charlotte dachte, dass sie eine Zigarette brauchte, aber natürlich waren sie in einem Nichtraucherlokal.

Petra telefonierte noch immer fast täglich mit ihrer Mutter. Die Mutter hatte nicht wieder geheiratet oder auch nur Affären gehabt, was Petra sehr bedauerte. Es war seltsam, obwohl sie beide nach dem Tod des Vaters so stark aufeinander angewiesen waren und jede freie Minute miteinander verbrachten, hatte ihre Mutter sie über die Jahre immer auf Distanz gehalten – das war Petra klargeworden, als sie während ihrer Ausbildungszeit an der Sozialakademie die Erzählungen von Freundinnen anhörte und mit ihrer eigenen Erfahrung verglich. Ihre Mutter stellte viele Fragen und ließ Petra erzählen, wobei gerade das Auswählen der Dinge, die sie der Mutter nicht erzählen würde, nützlich war, um für sich selbst Klarheit zu schaffen. Aber ihre Mutter selbst blieb wortkarg, ihr Unglück galt als unverhandelbar und durfte nicht in Worte gefasst werden, auch nicht oder erst recht nicht vor der eigenen Tochter. Ein Kursleiter an der Sozialakademie hatte versucht Petra aus der Reserve zu locken, indem er sie bezichtigte, in der Beziehung zu ihrer Mutter ein Helfersyndrom entwickelt zu haben, das ihre Entscheidung für einen Sozialberuf auf sehr wackeligen Beinen stehen ließ, aber Petra hatte nur gleichgültig mit den Schultern gezuckt und gesagt: „Kann sein. Macht das einen Unterschied?" Sie hatte an der Akademie darauf geachtet, dass ihre Lernleistung keinen Platz für Zweifel ließ, das gleiche Rezept, mit dem sie schon die Schulzeit problemlos hinter sich gebracht hatte. Und dass sie keinerlei Anlass zu Problemen gab, das war sie wiederum ihrer Mutter schuldig, die sich trotz ihrer Untröstlichkeit für

Petra abgearbeitet hatte, über Jahre hinweg, wie sie manchmal erwähnte.

„Wenigstens Sie kommen zu mir auf Besuch", sagte Frau Wagner mit einem verschmitzten Lächeln, „das ist ja so nett von Ihnen, Frau Petra."

Petra freute sich, wie immer, wenn Klienten sie lobten. „Aber natürlich komme ich Sie besuchen, Sie sind ja eine von meinen liebsten Kundinnen, Frau Wagner", sagte sie und drückte kurz die Hand der alten Dame. „Wir verstehen uns ja so gut." Petra spürte, wie ihr das Glücksgefühl ins Gesicht stieg, ihre Wangen röteten sich, vielleicht beschleunigte sich sogar ihr Atem. „Kommen Sie, schauen wir weiter in die Küche. Heute kommen Sie gut voran. Ich habe auch bei der Konditorei am Eck eine kleine Überraschung für Sie eingekauft."

„Sie verwöhnen mich, Sie gutes Wesen!"

„Ist das nicht schön, wenn man verwöhnt wird?"

„Oh ja, oh ja, da haben Sie ganz Recht", sagte Frau Wagner eifrig und griff wieder nach dem Gehgestell.

Egal, es musste auch ohne Zigarette gehen. „Hör zu, Richard, wir reden hier nicht über Walzer-Tanzen. Wenn dir etwas an mir liegt, dann musst du dich darauf einstellen, dass es mir diesmal todernst ist. Ich will eine erwachsene Beziehung, endlich, endgültig, zum ersten und letzten Mal. Ob das funktionieren kann, weiß ich nicht und ich verlange das auch von dir nicht, dafür ist es zu früh. Aber meine Bedingung ist eben die: Wir sind hier zwei Erwachsene. Bist du damit einverstanden?"

„Du meinst so etwas wie eine Beziehung ohne den ganzen Ballast und die Unsicherheiten aus unserer Kindheit und Jugend?" Hatte er nicht selbst schon lange genau danach gesucht, vielleicht ohne es zu wissen? Er fühlte sich ja selbst seinen alten Statusbedürfnissen entwachsen, wenn schon nicht im

Beruf, wo das Demonstrieren von Ehrgeiz Vertragsbestandteil war, so doch zumindest in seiner Einstellung zu sich als Person und zu all den Frauen, denen er und die ihm nachstellten. War es wirklich an der Zeit, einen großen Schritt zu machen? Reichte es nicht aus, in seiner bestehenden Beziehung zu reifen, so wie die lange Folge seiner früheren Beziehungen Schritte auf dem Weg des Erwachsenwerdens gewesen waren, bis er endlich glaubte, mit Petra etwas Dauerhaftes gefunden zu haben? Aber war nicht Petra mittlerweile gerade das Hindernis, das ihn bei seiner Weiterentwicklung zurückhielt, weil sie sich eben nicht gleichzeitig mit ihm nach vorn orientierte, sondern mit ihrem erreichten Plateau zufrieden war. Ja genau, Plateau – sie hatte vielleicht ihren persönlichen Plafond erreicht, Burmareisen und Altenpflege nämlich, und für neue Themen ließ sie sich nicht mehr interessieren. Da war Charlotte aus anderem Holz geschnitzt, mit ihrer Intellektualität, mit ihrer radikalen Offenheit. Konnte diese Frau etwa tatsächlich die richtige Partnerin für seine zweite Lebenshälfte sein?

Frau Wagner trug auch in der warmen Jahreszeit knöchelhohe, pelzgefütterte Hausschuhe mit harten Gummisohlen, die bei jedem Schritt das Vorzimmerparkett zum Knarren brachten und selbst ein kleines Quietschgeräusch von sich gaben. Nach dem Überschwang an Freundlichkeiten vorhin war sie nun plötzlich schweigsam und in sich gekehrt und bearbeitete mit dem Gehgestell verbissen den Fußboden. Es waren noch drei Meter bis zur Küche. Petra hatte sich wortlos auf die neue Stimmung ihrer Klientin eingestellt, hielt Abstand und verfrachtete zwischendurch im benachbarten Wohnzimmer ein paar Gegenstände, die auf dem Esstisch etwas unordentlich durcheinandergelegen waren, auf ihre angestammten Plätzen in Schubladen oder Regalen. Weil sie Frau Wagner schon lange betreute, kannte sie das Inventar dieser Wohnung mittlerweile so gut wie das ihrer eigenen mit Richard. Immerhin wohnte hier nur eine alleinstehende alte Dame, ein männliches Element des lustvollen Zerstörens war nicht vorhanden. Petra konnte sich vorstellen eines Tages ebenso in einem unumschränkten Herrschaftsbereich für Ordnung zu sorgen, eine beruhigende Idee. Bei ihrer Mutter sah es allerdings bei Petras Besuchen meistens ganz anders aus, da lagen Haufen ungebügelter Kleidung herum, manchmal stand in der Küche schmutziges, stinkendes Geschirr in Stapeln. Sofort machte sich Petra dann Vorwürfe und wurde den Verdacht nicht los, dass die Mutter schon Tage im Voraus diese töchterlichen Schuldgefühle mit berechnender Bosheit vorbereitet hatte.

Für eine diplomierte Sozialarbeiterin mit mehrjähriger Berufserfahrung wie Petra sah das Personalkonzept von Altenwohl die Beschäftigung in Führungsfunktionen in der Verwaltung oder als Projektgruppenleiterin vor. Doch Petra setzte jedes Jahr von neuem im Mitarbeiterinnengespräch mit ihrer Vorgesetzten durch, dass sie die Hälfte des Stundenausmaßes ihrer Teilzeitbeschäftigung im direkten Kundenkontakt verbringen durfte. Man gab ihr zu verstehen, dass diese sicherlich von ihrem starken sozialen Engagement motivierte Sonderregelung zwar einerseits anerkennenswert war, andererseits aber ihre Karriereentwicklung bei Altenwohl oder auch bei verwandten Organisationen behinderte. Damit war Petra ganz einverstanden. Es war zwar nicht so, dass ihr die Zeit widerstrebte, die sie im Büro verbrachte, meistens am Telefon mit den zahlreichen Hilfskräften und Pflegerinnen, aber nur hier draußen bei Klienten wie Frau Wagner erlebte sie Momente wie vorhin, wenn eine Klientin so nett war, dass man einen Knoten im Hals bekam und so eine alte Frau am liebsten ganz fest gedrückt hätte, was natürlich nicht ging und die Grenzen des professionellen Umgangs gesprengt hätte.

„Wo bleiben Sie denn, Frau Petra, kommen Sie doch endlich, allein komm' ich nicht vom Fleck, das wissen Sie doch!", rief Frau Wagner frustriert aus dem Vorzimmer und Petra eilte zu ihr: „Ich komme ja schon, ich komme ja schon."

„Lass uns woanders hingehen", sagte Charlotte, „ich brauche einen passenden Rahmen."

Sie spazierten den Hauptplatz hinunter, vorbei an der Pestsäule, und kamen zu einer schlichten Kirchenfassade, die sich kaum von den angrenzenden Wohnhäusern abhob, bis auf die Tatsache, dass es im Unterschied zu den Wohnhäusern nur ein einziges großes Fenster gab, darüber ein Rundbogen. Frauenkirche stand auf einem Schild neben dem Kirchentor und Charlotte zog den überraschten Richard hinter sich in das Gebäude. Der Innenraum war für eine katholische Kirche bescheiden eingerichtet, mit einem Dutzend dunkelbraun gestrichener Holzbänke und einem großen Gemälde hinter dem Altar, das ein Marienthema darstellte. Sie waren allein, setzten sich auf eine der unbequemen Bänke und begannen Zungenküsse auszutauschen.

„Hier also wirst du deine Frauenkirche gründen", sagte Richard nach einer Weile, als sie eine Pause brauchten.

„Eine richtige Frauenkirche wird nicht gegründet, sondern angeeignet", korrigierte Charlotte. „Ich könnte zum Beispiel Ausstellungen feministischer Kunst in diesem Raum kuratieren und du wärst technischer Leiter und Manager."

„Die Beleuchtung ist problematisch, fürchte ich. Naturlicht gibt es so gut wie keines."

„Es wäre wichtig, die ganze Tradition des Katholizismus und des katholischen Kirchenraums aufzuarbeiten. Nicht, dass das mein Lieblingsthema wäre, aber es liefert zumindest jede Menge Material. Eigentlich genau wie der Feminismus: Wichtig ist nicht, was gesagt wird, sondern dass es einfach jede

Menge zu sagen gibt. Für jemanden wie mich, die es nie geschafft hat, sich für irgendein substanzielles Thema zu entscheiden, wäre so eine Kombination von zwei Molochen vielleicht eine Chance, doch noch etwas Eigenes auf die Beine zu stellen, meinst du nicht? Charlotte, die sich bisher als unbehauste Kritikerin sämtlicher Kunstrichtungen und –gattungen für fast alle publizistischen Produkte dieses Landes einen schwer durchschaubaren, zweifelhaften Status erarbeitet hat, scheint nun endlich ihre Heimat gefunden zu haben: Als talentierte Ausstellungsmacherin, die in der adaptierten Badener Frauenkirche den Nachweis versucht, dass eins plus eins gleich zwei ist."

Als Petra am Ende ihres Arbeitstages in der Stättermayergasse die Wohnungstür aufsperrte, öffnete sich die Tür zur Wohnung gegenüber und Karin, ihre Nachbarin, trat auf den Gang und fragte Petra, ob sie auf drei ihrer vier Kinder aufpassen könnte, während sie mit dem vierten ins Spital fahren würde. Der fünfjährige Alex hatte es nämlich geschafft, sich das frisch eingeschenkte Teewasser seiner Mutter über die Hand zu gießen, und der Brandfleck war groß genug, dass man ihn zumindest ansehen lassen sollte, wenn es auch Gott sei Dank nicht wirklich schlimm war, nicht auszudenken, was da passieren können hätte.

So saß Petra nun auf Karins Wohnzimmerteppich und versuchte mit den drei unverletzten Kindern Mensch ärgere dich nicht zu spielen, obwohl sie lieber ferngesehen hätten und nicht bei der Sache waren. Mensch ärgere dich nicht lieferte immerhin einen guten Vorwand, um die drei Geschwister zwischen vier und neun Jahren an einem Ort beisammen zu halten. Der Nachteil war, dass sie sich ständig in die Haare gerieten, was aber auch wiederum einen Vorteil hatte, nämlich dass die Langeweile der Kinder eine bestimmte kritische Grenze nicht überstieg und die Spielfiguren zumindest der Form halber ihre beschwerlichen Runden über das Brett zogen.

Petra überlegte, ob sie Frau Wagner dafür bedauern sollte, dass sie keine Enkelkinder hatte. Wie würde das Alter für Karin sein? Würde sie tagein tagaus von den schulischen Abenteuern von einem Dutzend Enkelkindern in Atem gehalten werden? Würde sie statt in Pension zu gehen eine unbezahlte Vollzeitstelle als Babysitterin antreten? Würde sie also arbeiten, statt ungestört immer älter und schwächer zu werden wie Frau Wagner? Karin erschien ihr plötzlich völlig fremd, eine Angehörige einer anderen Spezies. Eine Kinderaufzieherin mit einem Ehemann, der, soviel Petra wusste, als Außendienstvertreter fünf Tage in der Woche auf Reisen war, also im praktischen Sinn eine Alleinerzieherin. Trotzdem arbeitete sie halbtags als Verkäuferin in einem Drogeriemarkt. Petra stellte sich Karin und Charlotte in Karins Schlafzimmer vor, aber sie verscheuchte den Gedanken so gut es ging. Als sie die Kinder um acht Uhr ins Bett gebracht hatte – Karin hatte angerufen, sie mussten noch auf den Oberarzt warten – konnte sie es sich trotzdem nicht verkneifen, die Tür zum Elternschlafzimmer einen Spalt breit zu öffnen und hineinzusehen. Dann setzte sie sich auf das Wohnzimmersofa und schaltete den Fernseher ein.

Dresdner Straße

16. September

Das nicht für möglich Gehaltene war doch passiert, Arsawi, der Schatten von Frau Dr. Soundso, hatte gekündigt, neuer Aufenthalt unbekannt. Soviel man hörte, hatte es weder einen bestimmten Auslöser gegeben, noch war irgendetwas über ein Motiv oder ein Zukunftsprojekt bekannt. Privat hatte niemand mit ihm Kontakt. Arsawi hatte sich einfach in Luft aufgelöst und nirgends war seine Leiche angeschwemmt worden.

Bei der Tür herein kam die Krieger, normalerweise demonstrativ nachlässig gekleidet und ohne Make-Up, doch heute in einem sportlichen roten Minikleid und mit hohen Absätzen, eine umwerfende Erscheinung mit ihren vielleicht fünfundzwanzig Jahren. Sie brauchte ein Dokument von Fiala, die gerade wie wild tippte. Fiala musterte sie missmutig und reichte ihr widerstrebend eine Unterlage aus einem Stapel auf ihrem Tisch. Als die Krieger aus dem Büro stolzierte, schauten ihr alle auf den Arsch und belauerten sich dabei gegenseitig.

Otto spürte wieder das Kribbeln an seiner rechten Schläfe. Es war nie genau lokalisierbar, manchmal schien es direkt über dem Abschlussbogen des Schädelknochens an der Augenhöhle zu sitzen, manchmal aber auch im – oder über dem – weichen Fleisch der Schläfe. Otto fragte sich, ob das Kribbeln von einem Nerv oder von einem Blutgefäß ausging, sicher war er sich aber, dass es durch eine schleichende Veränderung des Hautgewebes ausgelöst wurde. An der Oberfläche der Haut war nichts zu sehen, höchstens vielleicht eine ganz leichte Verdunkelung in einem größeren Bereich ohne scharfe Grenzen. Es gab das Kribbelgefühl und dann auch, hin und wieder, ein kurzes punktweises Brennen wie ein Nadelstich, und was war das? Das Absterben einer Nervenzelle? Konnte es ein kleiner, hartkerniger Tumor sein, vielleicht stecknadelkopfgroß nur, der sich unauffällig in Ottos Schläfengewebe ausbreitete? Auf seiner Brust, knapp unter dem Schlüsselbein, gab es auch so eine Stelle, die pulsierte, und auch dort war an der Hautoberfläche nichts Ungewöhnliches zu erkennen. Einerseits war es wohl gut, dass die Erscheinung an der Schläfe nicht einzigartig in seinem Körper war, andererseits aber war auch denkbar, dass die beiden Stellen strukturell miteinander verbunden waren, vielleicht über das System der Lymphdrüsen und seine Zusammenhänge mit der Immunabwehr. Dass die Haut alterte, fiel Otto immer stärker auf, besonders wenn er seine Handrücken betrachtete, die während einer Besprechung vor ihm auf dem Tisch lagen. Kleine, schlaffe Fältchen umtanzten die Fingergelenke und eroberten ausgehend von den Nischen zwischen den Fingern neue Gebiete. Das große Muttermal, das ihn schon seit der Kindheit begleitete, war fast verschwunden zwischen der Vielzahl neuer Verfärbungen in verschiedenen Grau- und Brauntönen, die sich überlappend ausbreiteten und miteinander verschmolzen. Und doch zeigte das Schläfenkribbeln, dass es nicht nur oberflächliche Veränderungen gab, sondern dass alle Hautschichten mitbetroffen waren.

19. September

Seit dem späten Vormittag – zehn, elf Uhr – kündigte sich an, dass etwas passieren würde. Die Luft über der Stadt war diesig, schwül. Es war windstill. Um drei Uhr türmten sich im Westen bereits Cumulonimbus-Wolken. Zwei Stunden später verdunkelte sich der Himmel immer mehr, bis es fast finster wurde, und kurz nach sechs brach das Gewitter über den Abendverkehr herein. Am Floridotower blitzte und donnerte es heftig und der Regen fiel flächig, so dass die aufprallenden Regentropfen vom Asphalt kniehoch zurückgeschleudert wurden. Die

Angestellten sammelten sich in der Lobby und schauten durch die Glaswände nach draußen, während sie warteten, lange konnte der Regen nicht so weiterfallen. Schließlich wagte sich Otto hinaus, doch bereits nach zwanzig Metern war seine Hose bis zum Knie durchweicht. Gerade hatte er das Wartehäuschen der Straßenbahn erreicht, als ein Blitz in die Spitze des Floridotowers einschlug. Der Donner krachte gewaltig. Das Regenwasser sammelte sich in Bächen, die an den Gehsteigkanten entlangsprudelten und die Abfälle der letzten Tage wegspülten. Als die Straßenbahn kam, schien sie Mühe zu haben, die Wassermassen von den Gleisen zu drücken.

Die Stationen der U-Bahn-Linie U6 ab Floridsdorf, die Otto dann wie jeden Tag benützte, befinden sich auf unterschiedlichen Niveaus bald oberirdisch, bald unterirdisch. Auf einer Brücke überquerte der Zug die Donauinsel und die Donau. Der Fluss war hinter Wänden aus Regen, die gegen die Fenster prasselten, kaum zu sehen. Doch gleich nach der Millenium City am anderen Ufer tauchte der Zug steil hinab unter die dichtverbaute Brigittenau und legte in der Station Dresdner Straße einen langen Halt ein, viel länger als üblich. Der Zugführer meldete sich schließlich über die Waggon-Lautsprecher. Aufgrund eines größeren Wassereintritts im Tunnelbereich war die Weiterfahrt derzeit nicht möglich, bitte um etwas Geduld. Geduld, dachte Otto, und die ältere Frau in der schwarzen Lederbekleidung fiel ihm ein, mit der er in der Passage am Karlsplatz gesessen und eine Motorrad-Reise nach Indien geplant hatte, sie war auf diesem Bahnsteig gestanden, allein und geduldig, bereit, so lange zu warten wie es eben nötig war, vor sich nichts außer der gelb leuchtenden Abdeckung der Starkstromschiene. Otto stellte sich vor, wie sie eines Tages wieder auf diesem Bahnsteig stehen würde, auf einen Zug wartend, der nicht kam, bis sie schließlich einen kleinen Schritt nach vorn machen würde, dann wieder warten, noch einen Schritt, die Warnsymbole auf der Starkstromschiene vor Augen, bis der Zug sich endlich näherte, nahe am Rand der Plattform, nur noch ein Schritt fehlte. Das Regenwasser würde an ihrer schwarzen Lederjacke abfließen, durch eine undichte Stelle im Kanalsystem in den U-Bahn-Schacht eindringen, der tief unter der Erde lag, wo es nicht mehr weit war bis zum glühenden Feuerball im Erdinneren, über dem das Regenwasser allmählich zischend verdampfte, bis die Strecke wieder frei sein würde und Ottos Zug seine Fahrt fortsetzen konnte.

3. Oktober
Der langgestreckte Grundriss seines Reihenhauses erinnerte Otto an einen Sarg auf drei Stockwerken, einen Sarg mit Aussicht. Es war zwei Uhr und nicht zum ersten Mal hatte Otto der Schlaf im Stich gelassen. Seit einer halben Stunde schon stand er hinter einem Fenster im Dachgeschoß und starrte in die Nacht hinaus. Von der U-Bahn-Station fiel Licht herüber. Jenseits der Gleise, in ein paar hundert Metern Entfernung, waren in einem großen Genossenschaftsbau einzelne Fenster hinter bunten Vorhängen erleuchtet. Seine Augen verloren immer wieder sekundenweise den Fokus, betäubt von Müdigkeit und der nächtlichen Lichtverschmutzung da draußen. Wie schön wäre es, statt dieser Wildnis eine einfache Kerze ansehen zu können, die einen sonst völlig dunklen Raum erhellte. Eine Gebetskerze auf dem Esstisch eines alten Bauernhauses mit dicken Mauern, oder in einer Einsiedelei im Gebirge. Wie schön wäre es, nichts mehr auf der Welt zu haben als den Docht einer einzigen Kerze, und wenn der Docht schließlich in den letzten Resten des geschmolzenen Wachses verglomm, dann wäre das Ende da, ohne weitere Fragen. Das Haus war sehr still, seit Charlotte ausgezogen war, manchmal knackte der

Kühlschrank oder ein Möbelstück. Die Ruhe dieser nächtlichen Stunden war für Otto schwer zu ertragen. Er bemühte sich, die Alltagsbelanglosigkeiten, und das hieß an erster Stelle alles, was mit der Arbeit zu tun hatte, zu dieser Nachtstunde von sich zu weisen, die Lichtverschmutzung in seinem Bewusstsein gering zu halten. Doch was blieb dann noch von ihm, ohne die Belanglosigkeiten? Und was würde bleiben, nach seinem Tod? Niemand würde für ihn eine Kapelle errichten, niemand sich an ihn erinnern, in der langen Reihe seiner Vorfahren wäre er der erste, der sofort nach seinem Ableben ganz und gar vergessen wäre.

11. Oktober

Nach zwei Versuchen war die Skalierung der Diagramm-Achsen perfekt. Entwicklung der Arbeitsproduktivität in den F&E-Abteilungen von fünfzehn Großunternehmen im Medium-Tech-Bereich, gemessen an Patenten pro Kopf, über die letzten zehn Jahre, Zielgruppe versus Kontrollgruppe. Speichern und Dokument schließen, jetzt musste er einmal etwas anderes einschieben, zur Entspannung. Otto lehnte sich zurück und drehte sich in seinem Stuhl Richtung Fenster. Er könnte aufstehen und ein paar Minuten in der Küche herumlungern, aber jetzt am frühen Nachmittag standen dort sicher Berge schmutzigen Geschirrs und warteten auf die zweite Schicht der Reinigungskräfte. Die Kollegen stierten in unterschiedlichen Graden des Verfalls auf ihre Bildschirme, Schweiger telefonierte mit seiner Tochter im Volksschulalter. Draußen an der Glasfassade begannen die Drahtseile der Aufzugskabine der Fensterreiniger zu vibrieren, wie sie es schon den ganzen Tag immer wieder getan hatten, und tatsächlich, die oberen Metallteile der Aufhängung des Aufzugs schoben sich von unten in Ottos Sichtfeld, bis sie mit einem Ruck anhielten. Die Arbeiter hatten das Stockwerk unterhalb erreicht. Wenn sie Glück hatten, konnten sie dort attraktivere Angestellte begaffen als hier in Ottos Büro, dachte er und ließ einen missbilligenden Blick über seine Kollegen gleiten. Er zählte seine dringenden Aufgaben durch, in der Hoffnung, dabei auf eine zu stoßen, der er sich in seinem aktuellen Zustand gewachsen fühlte. Resignierend klickte er sich schließlich am Computer in den Dateiordner, in dem er seine Reiseabrechnungen speicherte. Vor drei Monaten hatte er eine Konferenz in Stuttgart besucht. Er fertigte unter dem Namen StuttgartOtto eine Kopie der Vorlage an und freute sich über das pseudoitalienische Lautbild.

Durch den Verbindungsgang zu den Nachbarbüros polterten mehrere Personen heran, die offenbar einen schweren Gegenstand trugen. Es schepperte fröhlich. Da bogen sie auch schon durch die offenstehende Tür in das Büro ein, und siehe da, auch hier handelte es sich um einen Fensterreinigungs-Trupp. Einen Moment lang dachte er, es seien die Kerle aus dem Außenaufzug, aber dann begriff er, dass nur ein Zufall vorlag, ein fast lächerlicher Zufall, der bewirkte, dass zur gleichen Zeit zwei verschiedene Unternehmen beschlossen hatten, die Fenster von Ottos Büro nicht nur von außen sondern auch von innen zu reinigen.

„So viel Klarheit auf einmal!", rief Otto. Die Kollegen sahen ihn verständnislos an. „Die Fenster!", setzte er fort, „Unsere Weitsicht soll gleichzeitig von innen und von außen verbessert werden! Was sagt ihr dazu?"

Die Kollegen blickten stumm auf die drei Fensterreiniger, die mitten im Raum standen, und auf die nur leicht zitternden Drahtseile an der Fassade, dann wendeten sie sich wieder ihren Bildschirmen zu. Otto sah, wie die Seile draußen wieder stärker zu zittern begannen und der Aufzug langsam vor sein Stockwerk heraufschwebte, während sich die Fensterreiniger innen und außen gegenseitig musterten. Dann klebten sie alle reibend und wischend an ihren jeweiligen Scheiben – die Außenverglasung bestand aus ästhetischen Gründen aus einzelnen Paneelen, die an einem Metallgerüst etwa einen halben Meter vor der Innenfassade befestigt waren. Mit ihren winkenden Armen und Beinen wirkten die Männer wie Insekten, die sich mit heftigen Bewegungen aller Gliedmaßen vor dem Versinken in einer Regentonne retten wollten. Otto hielt es nicht mehr an seinem Platz. Er stand auf und ging vor zur Fensterfläche. Er stellte sich zwischen die arbeitenden Männer, vergrub seine Hände in den Hosentaschen und sah hinunter in die Tiefe, auf die Parkplätze und die benachbarten Wirtschaftsgebäude und Lagerhallen. Die Wischgeräte mit ihren orangefarbenen Schwämmen klatschten nass auf die Scheiben und erzeugten manchmal ein zartes Quietschen oder Fiepen. Wenn ihm einer der Männer zu nahe kam, trat Otto höflich zur Seite und bezog zwei Meter weiter erneut Position. Die Arbeiter draußen im Aufzug zeigten mit dem Finger auf ihn und lachten. Otto schaute kühl zu ihnen hin und zuckte mit den Schultern, es war ja so unwichtig, was sie voneinander dachten. Lieber sah er nach unten. Wenn man erst einmal da draußen im Aufzug war, konnte einem schwindlig sein, so viel man wollte. Die Arbeiter hingen an Gurten, aber sicher war es möglich sich auszuklinken. Dann könnte man hochklettern und sich rittlings auf den Rand setzen, die Beine baumeln lassen und sich im Wind wiegen, während unten die Erde schwankte, sich hob und senkte, möglicherweise sich im Kreis zu drehen begann, schneller und immer schneller.

17. November

Vor einer Ewigkeit war er Programmierer gewesen, nicht Softwareentwickler, wie dann später nach dem Studienabschluss sein erster Beruf hieß, sondern Programmierer, jemand, der mit großem Eifer sein sprachliches Bewusstsein in die formalen Konstrukte einer höheren Programmiersprache übersetzte, in Funktionsaufrufe und Zuweisungen an Variable, und der dabei stundenlang durchhalten konnte, manchmal nächtelang. Er besaß die Fähigkeit, das zu tun. Es verschaffte ihm Funktionslust und das Gefühl, über eine besondere Art von Intelligenz zu verfügen, die geeignet war, in die Wirklichkeit eines Computers gestaltend einzugreifen, zeitlose Werke zu schaffen. Sein Wille war maschinell interpretierbar und welchen besseren Beweis für Geisteskraft konnte es geben? Drei Jahrzehnte waren seit damals vergangen und hier saß er nun, vom Programmierer zum Computer-Anwender herabgesunken, und konnte die Finger nicht von der Tastatur heben. Es war lächerlich, affektiert. Doch er konnte es nicht. Otto starrte auf den Bildschirm vor ihm. Seine Augen liefen an den Bildschirmkanten entlang, als suchten sie den Ausweg aus einem Labyrinth. Rechts von der Tastatur lag eine Computermaus als Zeigegerät. Er versuchte sich vorzustellen, wie er die rechte Hand von der Tastatur hob, um dann mit der Maus ein neues Anwendungsfenster auf den Bildschirm zu rufen. Seine Handrücken waren so schwer, als wären sie von dicken Bleischichten ummantelt. Die Hände sanken über den Tasten ächzend zusammen, weil die Finger, die doch schwebend leicht auf der Oberfläche der Tastatur aufruhten, ihre Last nicht mehr trugen. Er versuchte sich durch eine Kraftanstrengung des Geistes den Weg zu erschließen, den die rechte Hand von ihrer Position aus zurücklegen müsste, um die Computermaus zu erreichen. Er folgte dem Kabel, das die Maus mit dem Arbeitsplatz-Computer verband, der unter dem Tisch in einem metallenen Geschirr hing. Doch das Kabel verschwand am hinteren Ende der Tischoberfläche und er konnte sich nicht weit genug bewegen, um nachzusehen, welchen weiteren Verlauf es unterhalb des Tisches nahm. Er konnte sich überhaupt nicht mehr bewegen. Ja, das war es: Er war gelähmt, er konnte keinen einzigen Teil seines Körpers bewegen, nicht einmal sprechen. Otto saß stumm und starr vor seinem Bildschirm. Er wusste, dass er immer noch imstande war in rasend schnellen Gedankenketten, in tänzelnden Wortgirlanden über seine Situation nachzudenken, sinnlos zwar, sich alles weg zu rechtfertigen, was gerechtfertigt werden wollte.

4. Dezember

„Du bist verheiratet, oder?", fragte ihn die Krieger, Julia Krieger, Juli. In gewisser Hinsicht war es ein schlechtes Zeichen, dass sie mit Jeans und Jacke für ihre Verhältnisse recht züchtig gekleidet zu ihrer Abendessen-Verabredung gekommen war. Allerdings konnte man ihr die kalte Jahreszeit zugutehalten, obwohl das Wetter recht mild war.

„Nein, wir haben nie ans Heiraten geglaubt. Ich hatte eine lange Beziehung, aber sie hat sich vor drei Monaten mit meinem besten Freund zusammengetan."

„Im Ernst? Ich höre mir eigentlich nie Geschichten über die Ehefrau oder die Ex an, aber mit deinem besten Freund? Komm, erzähl." Sie faltete die Hände und runzelte die Stirn, um erwachsener auszusehen, was sie erst recht mädchenhaft wirken ließ.

„In Ordnung, Juli, aber wenn es zu viel wird, musst du mich sofort stoppen, einverstanden? Und ich hole auch nicht weit aus. Bei ihr, Charlotte, waren es wohl Abnützungserscheinungen. Ich meine, sie hat sich nie über irgendetwas besonders beschwert, aber im Lauf der Jahre hat sie sich wohl an mich gewöhnt und es ist ihr lästig geworden, immer mit den gleichen Schrullen eines Partners konfrontiert zu sein. Am Anfang war ich etwas Besonderes, gegen Schluss zu beliebig. Und ein beliebiger Mann ist für eine Frau eben leicht ersetzbar. Sie hat wohl auch gefunden, dass Richard das Zeug hat, auf lange Sicht weniger unbestimmt zu sein als ich, weil er stärker verwurzelt ist, bodenständig fast, authentisch. Alles Eigenschaften, die mir angeblich fehlen. Richard seinerseits hat sie vielleicht so gesehen, wie Charlotte mich sieht, nur ins Positive gewendet, also leichtfüßig, anpassungsfähig, offen. Seine vorige Partnerin hatte das nicht, die war tatsächlich immer etwas bäuerlich und stabilitätsfixiert. Na ja, weißt du, wenn sie glauben für einander bestimmt zu sein, dann will ich ihnen nicht im Weg stehen, denn wer weiß, wohin dieser Weg führt. Und wie lang er dauert."

„Hast du nicht gelitten? Du sagst das so kühl. Hast du keine Szene gemacht?"

„Nein, Juli, hätte ich das tun sollen?"

„Also mich würde es wahnsinnig machen, wenn ich einen Partner mit seinem besten Freund betrüge und ihm wäre alles völlig egal. Ich glaube, ich würde so einen Partner richtig zu hassen anfangen, denn das hieße ja, dass ich ihm überhaupt nicht wichtig war. Wenn er nicht einfach gefühllos und beziehungsunfähig ist, und dann müsste ich mir vor allem selbst den Vorwurf machen, mit so einem Menschen zusammengekommen zu sein. Bis du so ein Gefühlsverweigerer, Otto?"

„Ich halte mich sogar für besonders Empathie-begabt."

„Ja vielleicht. Haha, das sagen ziemlich viele von euch. Aber ein fremdes Gefühl zu begreifen bedeutet noch nicht, auch eigene Gefühle zu kennen. Zumindest sagt mir das meine bescheidene Lebenserfahrung mit älteren Männern, die mich zum Essen einladen. Also wenn ich einmal heirate, dann nur einen, der von seiner Leidenschaft so richtig aufgezehrt wird, verstehst du?", sie sah Otto kumpelhaft an und lachte.

13. Jänner

Über den Dächern der Stadt war jenes billige graue Zelttuch aufgespannt, unter dem der Winter sich immer von seiner kalten und feuchten Seite zeigte. Wieder war die ungebührlich lange Saison des Wiener Hochnebels angebrochen, des ungeliebtesten alten Familienmitglieds aller Stadtbewohner. Otto fand, dass das Wetter recht gut passte. Er war am Weg von einer Podiumsdiskussion im Palais Palffy zur U3-Station Volkstheater an der Ringstraße. So konnte er die Hofburg durchqueren und über den schneelosen Heldenplatz Richtung Volksgarten eilen. Er trat unter den Torbögen der Hofburg-Durchfahrt auf den weiten Platz hinaus. Die offene Fläche versprach unter den Schlägen der Windböen Freiheit und die Möglichkeit von Volksaufständen, doch ernst nehmen musste man sie nicht. Otto steckte die Fäuste tief in seine Jackentaschen und ließ sich den Wind um die Ohren pfeifen. Bald erreichte er die Ringstraße und lief über Rolltreppen hinunter auf die Plattform der U3. Von hoch oben grüßten die von Scheinwerfern angestrahlten Mosaiken des Malers Lehmden mit ihrer Interpretation der Genesis.

„Hallo Otto", sagte plötzlich eine Frauenstimme neben ihm. Die Stimme kam ihm bekannt vor. Überrascht drehte er sich um. Es war Petra, am Weg von Kundenbesuchen nach Hause. Sie trug einen Daunenmantel und eine dicke Wollmütze.

„Es freut mich, dass du es warm hast", sagte Otto.

„Ich bemühe mich. Du weißt ja, ich bin hart im Nehmen", sagte Petra.

„Wohnst du noch in der Stättermayergasse?"

„Oh ja, natürlich. Ich habe nur einige Möbel ausgetauscht, vor allem im Wohnzimmer. Und du?"

„Ich sitze unverändert im Reihenhaus. Es ist ja gemeinsames Eigentum. Charlotte und ich schaffen es nicht, zu besprechen, was wir damit machen wollen. Also klebt es bis auf weiteres an mir."

„Weißt du, wir beide, du und ich, wir haben nie besonders gut zusammengepasst. Ich bin also froh, dass es zwischen uns so ist, wie es ist."

„Das ist schon in Ordnung, Petra. Was sagst du zu Charlotte und Richard?"

„Ich kann es noch immer nicht glauben. Ich frage mich, wie sie es schaffen, sich nicht jeden Tag den Schädel einzuschlagen."

Otto war froh, nach drei Stationen am Westbahnhof umsteigen zu müssen.

20. Februar

Die ganze Nacht lang dachte er darüber nach, was er Falsches gegessen hatte. Wahrscheinlich war es einfach eine viel zu große Portion Reis gewesen, die er am Abend ohne viele Beilagen verschlungen hatte, mit einem Heißhunger, der ihm sonst eher fremd war. Kurz nach Mitternacht war er aufgewacht und hatte ein Völlegefühl im Bauch verspürt, das sich auch durch minutenlanges Herumwälzen im Bett nicht auf ein erträgliches Maß reduzieren ließ. Er stand schließlich auf, merkte, dass ein Gang auf die Toilette keine Abhilfe schaffen konnte. Er ging in die Küche und trank ein Glas kaltes Wasser. Es fühlte sich an, als ob ein Rugby-großer Stein in seinem Magen lag. Besonders schlimm war es im Sitzen, da sackte sein Verdauungstrakt unter dem Gewicht in sich zusammen und drückte schmerzhaft auf das Steißbein. Er richtete sich auf, hielt die Arme über dem Kopf in die Höhe, streckte sich und beugte sich in alle Richtungen, um den verklumpten Fremdkörper auf den Weg durch seinen Darm zu bringen, doch ohne Erfolg. Er trank ein weiteres Glas Wasser, dann noch eines. Der Schmerz wurde schlimmer. Er stützte sich am Esstisch auf, beugte sich nach vorn, in der Vorstellung, seine Darmwindungen locker nach unten hängen zu lassen, er massierte seinen Bauch mit den Fäusten, abwechselnd im und gegen den Uhrzeigersinn. Er stellte sich scharfkantige Bruchstücke aus Beton vor, die in seinem Inneren gegeneinander rieben. Schweiß brach ihm aus allen Poren und der Schmerz verzweigte sich in seine Gliedmaßen und wucherte.

14. März

Das Dokument war bisher dreiundzwanzig Seiten lang, doch achtzig Seiten war wohl die untere Grenze dessen, was hier erlaubt war. Wenn alle Statistiken und Diagramme integriert waren, würden sie zumindest dreißig Seiten ausmachen, blieben noch siebenundzwanzig mindestens, die mit Empfehlungen an die österreichische Leder- und Schuhindustrie zu füllen waren.

Angesichts eines nur durchschnittlichen Automatisierungsgrades in den meisten von österreichischen Unternehmen betriebenen Produktionsstufen ist eine technische Front-Runner-Strategie mit erheblichen Schwierigkeiten und Herausforderungen behaftet. Fraglich bleibt auch, ob auf einem solchen Entwicklungspfad strukturelle Kostenvorteile südeuropäischer, vor allem aber südostasiatischer Hersteller ausgeglichen werden könnten. Die Faktorenanalyse in Wimmer et al. (2009) liefert dazu einen uneindeutigen Befund.

Oder auch, einige Seiten weiter:

Einen spezifischen Standortvorteil stellt die Nähe zur oberitalienischen Schuhindustrie dar. Für italienische Hersteller sind dabei weniger die österreichischen Produktionskapazitäten von Interesse, da diese meist mit höheren Fertigungskosten produzieren als den in Italien, besonders Süditalien, erzielbaren. Aussichtsreich erscheinen eher Design- und Markenkooperationen, da Komplementaritäten bei Markterschließungsoptionen bestehen.

Wie konnte man in den nächsten Satz das Wort Schlachtschussapparat einbauen? Die österreichische Alleinstellung besteht in dem besonders routinierten Umgang mit Schlachtschussapparaten verschiedenster Bauart? Otto zögerte noch. Das Leder für Möbel und Schuhe ist vorzugsweise vom noch dampfenden Tierkadaver abzuziehen. An verschiedenen Standorten stehen grimmige Schlachthöfe mit kleinen, vergitterten Fenstern. Hinter diesen findet täglich der Tiermassenmord statt, während draußen am Parkplatz kleine Trüppchen radikaler Tierschützer über Lautsprecher ihre Parolen in die menschenleere Landschaft schreien und vegane Jausenbrote verzehren. Übermüdete Fernfahrer transportieren eng aneinandergepresste Paarhufer durch Alpentunnels und vollführen wilde Schlenker am Lenkrad, wenn sie der Sekundenschlaf heimsucht. Fetischisierte Frauenfüße schwitzen in Stiefeln, während längst der Frühling ins Land gezogen ist. Schwule Schuhdesigner sind stolz auf ihre sorgfältig getrimmten Dreitagesbärte. Rabiate Angestellte freuen sich über die Huporgien im abendlichen Stau am Weg von der Arbeit in die besseren Wohngegenden am grünen Stadtrand.

Otto hielt mit dem rechten Daumen die große Eingabetaste niedergedrückt, die wie der Grundriss eines schmucken Einfamilienhauses geformt war, und sah zu, wie in rasender Geschwindigkeit hunderte neue Leerzeilen in sein Dokument eingefügt wurden und wie der Eingabecursor gelegentlich am unteren Bildschirmrand kurz aufblitzte.

3. April

Hochschlager hatte gerade die Begrüßungsworte gesprochen und saß neben Dr. Soundso in der ersten Reihe. Otto musste zugeben, dass Soundso äußerlich in blendender Verfassung war. Sie trug einen schmal geschnittenen, knielangen Rock und unterhalb davon waren ihre durchtrainierten und stromlinienförmigen Unterschenkel zu bewundern. Der Moderator beendete gerade seine Überleitungsworte und kündigte dem Publikum Otto als vielseitigen und Industrie-erprobten Innovationsforscher des Technologie Management Instituts an. Otto bedankte sich. Seine Nervosität war heute von der routinierten Sorte, bei der man trotz klopfendem Puls und schweißnassen Händen weiß, dass nichts schiefgehen kann, dass kein Black-Out oder Stottern über einen hereinbrechen wird. Seine Lebensqualität war gestiegen, seit er diese Art von zitternder Selbstsicherheit besaß, die nur aus Erfahrung gewonnen werden kann, in Ottos Fall aus einer unüberschaubaren Anzahl ähnlicher oder gar identischer Situationen, die er durchlebt hatte, viele davon sogar bereits im Dienst seines aktuellen Arbeitgebers. Neben dem Moderator stehend blickte Otto ruhig ins Publikum aus ungefähr hundertfünfzig Personen. Die meisten waren Anzug- und Kostümträger aus der sozialpartnerschaftlichen Institutionenlandschaft, Hervorbringungen der reifen sozialen Marktwirtschaft wie er selbst. Da saßen Account Manager für Government und Public Affairs aus Tochterunternehmen multinationaler Konzerne, Fachgruppensekretäre der Wiener Wirtschaftskammer mit ihren Assistentinnen, selbständige Unternehmensberater mit Schwerpunkt Förderwesen, Innovationsexpertinnen der Arbeiterkammer und der Gewerkschaft der Privatangestellten, sowie Sachbearbeiterinnen aus den Förderstellen der teilautonomen Universitäten.

Anzufangen war nie Ottos Problem gewesen, die ersten paar Sätze waren längst vorbereitet, er musste sie nur ausspucken. Die Akustik im Raum war gut. Er spürte, dass seine Stimme, von der Lautsprecheranlage angenehm moduliert, selbst die hintersten Winkel des Raumes erreichte. Er hielt sich in angemessener Entfernung vom exakten Wortlaut der Bulletpoints, erreichte auf der zweiten Folie das offene Wasser des freien Sprechens. Jetzt nur nicht den Schwung verlieren, dachte Otto, bleib bei der Sache. Er achtete auf seine Intonation, bemühte sich um Dynamik der Tonhöhe, des Tempos. Verwende die Hände, sagte er sich, zeige eine selbstbewusste, aber nicht übertriebene Gestik. Er sprach seine Zuhörer persönlich an, „wie Ihnen sicher bekannt ist", „Sie werden wahrscheinlich mit mir übereinstimmen". Mit einer leichten Fingerberührung konnte er zur nächsten Powerpoint-Folie wechseln, doch da tat sich eine kleine Schwierigkeit auf, unmerklich fast, er hatte keine Lust weiterzumachen. Es war nicht genug Zeit, darüber ins Grübeln zu kommen, er bemerkte es nur, machte sich eine kleine geistige Notiz, an dieser Stelle wolltest du nicht, da hast du gebockt. Leider wurde es davon nicht besser.

In solchen Augenblicken war er dankbar für alles, was ihn determinierte, angefangen bei der Krawatte, über den Computer mit der fertigen Präsentation vor ihm auf dem Pult, den Vorgesetzten in der ersten Reihe des Publikums, Dienstvertrag und Hypothekarkredit. Er versuchte sich Zeit für ungewöhnliche Formulierungen zu nehmen, um vielleicht aus einer gelungenen Pointe Befriedigung zu schöpfen, allerdings vermittelten die misstrauischen Gesichter der Menschen in den ersten Reihen nicht gerade den Anschein, als wären sie gekommen, um sprachlichen Höhenflügen zu folgen. Für Selbstverwirklicher war heute kein Platz und keine Zeit, hier zählten Disziplin, Sachlichkeit und persönliches Format. Waren das nicht genau die Eigenschaften, die Ottos Gehalt rechtfertigten? Eine Weile machte er weiter, doch die Feindseligkeit im Saal wuchs, als schöpften die Leute Verdacht, dass der Mann da vorne sich von ihnen absonderte und mit gequälter Miene Dinge erzählte, von denen er selbst nicht so recht überzeugt war. Otto griff nach dem Wasserglas, bemerkte, dass es leer war, griff nach der Mineralwasserflasche, vertrödelte zwei, drei Sekunden mit dem Öffnen des Verschlusses.

Selten konnte er klarer denken als in Momenten wie diesem. Er wusste genau, was auf dem Spiel stand, eine Bestätigung seiner Entscheidung für das Drinnen nämlich, zumindest in der Hauptsache, sooft er sich auch in kleinen Nebensachen für ein Draußen entschieden hatte. All diese Draußen zählten freilich nichts, solange er in Momenten wie diesem weiter Ja sagte, ohne großen Druck, nichts zu verlieren habend, sagte er Ja, und mit der unscheinbarsten Bewegung seines Zeigefingers klickte er seine Präsentation auf die nächste Seite.

Handelskai

Nachodines Einäscherung sollte im Krematorium Nummer 4 stattfinden. Der Weg dorthin war im Inneren des Gebäudes mit beleuchteten Informationstafeln gut ausgeschildert, so dass sie trotz der schlechten Lichtverhältnisse keine Schwierigkeiten hatten hinzufinden. Die meisten Anwesenden wohnten zum ersten Mal einer Beerdigung in einem Friedhofs-Hochhaus bei. Neugierig blickte Charlotte um sich.

Friedhofs-Hochhäuser waren eine Wiener Erfindung der letzten Jahre. Zu Beginn waren aus der ganzen Welt die Filmteams angereist, um die ersten Begräbnisse zu filmen. Inzwischen hatte sich die größte Aufregung gelegt. Dennoch galt die Idee als Musterbeispiel einer österreichischen Innovation für das einundzwanzigste Jahrhundert. Bestattung Wien, das gemeindeeigene Beerdigungsunternehmen, hatte nach Lösungen für die notorische Platznot auf den Wiener Friedhöfen gesucht, da die vorhandenen Erweiterungsflächen unter dem Ansturm der sterbestarken Jahrgänge des laufenden Jahrzehnts zur Neige gingen. Ein herbeigerufener selbständiger Innovationsberater hatte vorgeschlagen, systematisch aktuelle Trends in anderen Bereichen der Gesellschaft auszuwerten, um nach Synergien zu suchen. Vielleicht ließ sich eine günstige Verbindung zwischen der Verknappung der Friedhofsflächen und einem gleichzeitig auftretenden Überschuss an anderer Stelle schaffen. Und siehe da, schon bald wurde man fündig: In der Nähe der Endstationen aller U-Bahn-Linien waren vor einiger Zeit vielstöckige Park & Ride-Garagen hochgezogen worden, um die Berufspendler aus den reichen Umlandgemeinden Wiens dazu zu bewegen, im Stadtgebiet die öffentlichen Verkehrsmittel zu benützen. Wegen Geldmangels wurden dabei jedoch viel zu wenig Parkplätze errichtet. Interessierte Autofahrer mussten oft vor überfüllten Garagen wieder umkehren, es gab wütende Proteste und die Anzahl der motorisierten Einpendler wuchs weiter, ebenso wie der tägliche Verkehrsinfarkt auf den Einfallstraßen. Die mächtige Autofahrerlobby mobilisierte und warf der Stadtverwaltung sinnlose Verschwendung von Steuergeld bei der Errichtung der Parkhäuser vor. Die Beliebtheitswerte des Bürgermeisters sanken. In höchster Bedrängnis griff die Stadtverwaltung zu ihrer stärksten Waffe: Subventionen. Nun wurden für verkehrsentlastende Initiativen an den Stadtgrenzen großzügige Kopfprämien für jede eingesparte Fahrt ausgezahlt, was noch immer billiger war als weitere Garagen. Zunächst noch zögerlich entstanden daraufhin einige private Buslinien und Sammeltaxis. Schließlich sprang die Landesregierung des Nachbarbundeslandes Niederösterreich ein: Dort hatte ein findiger Beamter ausgerechnet, dass die Landesverwaltung öffentliche Bustransporte ins Zentrum der Bundeshauptstadt zu geringeren Selbstkosten als der Wiener Kopfprämie anbieten konnte. So überquerten nun lange Kolonnen von klimatisierten öffentlichen Reisebussen, die stolz in den niederösterreichischen Landesfarben blau und gelb bemalt waren, die Stadtgrenze und bewirkten schnell wachsende Finanztransfers aus dem Wiener Subventionstopf in den niederösterreichischen Landeshaushalt. Die Park & Ride-Garagen hingegen standen leer und wurden endgültig geschlossen, als die öffentliche Betreibergesellschaft zum dritten Mal in zwei Jahren in Insolvenz ging.

Die Umwandlung einer Park & Ride-Garage in ein Friedhofs-Hochhaus ließ sich innerhalb weniger Wochen und zu bescheidenen Kosten bewerkstelligen. Die bestehende Ausstattung der Garagen blieb weitgehend unverändert. Lediglich über den

Parkflächen wurden über die ganze Länge der Parkdecks hüfthohe Holzgerüste errichtet und mit Kunstrasen bespannt. Die Abstellfläche eines PKW entsprach schließlich genau dem Platzbedarf für ein Familiengrab. In die Kunstrasenfläche waren hölzerne Fensterrahmen eingelassen, die beiden Teile einer Flügeltür ließen sich mit dem passenden Werkzeug nach oben aufklappen und mit Hilfe eines kleinen mobilen Krans konnte ein neuer Sarg vom Beton der Durchgangsfahrbahn über die Kunstrasenböschung gehoben und zwischen den beiden Türflügeln versenkt werden. Stimmungsvoll zogen Trauerzüge von den zweckmäßig ausgestatteten Trauerkapellen und Krematorien im Erdgeschoß über die schneckenförmig gewundenen Auffahrtsrampen in die höheren Stockwerke zu den reservierten Kunstrasengräbern. Wer nicht über die Rampe nach oben gehen wollte, konnte stattdessen auch einen der feuerfesten Lifte nehmen.

Nachodine war eine frühere Kollegin von Richard. Er hatte Otto und Charlotte gebeten, Petra und ihn zu dem Begräbnis zu begleiten, und sie hatten schon allein wegen der kuriosen Örtlichkeit zusagen müssen. Zu viert schlenderten sie vom Krematorium 4 zu den Liften, denn fünf Stockwerke Schneckenrampe waren zu viel, fand Charlotte. Das Geräusch, mit dem der Lift sein Eintreffen auf Ebene 0 ankündigte, klang süß wie die Glocken der Ministranten in einem katholischen Gottesdienst. Sie stiegen in die langgestreckte, aber geräumige Liftkabine ein. „Max fünfzehn Personen", sagte Otto aus langjähriger Gewohnheit. Spiegel gab es hier keinen, doch stabile Handlaufleisten auf beiden Längsseiten. Die Innenwände aus Stahl waren signalgelb lackiert, an der Decke leuchteten quadratische Leuchtstofflampen. Sie stellten sich alle mit dem Rücken zu den Längsseiten auf, Otto und Charlotte auf der einen Seite, Richard und Petra händchenhaltend auf der anderen.

„Wie das Leben so spielt", sagte Richard und sah Otto an. Der zuckte mit den Schultern.

„Ich freue mich für euch beide, ehrlich", sagte Charlotte.

„Und ich mich für euch", sagte Petra.

Der Lift fuhr an, beschleunigte weich. Die Geschwindigkeit war den Errichtern nicht wichtig gewesen, die Konstruktion war auf Sicherheit und Traglast ausgelegt. Umso überraschter waren sie, als sie nach wenigen Sekunden plötzlich zu stehen kamen. Die Bremsung war so heftig, dass Otto, der mit über-kreuzten Beinen nur leicht an die Wand gelehnt stand, das Gleichgewicht verlor und unkontrolliert auf die gegenüberlie-gende Seite taumelte, wo er mit der Schulter gegen Richards Brustkorb stieß. Richard nahm die Hände von der Handlauf-leiste, packte Otto an den Schultern und schob ihn von sich weg. „Alles in Ordnung?", lachte er. Genau in diesem Moment fiel die Beleuchtung aus. Sie standen in vollkommener Dun-kelheit.

Charlotte war die Schnellste. „Beschissener Stromausfall", sagte sie. „Sind ihre Stromleitungen zu schwach, um gleichzei-tig Begräbnismusik abzuspielen und einen Lift zu betreiben?"

„Und jetzt?", fragte Otto. „Sollen wir einen Notruf absetzen oder warten wir darauf, dass sie den Strom wieder einschal-ten."

Ein blasser Lichtschein ging von Richard aus, er hatte die Beleuchtung seines Mobiltelefons eingeschaltet und durch-suchte an der Kabinenwand die Knöpfe und Schalter des Bedi-enfelds. Er fand einen Notrufknopf und drückte darauf. Es gab keinerlei Anzeichen, dass der Notruf funktionierte: Keine Glo-cke läutete, keine Sirene heulte, keine Sprechverbindung zu einem Wartungscenter wurde aufgebaut, nicht einmal das einladende Rauschen einer Gegensprechanlage ertönte, nichts. Richard betrachtete den Bildschirm seines Telefons und bewegte es langsam an der Schiebetür entlang. Schließlich schüttelte er den Kopf, drehte sich zu den anderen und sagte: „Kein Empfang." Er ließ den bläulichen Lichtschimmer in seiner Hosentasche verschwinden. Erneut war es völlig finster. Wieder meldete sich Richard.

„Wisst ihr, dass Fiat Lux keine Automodell ist? Klar wisst ihr das. In unserer Runde bin ja nur ich ein minderbemittelter Ingenieur. Jedenfalls habe ich keine Idee mehr, was wir hier Sinnvolles unternehmen können. Fällt euch noch etwas ein?"

„Es werde Licht", sagte Charlotte aufmunternd.

„Genau", sagte Richard. Die anderen warteten, während er sich zurechtlegte, was er loswerden wollte. „Also, wäre es nicht schön, den Einschaltknopf drücken zu können? Einmal derjenige zu sein, der darauf drückt? Zum Beispiel beim Start einer neuen Fertigungsstraße mit dutzenden Robotern, oder warum nicht gleich in einer neuen Fabrik in einer Vorstadt, wo es vorher nur Einfamilienhäuser und Supermärkte gab. Wäre eine solche Eröffnung nicht der einzige Grund, Manager oder Politiker sein zu wollen? Ich glaube schon. Ich träume manchmal von so etwas. Ein schöner Vormittag, strahlend blauer Himmel, nach ein paar Ansprachen am Parkplatz zieht die Versammlung als Prozession in die Fabrikshalle, Politiker und Management voran, ich selbst an der Spitze, im Erstkommunionsanzug, haha, Fahnen flattern, Blasmusik, haha, ein türkisblaues Band ist vor der Steuerkonsole des Kontrollzentrums aufgespannt. Eine junge Assistentin reicht mir eine Schere, schnapp, Applaus, ein großer runder Gummiknopf ist da, ich drücke mit bedeutungsschwerer Geste darauf und knarrend, rumpelnd setzen sich die Maschinen in Gang. Wenn ich ehrlich bin, das wäre mir noch lange nicht genug, eine solche Einweihung von Menschenwerk, dazu bin ich zu sehr Ingenieur, verstehe zu gut, wie auch eine komplizierte technische Anlage nur aus einfachen, geheimnislosen Einzelteilen besteht, vor denen allzu viel Respekt nicht angebracht ist. Das gefällt mir eben so gut an dem Fiat Lux-Spruch, dass der in die Dunkelheit gesagt ist, wo noch nichts da ist, wo noch keine Artefakte unter einem Tuch zur Enthüllung bereitstehen, wo niemand eine Konstruktionszeichnung oder Spezifikationen für die Fertigung hergestellt hat. So dass eigentlich der Schöpfergott als erster Ingenieur keineswegs den Gepflogenheiten der Ingenieurszunft gefolgt ist, sondern mit einem Paukenschlag seine ganze Welt hervorgebracht hat, inklusive aller Naturgesetze und Regeln, die ihm gerade eingefallen sind. Einschließlich auch aller Menschen, die diese Welt bevölkern, und aller Anziehungs- und Abstoßungskräfte zwischen ihnen. Sicher verfügt er auch über einen Resetknopf, den er jederzeit drücken kann: Dann verdampft unser Universum augenblicklich, eine sofortige, von niemandem mehr erfahrene oder beobachtete Apokalypse, und ohne zeitliche Verzögerung ist alles wieder zurück, neu gewürfelt, ein neues Spiel, nicht besser und nicht schlechter als das vorige, sondern gleichwertig, obwohl es keinen Beobachtungspunkt gibt, an dem der Vergleich durchgeführt werden könnte. Daher schafft der Neustart auch niemandem Erleichterung außer dem Schöpfergott selbst, der etwas blasiert auf die veränderte Versuchsanordnung herunterblickt und den wie immer reibungslosen Weltenlauf beobachtet. Bevor das langweilig werden kann, erfährt er ein paar Augenblicke des Interesses für das, was er hier neu geschaffen hat – und dieser kurze Moment, den nur der Schöpfergott überhaupt jemals erfahren kann, das ist, wenn ihr mich fragt, das Maximum an Glück, das überhaupt möglich ist. Deshalb träume ich davon. Verrückt, oder? Oder habt ihr solche Gedanken auch schon einmal gehabt?"

„Du willst Gott sein? Das ist es, was du meinst?", fragte Otto.

„Ach was, Gott zu sein ist sicher langweilig", sagte Richard. „Den 40-Stunden-Job kann jemand anderer haben. Mich interessiert nur die Funktionslust, die der Kerl empfindet, wenn er das Licht einschaltet."

„Ja gut", sagte Otto. Nach einer Pause fügte er hinzu: „Ich gönne es dir, Richard. Für mich wäre das aber nichts. Ich bin eben auch kein Autobauer."

„Muss man dafür Maschinenbauer sein?"

„Oder etwas in die Richtung. Ich glaube, ich würde das Licht einfach ausgeschaltet lassen."

„Glühbirnen einsetzen kannst du aber?"

„Kann er", sagte Charlotte, „das muss man ihm zugestehen."

„Ich hätte nichts dagegen, wenn hier einer das Licht einschaltet und uns rauslässt", meldete sich Petra, „ich mag Aufzüge nicht so gern. Ob Maschinenbauer oder nicht, ist mir dabei egal."

„Gern mögen wäre auch bei mir übertrieben, Petra", sagte Charlotte. „Aber wer mag das schon, in einer finsteren Kiste eingesperrt zu sein. Der Tag kommt für uns alle früh genug."

Otto stöhnte: „Danke, das wollten wir hören."

„Ich bin schuld daran, so viel ist klar", sagte Charlotte, „ich wollte mit dem Lift fahren und jetzt habe ich euch alle in dieses Schlammassel mit hineingezogen. Ich finde ja, dass etwas Todessehnsucht immer dabei ist, wenn man in einen Fahrstuhl einsteigt, der einen nach oben oder unten transportieren wird, das ist ja fast katholisch. Man kann sich zwar auswählen, in welche Richtung es gehen soll, aber wer weiß, ob der Knopf, auf den man drückt, das tut, was man sich erhofft hat, vielleicht passiert auch das Gegenteil, habt ihr Fahrstuhl des Grauens gesehen? Und dann ist da noch diese zweite Sache, meistens ist man nicht gezwungen, den Lift zu nehmen, sondern könnte auch gesundheitsfördernd ein paar Stiegen steigen. Die Entscheidung für den Lift ist also auch die Entscheidung für die Passivität, für den Kontrollverlust, dem Klischee nach die weibliche Entscheidung, oder auch die Entscheidung, sich zurück in den mütterlichen Uterus zu begeben etcetera etcetera. Das sind Dinge, die ich in Kauf nehme, wenn ich in einen Aufzug einsteige. Ich hoffe auf ein gutes Ergebnis, ich weiß, dass es auch in der Katastrophe enden könnte, und ich akzeptiere das. So wie der arme Kerl in diesem anderen holländischen Film, Spurlos verschwunden, der sich entscheidet, sich dem Mörder seiner verschollenen Freundin auszuliefern, um zu erfahren, was ihr zugestoßen ist, und prompt bei lebendigem Leib und vollem Bewusstsein in einem Sarg begraben wird."

„Au ja, der war gut", lachte Richard, „und du hast den perfekten Zeitpunkt gefunden, um uns daran zu erinnern."

„Ich tue, was ich kann. Du musst aber auch zugeben, dass ein Begräbnis, bei dem der Leichnam zuerst verbrannt und dann hinter einem Bretterverschlag in einer Parkgarage versenkt wird, solche Gedanken schon begünstigt. Gibt es das alles wirklich? Dass ich dann mit euch drei in einer funkdichten Fahrstuhlkabine bei vollkommener Dunkelheit eingesperrt werde, ist doch nur mehr ein kleiner Schritt. Stellt euch einmal vor, wenn die uns hier drin vergessen würden, vielleicht weil die Friedhofs-Hochhäuser von einem Tag auf den anderen aus hygienischen Gründen verboten werden. Klarerweise würden wir verdursten, wenn wir nicht vorher schon ersticken. Wir könnten auch Zuflucht zu Kannibalismus nehmen und losen, wer in welcher Reihenfolge wessen Blut trinken darf. Möglichkeiten gibt es viele. Ich gebe aber zu, nur manche davon sind interessant und andere ziemlich idiotisch."

„Ach Charlotte, hör doch endlich auf", sagte Otto. „Ich sage es ungern, aber es wäre besser, wenn du ein bisschen mehr Rücksicht auf uns nehmen und ein bisschen weniger reden könntest."

Petras Stimme klang angestrengt: „Otto hat Recht, Charlotte. Bitte. Ich halte das nicht länger aus."

Alle schwiegen.

„Es ist nicht, weil ich empfindlicher bin als ihr. Ich habe einfach ein anderes Leben gehabt. Ich habe keine Lust mehr, dafür von euch allen dauernd geringgeschätzt zu werden. Habt einmal Respekt vor Leuten, die Verletzungen mit sich herumtragen, verdammt."

Sie waren still, lauschten, aber es war nichts zu hören. Wahrscheinlich war die Kabine auch noch schallisoliert.

„Also gut, ich erzähle es euch, wenn ihr schon alle an einem Ort versammelt seid. Ich war damals zehn Jahre alt. Ich war ein hübsches Kind, eine kleine Prinzessin mit blonden Löckchen. Man konnte mir ja nicht ansehen, dass ich bereits meinen Vater verloren hatte und jetzt vor Kurzem auch noch meine beste Freundin Anna, die mit ihren Eltern nach Amerika übersiedelt war. Umso mehr stürzte ich mich auf die Haushaltsarbeiten, um meiner Mutter zu helfen. Die meisten Einkäufe erledigte ich. Meine Mutter wollte nicht, dass ich schwere Taschen trug, daher schickte sie mich jeden Nachmittag zwei, drei Mal hinaus, um Brot vom Bäcker zu holen, Kopfwehtabletten aus der Apotheke oder einen warmen Leberkäs vom Fleischhauer. Die Geschäftsleute kannten mich alle, manche waren nett zu mir, andere erzählten, wenn ich ins Geschäft kam, Witze, die mir peinlich waren. Weil wir in einem Neubau im sechsten Stock wohnten, fuhr ich bei meinen Einkaufsgängen ständig mit dem Lift, wahrscheinlich ist niemand so häufig mit diesem Lift gefahren wie ich. Das Stiegenhaus war mir nämlich unheimlich, es war schlecht ausgeleuchtet und mit einer Zeitschaltung ausgerüstet, die immer abschaltete, wenn ich gerade zwischen zwei Stockwerken war. Im Erdgeschoß lag gleich neben dem Lift die Wohnungstür des Hausbesorgers. Das war ein dickbäuchiger Mann, der in einem weißen Unterleibchen in der Wohnhausanlage herumschlurfte und schlecht roch. Meine Mutter begrüßte er mit einem abfälligen „Gnä' Frau" und hatte ein paarmal, als ich an ihrer Hand ging, versucht, mir den Kopf zu tätscheln, allerdings war ich jedes Mal hinter meine Mutter geflüchtet, was ihn ärgerte. Einmal hatte er meiner Mutter etwas Schlechtes über mich gesagt, ich erinnere mich, dass sie ihm mit schriller Stimme eine Antwort gab, die ich nicht verstand, und mich schnell an der Hand wegzog. Seither war der Hausbesorger mein Feind. Wenn ich ihm allein begegnete, nannte er mich „Prinzessin Naseweis", „Fräulein Stroh im Kopf" und dergleichen mehr, es fielen ihm immer neue Schmähnamen ein, genug Zeit, sie sich auszudenken, hatte er ja. Weil ich nicht wollte, dass sich meine Mutter aufregte, erzählte ich ihr nichts davon. Damals verstand ich nicht, dass er seine Namen für mich mit System wählte und allmählich steigerte. Bald hieß ich „leichtsinnige Göre", dann „Straßenmädchen", „dünnes Bienchen", „Konkubinchen" (ich schlug dann im Lexikon nach), schließlich landete er bei „Hürchen", das wurde sein Lieblingsname für mich. Er besaß einen Schlüssel, mit dem er den Lift anhalten konnte. Er begann wohl mir aufzulauern, wenn er mich das Haus verlassen sah, und wenn niemand sonst im Stiegenhaus zu hören war, wie meistens an den Werktagsnachmittagen, wenn mich meine Mutter einkaufen schickte, dann passte er mich ab, wenn ich mit meiner Einkaufstasche zurückkehrte, hielt, sobald ich eingestiegen war, den Lift zwischen zwei Stockwerken an, stellte sich ganz nah an die Tür und redete auf mich ein, so in der Art von:

- Ja wen haben wir denn da? Wer hat schon wieder den Lift kaputt gemacht mit seinem dauernden Rauf- und Runterfahren? Du glaubst wohl, der Lift ist allein für dich da? Da sitzt es in der Falle, das dünne Bienchen Konkubinchen und glaubt, es ist was Besseres. Sag mir wer du bist, Bienchen, dann lass ich dich weiterfahren, sag es nicht, dann bleibst du eingesperrt.

Er war ein Sadist der übelsten Sorte, ich musste die Antworten auf seine Fragen in ganz bestimmten Formeln aufsagen, die er mir eintrichterte, zum Beispiel:

- Ich bin die Petra, das dünne Bienchen, das Konkubinchen vom Herrn Franz. Bitte, Herr Franz, lassen Sie mich weiterfahren.

Wenn ich mich zunächst noch weigerte, ein solches Unterwerfungsbekenntnis aufzusagen, dann besudelte er mich in einem fort mit seinen Worten, drohte meiner Mutter alle möglichen Dinge über mich zu erzählen, beschimpfte mich in einem leisen, drängenden Tonfall, vor dem mir graute. Ich stand in der Liftkabine in eine Ecke gepresst, möglichst weit weg von seiner Stimme. Ich begann die Antworten zu geben, die er hören wollte, er machte mir klar, dass ich auf jedes seiner Worte aufpassen musste, denn wenn ich eine Frage nicht richtig verstand und beantwortete, würde er mich bestrafen und alles würde noch schlimmer. Regelmäßig verbrachte ich so Zeit in meinem Liftkabinengefängnis, strengte mich an genau zuzuhören und richtig zu antworten, ich stellte meine Einkäufe ab und hielt mir die Hände vor die Augen, blinzelte nur zwischen den Fingern durch und vergewisserte mich, dass ich noch immer am gleichen Ort war, eingekeilt zwischen den engen Wänden der Kabine und nur durch die zwei mächtigen Flügel der Schiebetür getrennt von meinem schrecklichen, bösen Feind. Er war hässlich, unvorstellbar dick und stark und er trichterte mir mit seinen Beschwörungen die Sexualität ein oder das, was er sich darunter vorstellte. Er sprach über meine Geschlechtsteile und was ich im Geheimen mit ihnen anstellte, und ich musste es ihm bestätigen und ihm nachplappern, wie es sich für mich anfühlte.

Am Abend probierte ich unter der Bettdecke aus, was ich am Nachmittag von ihm gelernt hatte. Manches fühlte sich gut an und während ich mich berührte, hörte ich im Kopf seine Stimme und führte unsere Dialoge fort. Ich stellte mir vor, dass er es war, der mich anfasste, und ich schämte mich.

Nach einiger Zeit wollte er mehr und stieg mit mir in den Lift, bevor er wie bisher die Kabine mit einem Schlüssel zwischen den Stockwerken anhielt, und das, was ich mir in meinen Fantasien vorgestellt hatte, wurde wirklich, während er einen üblen Geruch verströmte und mich an die Wand drängte. Er tat mir mit seinen Fingern weh. Dabei vergaß er seine frühere Vorsicht und so wurde ich gerettet, bevor wir die letzten Stufen der Hölle erreichten, denn eines Nachmittags betrat eine Nachbarin das Stiegenhaus und hörte aus der Liftkabine einen Angstschrei und Wimmern. Herr Franz musste noch im selben Monat aus unserer Wohnhausanlage ausziehen, über den Grund wurde nicht geredet. Aber vielleicht könnt ihr euch jetzt vorstellen, dass mich manche Dinge bis heute an ihn erinnern, ich bin ihn leider nicht losgeworden. Ich denke mir manchmal, obwohl ich es nicht hinnehmen will, dass er mich damals erfolgreich abgerichtet hat wie einen Hund, zumindest meine Sexualität. Die verdammte Liftkabine war mein Zwinger, ist es vielleicht geblieben. Ich weiß nicht, ob ich eine andere Person geworden wäre, wenn das alles nicht passiert wäre. So jedenfalls bin ich eine Liftkabinen-Frau, versteht ihr? Ihr drei kennt mich ja recht gut, daher wisst ihr das wahrscheinlich ohnehin. Also tut nicht so, als wärt ihr jetzt schockiert. Das ist doch gerade das Nette an mir, oder? Dass ich mich bereitwillig einsperren lasse? Dass man mich wie Dreck behandeln kann und ich dann noch die Hand ablecke, die mich schlägt? Bin ich nicht süß?"

Richard übernahm die Hauptrolle, als sie nun gemeinsam versuchten, Petra zu trösten, sie ließ sich aber nicht von ihm in den Arm nehmen, wiegelte ab, sie sollten jetzt kein Drama daraus machen. Wenn es ihnen gelänge, sie in Zukunft in gewissen Situationen ein bisschen rücksichtsvoller zu behandeln, wäre sie schon zufrieden. Der Reihe nach entschuldigten sie sich für ihr bisheriges gefühlloses Verhalten, sie hätten es wissen müssen oder zumindest danach fragen und so weiter. Es war eine richtige Gruppentherapie, zusammengesperrt auf engstem Raum bestand die Gefahr, hysterisch zu werden und in einen Nebel von Hormonausdünstungen zu sinken, doch irgendwie rissen sie sich zusammen, gelang es ihnen, Reife zu zeigen, kehrte in das Psychogerede allmählich mehr Ruhe ein, sprachen sie nicht mehr durcheinander, sondern hörten einander verständnisvoll bei längeren Wortmeldungen zu.

Dann war es wieder ganz still.

„Woran denkst du, Otto?", sagte Charlotte. „Du hast dich in bewährter Weise noch nicht geäußert, ich bin sicher, du grübelst über ein Schlusswort nach, mit dem du uns alle übertrumpfen wirst."

„Bei mir geht es eben langsam. Aber so wie du habe ich auch einen Kinofilm vor Augen, allerdings einen eher sinnlichen. Smokin' Aces, sagt euch das was? Ich kenne selbst nur Ausschnitte davon, aus dem Trailer. Da bricht rund um den Lift in einem amerikanischen Hotel ein Inferno los, weil mehrere konkurrierende Trupps von Auftragskillern versuchen, denselben Trickbetrüger zu ermorden, der sich im Penthouse eingemietet hat. Sie alle fahren im Lauf des Films mit dem Aufzug nach oben, die geladenen Schusswaffen mehr oder weniger unter der Kleidung versteckt, das FBI ist auch dabei. Es wird viel geballert, der Rauch von Nebelgranaten dringt durch die geschlossenen Schiebetüren in die Stockwerke und mit einem großkalibrigen Präzisionsgewehr werden aus dem Nachbargebäude die Fensterflächen der Glasfassade ausgeschossen. Nicht zuletzt ist die Sängerin Alicia Keys in einer Nebenrolle als verhinderte Mörderin in Hotpants am Werk, zwischen den kreuz und quer fliegenden Kugeln entwickelt sich so auch noch eine Liebesgeschichte. Das Highlight ist aber das Team der drei schießwütigen und grotesk psychopathischen Killer, die unter dem Namen Tremor Brothers über diesen gefloppten Film hinaus Kultstatus erlangt haben. So weit, so trivial, werdet ihr vielleicht sagen, aber das Erstaunliche ist doch, wie hier der Liftschacht als Bühne für Selbstdarsteller begriffen wird und wie viel Spaß das eigentlich macht. Und was ich damit sagen will, ist wohl, dass alles nicht so schlimm ist, wie ihr tut. Natürlich ist es nicht gerade bequem, in einer finsteren Liftkabine eingeschlossen zu sein, aber interessant ist es schon, und wenn ich hier mit euch drei zusammen sein kann, dann bin ich schon fast froh darüber. In dem Film gibt es eine Szene, in der ein FBI-Agent und ein Profikiller zusammen in einen Aufzug geraten, ohne zu wissen, wer der jeweils andere ist, aber an winzigen Indizien – die Kamera zoomt hin – merken sie es dann, ziehen ihre Pistolen und erschießen sich gegenseitig in einem Kugelhagel. Das ist ziemlich genau das Gegenteil von unserer Situation: Ich kenne kaum jemanden so gut wie euch drei, niemand steht mir näher als ihr und jetzt sind wir zusätzlich noch auf engstem Raum gemeinsam eingesperrt. Hier weiß ich, dass ihr mir nicht verloren gehen könnt, dass ihr mir für die Zeit dieses Stromausfalls gezwungenermaßen so nah bleibt wie sonst nichts auf der Welt, was auch immer später passieren mag. Es ist ein bisschen so wie in den Kleiderschränken, in denen ich mich als Kind gern verkrochen habe, am liebsten zusammen mit meiner kleinen Schwester, betäubt vom Geruch des Waschmittels und der Erwachsenen, denen die Mäntel, Hosen, Röcke gehörten. Ich habe es bedauert, wenn ich einen solchen Schrank verlassen habe und mich wieder der Geruchlosigkeit und dem Tageslicht eines verlassenen Zimmers stellen musste. Vor der Freiheit und der Einsamkeit draußen hatte ich keine Angst, aber sie waren nicht mein Element, sie erschienen mir sinnlos. Lieber blieb ich noch eine Weile im Kleiderschrank sitzen und erzählte meiner Schwester Schauergeschichten, aber keine, die so aufregend waren, dass ich mich selbst gefürchtet hätte."

„Dann musst du jetzt am Ziel deiner Wünsche sein", sagte Richard und gähnte.

„Ich beklage mich nicht", sagte Otto.

Mehr gab es beim besten Willen nicht zu besprechen. Sie schwiegen und horchten in die Stille. Manchmal zog Richard sein Mobiltelefon aus der Tasche, teilte ihnen mit, wie viel Zeit inzwischen vergangen war, und dass er noch immer kein Signal hatte.

Als das Licht wieder anging, waren sie 56 Minuten lang eingesperrt gewesen, und wenige Sekunden später setzte sich der Fahrstuhl mit einem Ruck in Bewegung und trug sie nach oben. Im fünften Stock kam die Kabine sanft zum Stillstand, die Schiebetüren glitten zur Seite und mit ein paar schnellen Schritten standen sie alle draußen am Beton. Außer ihnen war keine Menschenseele zu sehen. Ohne ein Wort machten sie sich auf den Weg zu den Grabstellen. Draußen hatte es zu regnen begonnen, die elektrische Nachtbeleuchtung hatte sich eingeschaltet und durch die Aussparungen in der Betonwand drang ein stumpfes Dämmerlicht auf das Parkdeck. Sie orientierten sich an den aufgetürmten Kränzen bei den frischen Gräbern. Die dritte Grabstelle, die in Frage kam, war jene von Nachodine, einer ernsthaften und strebsamen jungen Frau, die nie sehr glücklich gewirkt hatte. Lymphdrüsenkrebs hatte ihr innerhalb weniger Monate den Garaus gemacht, nun lag sie in ihrem Sarg unter einer Holzverschalung – dort, wo noch vor wenigen Monaten jeden Tag ein anderer Mittelklassewagen geparkt hatte. Unschlüssig standen sie herum, Richard blickte suchend um sich. Nein, von der Begräbnisgesellschaft, die zu einem guten Teil aus seinen Arbeitskollegen bestanden hatte, war niemand mehr zu sehen.

„Wir sind wohl zu spät gekommen", sagte er entschuldigend.

„Ist das schlimm?", fragte Otto. „Ich glaube einen ungefähren Eindruck haben wir doch bekommen."

Richard überlegte kurz, dann sagte er: „Lasst uns gehen. Ich kenne in der Nähe ein serbisches Restaurant, ich lade euch zum Essen ein."

Neue Donau

Der Regen nistete sich in der Stadt ein – ein Adriatief, mitten im Mai. Die balzwilligen jungen Menschen mussten sich einige Tage gedulden, in Regenjacken sah einfach jeder Scheiße aus. Otto befand sich auf dem Heimweg vom Floridotower und sein Aussehen in seiner schwarzen Windbreaker-Jacke war ihm völlig egal. Die Passagiere im Waggon der U6 dampften vor Feuchtigkeit. Draußen wurde es bereits finster.

Meier, jener Ex-Kollege von Richard, über dessen Kündigung er Petra vor zweieinhalb Jahren im Restaurant Fiorentino erzählt hatte, und Arsawi, der ehemalige Assistent von Dr. Soundso, hatten sich in einem Kurs für Unternehmensgründer kennengelernt, den das Wirtschaftsförderungsinstitut WIFI durchführte. Kontakte waren lebenswichtig, erfuhren sie, und so blieben sie nach dem Seminar in Verbindung, während ihre Hoffnungen, Kunden zu gewinnen, allmählich zerrannen.

Meier hatte auf seine Expertise in Elektromobilität gesetzt und gründete ein Beratungsunternehmen für Tankstellenpächter, die frühzeitig Know-how über Geschäftsmöglichkeiten mit Strom-Ladestationen und Dienstleistungen rund um den Batteriewechsel aufbauen wollten. Doch die Tankstellenpächter, bequeme und veränderungsresistente Autisten in der Mitte des Lebens, zeigten wenig Interesse an Meiers detaillierten Szenarien, und noch weniger wollten sie für Intensivseminare im Waldviertel oder für Standortanalysen Geld bezahlen.

Arsawi erging es nicht viel besser, seine Kontakte in die Führungszirkel zahlreicher österreichischer Unternehmen erwiesen sich als wenig belastbar, sobald er aus dem Windschatten von Dr. Soundso trat, oder war sein Portfolio von Strategieberatung und Change-Management nicht zugkräftig genug, jedenfalls kam es nach einem höflichen Erstgespräch, in dem Interesse an seinen neuen Projekten geäußert wurde, so gut wie nie zu einer zweiten Runde oder gar zur Einladung zur Angebotslegung. Arsawi war geduldig und beharrlich, Eigenschaften, die er in seiner früheren Tätigkeit für Soundso erworben hatte, und wartete auf seine Chance. Da geschah es, dass Dr. Soundso plötzlich und unerwartet verstarb. Für Arsawi öffneten sich nun alle Türen, die ihm bisher verschlossen geblieben waren. Gemeinsam gedachte man der großen Frau. Von allen Seiten drang man in ihn, weitere Details über ihren schrecklichen Unfall preiszugeben, über den er freilich nicht mehr wusste, als was er in den Zeitungen gelesen hatte. Soundso hatte ein Feuerwehrfest besucht und hungrig, wie sie war, dem kredenzten Schweinebauch kräftig zugesprochen. Dabei war ihr ein großes Stück Fettschwarte in die Luftröhre geraten und hatte diese mit infernalischer Effektivität luftdicht abgeschlossen. Sie rang um Luft und ihr Gesicht verfärbte sich rot. Zuerst versuchten ihre Begleiter eigenhändig den Fremdkörper aus ihrer Luftröhre zu entfernen, durch Rückenklopfen und bald auch indem man sie kopfüber an den Füßen in die Höhe hielt, schon in Panik wurden die Sanitäter des Roten Kreuzes verständigt und schließlich unternahm ein zufällig anwesender Chirurg sogar einen Luftröhrenschnitt, doch niemand konnte ihr helfen und sie erstickte nach langem Todeskampf. An dieser Stelle seiner Schilderung legte Arsawi immer erschüttert den Kopf in den Nacken, als müsste er Tränen zurückhalten, und manchmal wurde ihm Beileid ausgesprochen, als wäre er ein Angehöriger. Doch so sehr er auch an seiner Darbietung feilte, es gelang ihm noch immer nicht, nennenswerte Aufträge zu gewinnen, seine Kontakte schüttelten betrübt den Kopf über Dr. Soundsos Schicksal und wünschten ihm alles Gute für die

Zukunft. Bei Bedarf würde man sich bei ihm melden. Der Bedarf ergab sich niemals.

Das unternehmerische Scheitern und damit den persönlichen Ruin vor Augen, besuchten Meier und Arsawi immer weitere Seminare bei Wirtschaftstrainern. Die hatten ihre Marktnischen bereits gefunden. Nach den Schulungstagen suchten die beiden gemeinsam billige Wirtshäuser in der Umgebung der Seminarorte auf und tranken bis zur Sperrstunde. Sie klagten sich gegenseitig ihr Schicksal und suchten nach Schuldigen. Im Lauf der Monate, als es immer unwahrscheinlicher wurde, dass sie sich mit ihren Gründungsprojekten über Wasser halten könnten, verwandelte sich ihre Enttäuschung in Wut, eine unförmige Wut auf die Verhältnisse in der Wirtschaft, in der Politik, in der Gesellschaft. Die Summe der Verhältnisse war nicht mehr auszuhalten und nicht zu ändern. Sie ließen die Hoffnung fahren. Es entstand die Idee, Schusswaffen zu beschaffen, doch verfügte keiner von ihnen über einen Waffenschein oder die entsprechenden Kontakte. An einem legalen Erwerb hatten sie auch gar kein Interesse. Bei ihren Erkundigungen an Orten wie dem Praterstern oder dem Mexikoplatz stellten sie sich haarsträubend ungeschickt an, wurden mehrmals bedroht und einmal beinahe verhaftet. Schließlich erhielten sie den Rat, nach Vukovar in Kroatien zu fahren, dort wären noch immer Milizwaffen aus dem Krieg mit Serbien im Umlauf und preisgünstig zu haben.

Kurz entschlossen fuhren sie in Arsawis Volvo S60 nach Vukovar, stiegen in einem Vierstern-Hotel ab und unternahmen bereits am Abend ihres Ankunftstages eine ausgedehnte Besichtigungstour. Die Stadt machte einen zwar kriegsgeschädigten, aber aufgeräumten Eindruck, von einer Waffenschieberszene war weit und breit nichts zu sehen. Vorsichtig holten sie Erkundigungen ein und wurden ausgelacht. Wer habe ihnen denn solche Märchen erzählt, sie seien etwa zwanzig Jahre zu spät dran. Nach zwei Tagen hatten sie genug und beschlossen weiter nach Serbien zu fahren. Dort hatte der Krieg länger gedauert, wahrscheinlich gab es auch mehr Kriminalität, die Aussichten, einen liquiden Schwarzmarkt für halbautomatische Waffen zu finden, stünden besser.

Doch auch in Belgrad hatten sie keinen Erfolg. Ein aufdringlich korrupter Polizist, dem sie in der Nähe des Bahnhofs über den Weg liefen, nannte ihnen gegen Zahlung von fünfzig Euro Bukarest als den einzigen Ort am Balkan, wo es heute noch einen auch für Touristen aus dem Westen gefahrlos zugänglichen Waffenmarkt gab, und tatsächlich gelangten sie einige Tage später in der rumänischen Hauptstadt an ihr Ziel: Sie erwarben je eine leichte Maschinenpistole und eine Selbstladepistole sowie zwei Handgranaten für Notfälle. Sie kauften auch Munition und versteckten die Waffen zwischen Plastiksäcken voller Second Hand-Kleidung und anderem Ramsch. Ohne kontrolliert zu werden, passierten sie die rumänisch-ungarische Grenze bei Nădlac und vier Stunden später erreichten sie bei Nickelsdorf österreichischen Boden.

Otto ließ sich auf einen freien Sitz sinken, legte seine leichte Ledertasche vorsichtig auf die Knie und vergewisserte sich, dass nicht zu viele Tropfen von der wasserabweisenden Jacke auf seine Hose perlten. Dann legte er die Unterarme auf seine Oberschenkel, ließ die Handballen leicht auf der Tasche aufliegen. Die feuchte Kühle des Leders war angenehm. Er betrachtete die sanften Brückenbögen seiner Hände, wie die Handrücken und Finger genügend Spannkraft hatten, um sich nicht einfach flach über die Tasche auszubreiten, auszurinnen, auseinanderzufallen wie die Blütenblätter einer verwelkten Rose. Nein, seine Hände standen noch ganz frech in Brückenstellung da. Er hob den Blick, wollte sehen, ob attraktive Frauen hier waren, die gerade seine Hände bewunderten, aber die einzige Kandidatin, die ihm gefiel, war mit sich selbst beschäftigt und kontrollierte anhand ihres Spiegelbilds in der Glasscheibe der Schiebetür die Form ihrer Lippen. Er sah ihr ein paar Sekunden dabei zu, dann wurde es langweilig. Otto entspannte sich, seine Schultern sanken nach vorn. Eine einfache Melodie fiel ihm ein, wahrscheinlich ein Kinderlied, an dessen Text er sich nicht erinnerte. Ganz leise summte er sich einige Takte vor, synchron mit dem Schwingen der beiden Reihen von Haltegriffen. Er erwartete nichts von dem Abend, der vor ihm lag, nichts von morgen. Zufrieden streckte er seine Füße etwas weiter aus.

Der Banküberfall war daran gescheitert, dass die Polizei viel früher auftauchte, als sie erwartet hatten. Während er fluchend die Thaliastraße hinunterrannte, verstand Meier, warum der Kassier so umständlich getan hatte, der hatte gleich am Anfang den versteckten Alarm aktiviert und sie dann hingehalten. Wahrscheinlich hatten die Polizisten selbst nicht erwartet, sie noch am Tatort anzutreffen, sonst hätte sich wohl kaum einer von ihnen genau in Meiers Schusslinie gestellt, nachdem der Streifenwagen mit quietschenden Reifen vor dem Eingang stehengeblieben und vier Mann herausgesprungen waren. Er war noch im Schock gewesen, als er geschossen hatte, Arsawi brüllte irgendetwas, der Polizist fiel wie ein Brett zu Boden, dann rannten sie los, die Tasche mit den Bündeln von Geldscheinen ließen sie zurück, die Waffen nicht. Im Laufen schoss er in Richtung der anderen Polizisten, die sich gerade hinter geparkten Autos in Sicherheit brachten. Plan A wäre gewesen, mit der U-Bahn zu flüchten, allerdings ohne die Waffen, dafür aber mit dem Geld. Sie hatten mit den Staus der Hauptverkehrszeit gerechnet, die ihre Verfolger aufhalten sollten und eine Flucht per Auto viel zu riskant machten. Nun hatten sich eben die Spielregeln geändert, Plan B war aktiviert, wie vereinbart. Arsawi brüllte im Laufen weiter vor sich hin, aber Meier verstand kein Wort. Bis zur U-Bahnstation waren es zweihundert Meter, auf halbem Weg drehte sich Meier um, es waren noch keine Verfolger zu erkennen. Sie sahen, dass sich von links ein Zug auf der erhöhten Trasse dem Stationsbereich näherte. Wenn sie den nicht erwischten und dann drei oder sogar vier Minuten auf den nächsten warten mussten, waren sie geliefert. Arsawi beschleunigte, Meier konnte kaum folgen. Die Ampel stand auf Grün, sie hatten Glück. Sprintend überquerten sie die vierspurige Gürtel-Fahrbahn. Vor dem Aufgang zum Bahnsteigbereich war eine Menschentraube, irgendein Hindernis, das sie sich jetzt nicht leisten konnten. Diesmal schoss Arsawi, immer noch brüllend. Zuerst hielt er die Maschinenpistole schräg vor sich auf den Boden gerichtet, aber dann zog er sie hoch und richtete eine kurze Salve in die Menge. Ein paar fielen zu Boden, andere sprangen zur Seite oder blieben stehen und blickten sich staunend nach ihren hingestürzten Begleitern um, das alles machte das Durchkommen nicht leichter. Arsawi hörte auf zu schießen, sie rempelten sich wild den Weg frei Richtung Rolltreppe und hetzten hinauf, zwei Stufen auf einmal. Das Schließgeräusch der Schiebetüren erklang, gerade als sie den hintersten Einstieg erreichten und ins Wageninnere sprangen.

Der Waggon war voller Menschen, aber man stand nicht dicht an dicht, sondern immerhin auf Armeslänge. Probeweise ließ Arsawi eine kurze Salve aus der Maschinenpistole los, doch das Gerät war auf so engem Raum nicht kontrollierbar, Rückschläger pfiffen ihnen um die Ohren, es war ein Glück, dass sie nicht selbst getroffen wurden. Gott sei Dank verstand

Arsawi das Problem und ließ die Waffe in ihren Gurt sinken. Sie griffen nach ihren Pistolen.

Von der Salve aus der Maschinenpistole waren getroffen worden: Herr F., 47, aus Wien Währing und Herr L., 39, aus Wien Donaustadt, sowie Herr und Frau M., 64 beziehungsweise 58, aus Wien Margareten.

Ein großer Lärm brach los und übertönte das Fahrgeräusch des Zuges. Meier und Arsawi befanden sich am hintersten der drei Einstiege des Waggons und begannen nun damit, die Menschen in ihrer unmittelbaren Nähe und am Wagenende systematisch niederzuschießen. Sie hatten das Szenario durchbesprochen und so war es ihnen am sichersten erschienen. Wenn dieses Ende einmal leergeräumt war, würden sie den Rücken frei haben und könnten sich dann ungefährdet bis zum anderen Wagenende vorarbeiten. Meier kümmerte sich um die Stehplätze beim Eingang, während Arsawi nach hinten ging. Es dauerte nur wenige Sekunden. Zuerst tötete Meier zwei Männer, denen er Verteidigungsaktionen zutraute, durch Kopfschüsse. Ein Jugendlicher hatte sich am Boden niedergekauert und in die Ecke gedrückt, schützend hielt er seine Unterarme über den Kopf, doch Meier zielte genau in die Mitte, wo sich die weichen Innenarmsehnen berührten, Blut spritzte und der Jugendliche fiel mit einer letzten Zuckung auf die Seite. Eine junge Frau und ihre ältere Begleiterin gingen sich auch noch mit dem ersten Magazin aus, er schoss beiden ins Gesicht. In seiner unmittelbaren Nähe bewegte sich nun niemand mehr. Meier griff in seine Jackentasche und legte flüssig ein neues Magazin ein, wie sie es in einem abgelegenen Waldstück geübt hatten. Er gab einen Schuss in die Mitte des Wagens ab, stieg über eine der Leichen zur Notbremse neben der Tür. Er wartete kurz, bis Arsawi fertig war und ihm das Zeichen gab, dann klammerten sie sich beide an den Haltestangen fest und Meier riss den Griff der Notbremse nach unten. Die Wirkung war schwächer, als er erwartet hatte, aber immerhin war deutlich zu spüren, dass der Zug rasch langsamer wurde. Meier legte die Waffe auf die Fahrgäste an, die von ihnen wegflüchteten, und wartete, bis der Wagen fast zum Stillstand gelangte. Arsawi war neben ihm. Langsam schritten sie vom Einstiegsbereich weg auf die Wagenmitte zu.

Als der höllische Lärm am hinteren Ende des Waggons losgebrochen war, hatte sich Otto erschrocken umgedreht. Er konnte nicht genau erkennen, was los war, da ihm die Sicht von stehenden Passagieren verstellt war. Es klang aber nach Schüssen, wenn auch nicht so wie auf den Tonspuren von Kinofilmen. Und Menschen stießen gellende Schreie aus, Todesschreie. Und die Passagiere, die dort hinten waren, drehten sich mit angsterfüllten Blicken nach vorne und drängten und schoben in Ottos Richtung, um von den Kugeln wegzukommen. Da hinten spielte sich gerade eine Schießerei ab, und das in einem vollbesetzten U-Bahn-Waggon! Er war in höchster Lebensgefahr! Otto rutschte von seinem Platz nach vorne zwischen die Sitze, eingezwängt zwischen den Knien seines Gegenübers und der Waggonwand. Das Schießen ging weiter, etwas langsamer zwar, aber dafür regelmäßig, tssungg – tssungg – tssungg – und dazwischen immer wieder Schreie wie das Pfeifen von Kaninchen in Todesnot. Keine Schmerzensschreie waren das, sondern letzte Warnsignale für die Artgenossen.

Otto achtete auf den Rhythmus der Schüsse. Eine chaotische Gewalteruption würde sich anders anhören, eher fand ein kaltblütiger Massenmord oder ein Amoklauf statt. So war es noch schlimmer, hier handelte ein Mörder mit Plan, und er mordete nur wenige Meter von Otto entfernt.

„Das sind zwei Wahnsinnige, die werden uns alle umbringen", stöhnte eine Männerstimme neben Otto.

„Wir müssen sie stoppen, sonst kommt hier keiner lebend raus", sagte ein Zweiter.

Otto hob den Kopf und sah die beiden Sprecher an, die aussahen wie Fußball-Ultras, glatzköpfig, dicke Silberringe an den Fingern. Die Finger waren auf Ottos Augenhöhe, braun verfärbte Fingernägel und ausgebleichte Tattoos auf den Handrücken. Ein Dritter noch war bei ihnen und sagte:

„Dann müssen wir sie aufhalten, jetzt oder nie."

„Ich bin dabei", sagte der Erste.

„Geht schon", der Zweite.

Sie zählten bis drei und rannten los.

Im ersten Augenblick blieb Meier vor Überraschung regungslos stehen. Natürlich hatten er und Arsawi auch die Möglichkeit von Gegenwehr in Erwägung gezogen, aber doch erst ganz am Schluss, wenn die letzten Überlebenden die Aussichtslosigkeit ihrer Lage und die Entschlossenheit ihrer Mörder einsehen würden. Dann wäre ein aussichtsloser Kampf eine vernünftige Strategie. Aber Meier war darauf nicht eingestellt und zögerte eine halbe Sekunde lang. Plötzlich waren die heranstürmenden Kerle schon fast bei ihm.

Den Ersten stoppte er mit einem Körpertreffer in die Herzgegend. Mit einem wilden Schrei stieß der Mann unkontrolliert gegen eine der vertikalen Haltestangen und prallte zurück. Dabei riss er einen der beiden anderen mit sich, der stolperte, und beide stürzten zu Boden. Das Problem war der dritte Angreifer. Er war mit dem Ersten fast gleichauf gewesen und erreichte Meier, bevor er ordentlich zielen konnte. Der Schuss traf ihn in die rechte Schulter, aber es war nur eine Fleischwunde, die ihn zwar zurückkriss, aber er fiel nicht und durch die

Vorwärtsbewegung lief er noch taumelnd weiter auf Meier zu, erkannte seine Chance, riss den linken Arm hoch, was in dem schmalen Mittelgang schwer genug war, und stieß schließlich mit einem Kriegsschrei seinen linken Ellbogen in Meiers Gesicht, bevor er auf ihn fiel. Sie rangen in einer verzweifelten Umklammerung, gegen eine gläserne Trennwand gelehnt, Meier war einen halben Kopf kleiner und viel schwächer, aber sein Gegner konnte seinen rechten Arm nicht verwenden. Meier war von dem dumpfen Schlag mit dem Ellbogen ins Gesicht betäubt, dann kam er wieder zu sich, und während ihm sein Gegner Fausthiebe gegen den Oberkörper versetzte, die ihm den Atem raubten, und ihm ein Knie zwischen die Beine rammte, schaffte er es irgendwie, seine Pistole freizubekommen, seitlich am Brustkorb des anderen anzusetzen und abzudrücken.

Er hatte Glück, dass die Kugel nicht auch ihn selbst verletzte, als sie beide Lungenflügel des Mannes zerriss und auf der anderen Seite wieder zwischen zwei Rippen austrat. Die Wucht des Einschlags spürte auch Meier, dann klammerte sich der linke Arm des anderen an ihm fest und zog ihn zu Boden. Das grotesk verzerrte Glatzengesicht des Sterbenden starrte ihn hasserfüllt an, doch konnte der Mann nicht atmen und seine Kräfte schwanden schnell. Meier versuchte sich zu befreien, mit glühenden Rippen und einem stechenden Schmerz am Genital.

Den dritten Angreifer hatte er aus den Augen verloren. Doch dieser hatte rasch den zitternden Körper des am Herz getroffenen ersten Angreifers von sich weggeschoben und war über ihn gestiegen, und während Arsawi gebannt auf Meiers Ringkampf mit dem zweiten Angreifer starrte, und als Meier sich gerade aus dessen Umklammerung zu lösen schien und sich gleich aus seiner gebückten Haltung über dem Boden aufrichten wollte, da war der Dritte bei ihm, holte aus und brachte beide ringbewehrten Hände, die Finger verschränkt, mit einem Doppelhandschlag über Meiers Genick zur Explosion. Meier verlor sofort das Bewusstsein. Er spürte daher nicht mehr, wie sein Kopf am Boden aufschlug, und wie im nächsten Augenblick drei geübte Fußtritte eines metallverstärkten Lederstiefels gegen seinen Kopf, klungg – klungg – klungg, einen komplizierten Schädelbasisbruch in den Knochen zeichneten.

Arsawi schüttelte seine Starre ab, zielte, und als Meiers Bezwinger den Kopf hob und die Waffe in Arsawis Hand musterte, da zögerte Arsawi nicht länger und schoss dem Mann mitten ins Gesicht. Blut spritzte, eine Blutfontäne rieselte bis zu den Wagenfenstern und er war tot. Mit drei schnellen Schritten eilte jetzt Arsawi hinüber zu dem ersten Angreifer, den Meiers Schuss in die Herzgegend gestoppt hatte. Der Mann röchelte noch und krümmte sich am Boden, als Arsawi auf seinen Kopf zielte und ihm in die Schläfe schoss. Das sollte reichen. Arsawi wechselte das Magazin. Er war nun allein. Er würde es fertigbringen. Er fühlte sich ruhig und stark. Er hob den rechten Fuß und stieg über den Toten unter ihm. Er entspannte sich, lockerte seine Muskeln, ließ die Schultern kreisen, neigte den Kopf leicht nach links und nach rechts. Seine Stunde war angebrochen. Er fühlte keine Wut, keinen Zorn. Er verspürte ein friedfertiges Gefühl gegenüber dem Universum, gegenüber einer Welt, die ihm eine zuverlässige, moderne Schusswaffe in die Hand gelegt hatte, um seine Signatur zu setzen. Langsam schritt er auf die am anderen Ende des Wagens zusammengedrängten Lämmchen zu, sanft lächelnd. In seinen Ohren hörte er ein Rauschen, sie waren zugeschwollen vom Lärm der Waffe.

Otto saß zwischen den Sitzen am Boden, die Hände hielt er über den Knien gefaltet. Über ihm tosten die Schreie der Menschen und die nun seltener gewordenen Schussgeräusche. Er zog sein Mobiltelefon aus der Hosentasche und schrieb an Charlotte eine Kurznachricht: „Bin in Amoklauf geraten, ich liebe dich." Er las den Satz und löschte die Nachricht, ohne sie zu senden. Er steckte das Mobiltelefon wieder ein. Die Polizei war sicher bereits verständigt. Eine Frau in Ottos Nähe stieß einen entmenschten Schrei aus und sank zu Boden. Ein roter Strahl stieg aus ihrem Hals, einige Tropfen davon landeten auf Ottos verschränkten Fingern. Er holte ein Papiertaschentuch hervor und wischte das Blut ab. Rotwein ergoss sich aus einer am Boden zerborstenen Flasche. Otto stellte sich einen Abend im Kerzenlicht vor, Silberbesteck auf einem weißen Tischtuch. Menschen stürzten übereinander, die meisten drängten an Otto vorbei noch weiter nach hinten. Nachdem er seine Finger sorgfältig gereinigt hatte, faltete Otto die Hände wie zuvor. Er überlegte, ob er aufstehen sollte, doch entschied er sich dagegen.

Arsawi arbeitete sich systematisch vor. Es war bedauerlich, dass Meier nicht durchgehalten hatte, zu zweit wäre das Signal, das sie aussendeten, noch kräftiger ausgefallen. Die Untersuchungen würden zweifellos die wichtige Rolle von Meier in ihrem Vorhaben ans Licht bringen, auch wenn am Ende sein, Arsawis, Anteil größer sein würde. Er seufzte und wechselte erneut das Magazin. Eine Volksschülerin war auf ihrem Platz sitzen geblieben, ihren Schulrucksack noch umgeschnallt. Sie starrte ihn mit aufgerissenen Augen an. Er hob die Pistole und zielte auf ihre Stirn. Sie öffnete den Mund, als ob sie etwas sagen wollte. Arsawi wartete.

„Bitte tun Sie mir nichts. Meine Mami wartet auf mich."

Sie war wieder still. Arsawi blickte in ihr unschuldiges, hoffnungsvolles Gesicht und drückte ab. Seine Hand musste gezittert haben, denn er traf sie nicht mittig, sondern an der Seite der Stirn, ein Teil ihres Schädels wurde weggerissen, sie flog in ihrem Sitz nach hinten und etwas graue Gehirnmasse quoll aus einer klaffenden Öffnung. Er betrachtete das Bild, das sich ihm bot, und Mitgefühl rührte sich in ihm. Das Kind tat ihm leid. Doch da war nichts zu machen. Um wieder einen klaren Kopf zu bekommen, feuerte er drei schnelle Schüsse in den Rücken eines kräftigen Kerls, der vergeblich versuchte sich zwischen anderen Passagieren durchzuzwängen und so aus der Schusslinie zu geraten. „Was für ein Feigling", dachte Arsawi und fühlte sich wieder ruhiger.

Eine alte Frau drohte ihm mit ihrem Gehstock. „Sie sind ein schlechter Mensch", rief sie, „Gehen Sie in sich, hören Sie. Mir können Sie nicht Angst machen, ich habe einen Weltkrieg überlebt."

„Das ist einer zu wenig", lachte Arsawi, „ich bedaure", und er schoss sie über den Haufen. Ihre porösen Knochen klimperten gegeneinander und die Frau sank in sich zusammen.

Als nächster starb Herr P., geboren in Bologna, gefolgt von seiner Gattin und ihrer gemeinsamen 22-jährigen Tochter. Frau Z. aus Belgrad wollte sich auf Arsawi stürzen, als sie bemerkte, dass es ihr nicht mehr gelingen würde zu flüchten, doch sie war nicht besonders schnell und Arsawi zertrümmerte mit einem Volltreffer ihr linkes Knie, bevor sie ihn erreichen konnte. Dann tötete er sie mit zwei Kugeln in den Kopf.

Arsawi merkte, dass er schwitzte. Er hatte sich umfassend über bekannte Amokläufe in der Geschichte informiert und hatte versucht aus den Schilderungen das Erleben der Täter nachzuvollziehen. Es gab da wenig Hinweise auf transzendente Erfahrungen – denn das war es, wonach er zunächst gesucht hatte. Zumeist waren die Täter geistig so abnormal, dass ihr Handeln von Anfang bis Ende unverständlich blieb und eher als eine Sequenz unbewusst ablaufender Kurzschlusshandlungen erschien. Rationale, sensible Amokläufer waren offenbar selten. So hatte er sich darauf eingestellt, im Fall des Falles auf unerforschtes Terrain vorzudringen, und er hatte sich vorgenommen, sich von unerwarteten Gefühlswallungen nicht ablenken zu lassen. Doch nun verblüffte ihn einzig und allein die Banalität dieses Mordens, die physische Anstrengung, die er sich abringen musste, das Fehlen von Automatismen und Fremdbestimmtheit. „Sie sollten uns dafür bezahlen", dachte er. Er gelangte zu einem jungen Mann, der am Rücken lag und hyperventilierte. Seine Jacke gab seinen Oberkörper frei, das Hemd war in der Brustgegend blutgetränkt. Dichte blonde Locken umkränzten sein Gesicht und die Augen standen weit offen und waren nach oben gerichtet, von wo die Leuchtstoff-Flächen herunterstrahlten. Interessiert betrachtete Arsawi die unregelmäßigen Atemzüge des Sterbenden. Er stieß ihn mit dem Fuß an, beugte sich nach vorn in sein Sichtfeld und fragte: „Sag, was siehst du? Warum siehst du da hinauf?" Doch er erhielt keine Antwort. Schließlich richtete er sich wieder auf und ging weiter. Hier verschwendete er keine weitere Kugel.

Die Schüsse kamen immer näher, Menschen kletterten in Panik über die Sitzreihen, um von der Zone, in der gerade gemordet wurde, wegzukommen, und außer jener Frau, die aus ihrer Halswunde verblutete, lagen inzwischen noch zwei weitere Verwundete in Ottos unmittelbarer Nähe: Ein älterer Herr, der sich nicht bewegte, obwohl Otto keine Verletzung erkennen konnte, und eine übergewichtige Frau, die jammernd ihren Knöchel umklammert hielt. Ihren kleinen Hund hielt sie an der Leine fest, er hatte den Schwanz zwischen die Beine geklemmt, jaulte und trippelte nervös hin und her. Otto hatte sich nicht bewegt und saß mit dem Rücken zu den herannahenden Schüssen. Sie waren jetzt wirklich schon ganz nah.

Ein Schatten fiel über ihn und Otto hob unwillkürlich den Kopf und sah schräg nach oben in den Mittelgang. Da stand Arsawi und in seiner rechten Hand hielt er eine Pistole.

„Herr Arsawi! Sind Sie das, der hier schießt?", schrie Otto.

„Oh, ich grüße Sie", sagte Arsawi, „und ja, ich schieße."

„Verdammt, sind Sie übergeschnappt? Hören Sie auf damit!"

„Nein, das werde ich nicht tun."

„Aber warum denn, zum Teufel?"

„Ich verhandle nicht mit Ihnen."

„Sie verhandeln nicht? OK, dann… dann bitte ich Sie. Bitte lassen Sie mich am Leben. Sie kennen mich. Ich flehe Sie an. Bitte töten Sie mich nicht, Herr Arsawi. Bitte, bitte. Bitte tun Sie es nicht. Ich will noch nicht sterben. Ich bitte Sie."

„Das wäre ungerecht", sagte Arsawi und bevor Otto etwas erwidern konnte, drang das erste Projektil in sein Gehirn ein und zerstörte genug Nervenzellen, um ihn auszulöschen.

Floridsdorf

Liebe Leserin, lieber Leser!

Arsawi, von dem mir Otto früher manchmal erzählt hatte, wurde bereits wenige Minuten, nachdem er Otto erschossen hatte, unverletzt festgenommen. Zu diesem Zeitpunkt hatten er und sein Mittäter Meier, über den ich erst später von Richard mehr erfuhr, bereits 43 Menschen getötet und 19 weitere verletzt. Bis zum damaligen Zeitpunkt war es der folgenschwerste Amoklauf in der österreichischen Kriminalgeschichte. Meier liegt übrigens heute noch als Wachkomapatient in einem staatlichen Pflegeheim. Nach wiederholten Kampagnen des Boulevards gegen die Aufrechterhaltung seiner teuren Pflege steht vor dem Krankenzimmer rund um die Uhr ein Beamter der Sicherheitswache. Im Übrigen sind diese zwei Verbrecher ohne weitere Bedeutung.

Mir bleibt noch die Aufgabe, einige lose Fäden zusammenzuführen, damit unsere Geschichte ordnungsgemäß in ihren Endbahnhof einrollen kann. Vor allem muss ich beschreiben, wie es mit Richard und Petra weiterging. Ich weiß nicht, ob sich diese Beziehung, so wie sie jetzt ist, in romantischen Kategorien begreifen lässt. Den Versuch ist es wert, schon um den beiden etwas Gutes zu tun.

Beginnen wir mit der Schönheit. Richard und Petra sind nach wie vor schöne Menschen, sie hüten diese Schönheit, pflegen ihre Körper und ernähren sich verantwortungsbewusst. Mindestens ein weiteres Jahrzehnt lang werden sie so attraktiv sein, dass mir das Wasser im Mund zusammenläuft, wenn ich sie sehe. Daher erzähle ich gern über sie. Ich frage mich: Was ist der Nutzen dieser Schönheit? Der ökonomische Wert liegt auf der Hand. Beide ziehen anstrengungslos die Aufmerksamkeit der anderen auf sich, werden hofiert und begehrt. Sie besitzen ein knappes Gut.

Doch macht diese Aufmerksamkeit glücklich? Hilft sie ihnen, einander zu lieben? Warum sind sie überhaupt ein Paar? Wenn ich darüber nachdenke, so glaube ich, dass sie zuletzt aus Verlegenheit wieder zusammengekommen sind, nachdem Richards Ausbruchsversuch wie erwartet innerhalb kurzer Zeit in sich zusammengebrochen war. Sie beide sind an einer Revolution nicht interessiert. Sie fühlten, dass ihnen diese Beziehung auf den Leib geschneidert war. In ihrer bescheidenen Art und Weise sind sie Meister des Alltags, sie funktionieren gut in ihrer Umwelt, kaum einmal stoßen sie auf Widerstand. Ich bewundere sie dafür. Nichts fehlt ihnen, außer vielleicht ein Kind, selten treffen sie auf Beschränkungen, vor denen sie zurückschrecken müssten.

Sie halten sich in ihrem Stillstand fest, indem sie sich gegenseitig ihre Kleinmütigkeit zurückspiegeln. Sie haben sich miteinander abgefunden und auch damit, was das jeweils über sie selbst aussagt. So sind sie ein Paar geworden, das erst der Tod scheiden wird. Kann es zwei verlorenere Menschen geben?

Ich möchte auch noch ein paar Worte über mich selbst sagen. Ich schreibe schon wieder zu viel, aber so will ich es. Ich bin nun einmal ein Sprachmensch.

Die Ereignisse, von denen ich hier berichtet habe, liegen nun bereits einige Jahre zurück. Ich arbeite noch immer im Journalismus und hasse diesen Beruf nicht weniger als damals. Wenn Sie so wollen, habe ich diese Aufzeichnungen angefertigt, um mir zu beweisen, dass ich im Gegensatz zu Richard und Petra nicht vollends Teil des Systems geworden bin, sondern mir die Fähigkeit zu einem Blick von außen auf mein Leben bewahrt habe, was auch immer das heißen mag.

Außerdem wollte ich einige Episoden aus Ottos letzten Jahren aufschreiben, in seinem Andenken oder auch nur, um meine Erinnerung an ihn, die immer mehr verblasst, zu erneuern. Mit seinem Abgang in Wildwest-Manier hat er es sich leicht gemacht, zu leicht wie ich finde. So einfach wollte ich ihn nicht davonkommen lassen. Er war auf der richtigen Spur, als er vermutete, dass sich innerhalb kurzer Zeit niemand an ihn erinnern würde – so wie sein Leben verlaufen ist, war nichts anderes zu erwarten – und ich glaube, er hätte an diesem Ergebnis auch nichts ändern wollen. Er hat dabei nur übersehen, dass er nicht allein war, dass ich ihn überleben würde, wenn es auch nur aus einem einzigen Grund wäre: Weil eine Stimme übrigbleiben musste, um all dies zu erzählen.

Herzlich,

Charlotte